AF618428

PAPIER
FRESSERCHEN
MTM-VERLAG
DIE BÜCHER MIT DEM DRACHEN

Impressum:

Alle weiteren Personen und Handlungen des Buches sind frei erfunden.
Ähnlichkeiten mit lebenden oder verstorbenen Personen sind
zufällig und nicht beabsichtigt.

Besuchen Sie uns im Internet:
www.papierfresserchen.de
www.herzsprung-verlag.de

Oberer Schrannenplatz 2, D- 88131 Lindau
Telefon: 08382/9090344
info@papierfresserchen.de

Erstauflage 2018

Lektorat: Melanie Wittmann
Cover gestaltet mit Bildern von © pixs4u und © konradbak
Adobe Stock lizensiert

Druck: Booksfactory, Polen – gedruckt in der EU
ISBN: 978-3-86196-756-9

Herstellung: Redaktions- und Literaturbüro MTM
www.literaturredaktion.de
literaturredaktion@papierfresserchen.de

Kalt ist die Welt

Die Geschichte eines Diebes

Selina Lux

Inhalt

Allein in der Nacht

„Wieso können wir nicht einfach zurückgehen?“, fragte Leana und schlang sich ihre zerschlissene Jacke enger um den mageren Leib. Ein eisiger Wind wehte und bewegte ihr mausbraunes Haar mit Geisterhänden.

„Weil wir zu alt sind“, erwiderte ich und kniff die Augen zusammen, damit sie in der kalten Luft nicht anfingen zu tränen. Ich wollte nicht, dass sie glaubte, ich würde weinen.

Sie blieb stehen und starrte mich argwöhnisch an. „Wir sind Kinder, wie können wir zu alt sein?“

Ich packte ihren Arm und zog sie weiter. „Komm, es wird bald dunkel und bis dahin sollten wir einen Unterschlupf gefunden haben.“

Gemeinsam liefen wir eine der zahllosen unbefestigten Straßen des Stadtringes entlang; Leana stolperte hin und wieder über Furchen im gefrorenen Boden und ich nahm erneut ihren Arm, nun um sie zu stützen. Ich konnte spüren, wie sie zitterte, und biss mir auf die Unterlippe. Sie war so klein und zerbrechlich. Der Gedanke daran, dass sie heute Nacht kein schützendes Dach über dem Kopf haben würde, bereitete mir Sorgen. Es hatte bisher nicht geschneit und der Winter hatte sich noch nicht ganz in der Stadt niedergelassen, dennoch sanken die Temperaturen mit jedem Sonnenuntergang bedrohlich tief für jemanden, der des Nachts unter freiem Himmel schlafen musste.

„Und wenn wir nichts finden?“, fragte sie.

„Vertraust du mir etwa nicht?“ Ich bedachte sie mit einem prüfenden Blick und lächelte sie dann an. Sie lächelte zurück und dieser kleine Austausch von Wärme schenkte mir neue Hoffnung. Wir würden schon zurechtkommen. Allein.

„Natürlich tue ich das“, sagte sie und schmiegte sich im Gehen dichter an mich.

„Gut.“ Ich legte meinen Arm um sie.

Doch es war nicht gut. Die Dunkelheit brach über uns herein und mit ihr auch die Kälte. Und noch immer befanden wir uns im Freien. „Ich bin müde, Aron", murmelte Leana, träge geworden.

„Ich weiß. Komm, wir gehen zum Fluss." Auch meine Schritte waren inzwischen langsamer, und wenn es nur um ihretwillen war. Sie sollte sich schonen. Nein, wir beide sollten das.

Wir gingen zur Brücke, doch anstatt über sie hinwegzulaufen, nahm ich Leanas Hand und half ihr den steilen Abhang hinunter – *unter* die Brücke. Das Wasser rauschte in der Finsternis. Leana setzte sich auf den Boden, winkelte ihre Knie an und schlang die Arme um sich. Ich sammelte ein paar Zweige zusammen und entzündete mit der Packung Streichhölzer, die ich aus meiner Hosentasche fischte, ein spärliches Feuer, über das Leana ihre kleinen Hände ausbreitete, um sie zu wärmen. Ich stand daneben und blickte für einen Moment gedankenverloren in die hellen Flammen.

„Hast du Hunger?", fragte ich.

Sie schaute zu mir auf, mit ihren viel zu großen Augen für das viel zu schmale Gesicht. „Nein."

„Was habe ich dir über das Lügen gesagt?"

Sie seufzte. „Belüge jeden außer dich und mich."

„Goldrichtig. Also, ich frage dich noch einmal: Hast du Hunger?"

Schuldig und überführt schaute sie mich an. „Aber, Aron, wir haben doch gar nichts zu essen."

„Lass das mal ganz meine Sorge sein. Ich werde schon etwas auftreiben."

Erschrocken fuhr sie auf, im Feuerschein sah ich Angst in ihren Augen glänzen. „Du willst mich doch nicht allein lassen?"

Beruhigend legte ich ihr meine Hände auf die Schultern. „Nur für eine kurze Weile." Ich drückte sie wieder hinunter in eine sitzende Position. „Ich werde nicht lange fort sein."

Leana packte meine Hand und umklammerte diese so fest, dass es beinahe schmerzte. „Bitte lass mich nicht allein!" Ein Anflug von Panik schwang in ihrer Stimme mit.

Ich griff an meinen Gürtel und zog ein kleines Messer hervor, das ich in einem unbeobachteten Moment vom Gemeinschaftstisch gestohlen hatte. Ich drückte es ihr in die Hand. „Wenn du jemanden kommen hörst, versteckst du dich im Gebüsch, hörst du?"

„Kann ich nicht mit dir mitgehen? Bitte", flehte sie mich an.

Ich schenkte ihr ein aufmunterndes Lächeln und schüttelte den Kopf. Dann zog ich meine Jacke aus und legte sie ihr über die Schultern. „Wärme dich auf und warte auf mich."

Es war kalt ohne meine Jacke und mein langärmliges Hemd vermochte mich nur wenig zu wärmen. Doch Leana benötigte sie dringender als ich. Sie war zwölf und ich nicht mehr als zwei, drei Jahre älter, auch wenn ich mein genaues Alter nicht mit Sicherheit wusste. Dennoch kam sie mir so viel jünger vor als ich mir selbst. Schutzbedürftiger.

Sie war nach mir in das viel zu überfüllte Waisenhaus am äußersten Rand der Stadt gekommen, klein und schmutzig und stumm. Ich hatte mir nie viel aus den Regeln und Strafen der Aufseher gemacht und verließ das Waisenhaus oft tagelang, um durch den Stadtkern zu stromern, die prächtigen Villen und Gärten der dort lebenden Leute zu bestaunen und vor allem meine Freiheit zu genießen.

Seit Leana in das Waisenhaus gekommen war, riss ich nicht mehr aus. Sie hatte meine Aufmerksamkeit auf sich gezogen, seit sie durch die schwere Tür des Heimes geführt worden war. Und dabei war sie so unauffällig gewesen. Ihr Blick immer starr in die Leere gerichtet, ihre Lippen versiegelt wie ein wichtiger Brief.

Die anderen Kinder, die alle neuen augenblicklich zu hassen und zu schikanieren begannen, sobald die Aufseher nicht hinsahen, hatten besonderen Gefallen an ihr gefunden, denn sie gab keinen Mucks von sich, so fest sie auch kniffen und schubsten und schlugen und traten. Leana war still und regungslos geblieben, ganz weit entfernt von dieser Welt, tief versteckt im hintersten Winkel ihrer selbst.

Ich begann, jedes Kind zu verprügeln, das ihr zu nahe kam. Nach einigen Wochen ließ man sie endlich in Frieden.

Ich hatte keine Freunde im Waisenhaus. Die anderen Kinder waren laut, wild, brutal und grausam und ich verachtete sie. Sie waren wie die Tiere. Wie ich die Nächte genoss, wenn ich im Schlaf endlich ihren schrillen Stimmen entfliehen konnte!

Leana war anders und deshalb beschützte ich sie vor den anderen. Anfangs nicht einmal, um ihre Freundschaft zu gewinnen, sondern nur aus dem einfachen Grund, weil sie nicht das verkörperte, was ich verabscheute, und es mir eine gute Gelegenheit gab, den anderen eine Lektion zu erteilen. Wir waren beide Außenseiter und so war es nicht verwunderlich, dass wir bald zu den Mahlzeiten nebeneinandersaßen und unsere freie Zeit miteinander verbrachten. Wir wurden Verbündete.

Sie hatte viele Wochen lang kein einziges Wort gesprochen. Und als sie es endlich tat, schenkte sie mir ihr erstes Wort.

Das war viele Jahre her.

Und jetzt waren wir hier. Unter freiem Himmel und auf uns allein gestellt. Wäre Leana nicht gewesen, hätte ich sicher schon vor langer Zeit den Straßen Felsburgs den Vorzug gegeben. Das Waisenhaus hatte mich von jeher eingeengt mit seinen festen Zeiten für das Essen, das Arbeiten und das Ruhen. Den strengen Aufsehern, den mageren Mahlzeiten, den grauen Wänden. So stellte ich mir das Gefängnis vor!

Doch ich hätte sie nicht sich selbst überlassen können. Allein unter all den anderen schrecklichen Menschen dort. Sie wieder verstummen lassen, dieses Mal vielleicht für immer.

Ich allein hatte keine Schwierigkeiten damit, das Pflaster Felsburgs mein trautes Heim zu nennen, so glaubte ich jedenfalls, mit Leana an meiner Seite war das jedoch etwas völlig anderes. Zum Überleben brauchte ich nicht viel und die Angst, dass mir etwas zustoßen könnte, hatte ich längst abgelegt. Aber ich hatte Angst davor, sie zu verlieren. Sie war nicht für ein Leben auf der Straße gemacht. Im Schmutz, im Kalten, in der Verachtung. Doch man hatte uns keine andere Wahl gelassen.

Ihr gegenüber fühlte ich mich verpflichtet. Ich musste auf sie aufpassen. Sie versorgen. Machte man nicht genau das für seine Familie? Nicht, dass ein Waisenkind auf diesem Gebiet Erfahrung gehabt hätte.

Inzwischen hatte die Nacht ihre düstersten Farben am Himmel verschüttet und die Tore des Stadtkerns waren längst verschlossen. Aber das machte mir nichts, ich würde auch im Stadtring Nahrung finden. Die Armen aßen schließlich auch. Nicht so gut wie im Kern und nicht so viel, doch ein leerer Magen war nicht wählerisch. Und ich hatte seit dem Morgen nichts mehr gegessen.

Wie ein ausgehungerter Wolf streifte ich zwischen den Häusern umher, immer auf der Suche nach etwas, das mir mein Vorhaben erleichtern würde. Schließlich bemerkte ich ein halb zerbrochenes

Fenster, welches nur spärlich mit einer Decke verhangen worden war. Wohl um die Kälte davon abzuhalten, ins Innere der Hütte zu dringen. Nicht aber mich. Ich streckte die Hand aus, hielt dann jedoch mitten in der Bewegung inne. Es war das erste Mal, dass ich etwas im Stadtring stehlen würde. Mein erster Einbruch. Ich bekam so etwas wie ein schlechtes Gewissen. Es waren arme Leute, denen ich etwas nehmen würde.

Dann dachte ich an Leana, wie sie zitternd und hungrig neben dem Feuer kauerte. In diesem Moment waren das hier keine Armen mehr, denn sie besaßen ein Heim und Wärme. Was auch immer hinter den Mauern auf mich wartete, wir brauchten es gerade dringender als ihre Bewohner.

Ich holte einmal tief Luft, dann drückte ich die schwere Decke beiseite.

Das Feuer war erloschen, als ich unter die Brücke zurückkehrte. Es war so dunkel geworden, dass ich Leana nicht sehen konnte. Erst als ich an die noch glühende Asche herantrat, bemerkte ich, dass sie nicht mehr dort war. „Leana?", fragte ich leise.

Keine Antwort.

Mein Herz begann, schneller zu klopfen. War sie von anderen Obdachlosen überrascht worden? War sie fortgerannt und ganz allein dort draußen in der Nacht?

„Leana?", fragte ich noch einmal, nun lauter.

Ich wollte mir nicht ausmalen, was ihr alles zugestoßen sein konnte, seit ich sie verlassen hatte. Hätte ich sie doch mit mir nehmen sollen? In meinem Kopf spielten sich düstere Szenarien ab und ich bekam einen trockenen Mund. Ich ließ meine Ausbeute zu Boden sinken und lief unruhig umher. Wenn sie fort war, dann würde ich die ganze Nacht lang kein Auge zutun. Ich würde den gesamten Ring auf den Kopf stellen und auch noch den hintersten Winkel nach ihr durchsuchen! Was machte ich nur, wenn sie für immer fort war?

„Leana?" Ich rief beinahe.

Da war ein leises Rascheln im Gebüsch. Leichte Schritte.

„Ich bin hier." Ihre Stimme.

Ich atmete aus und spürte, wie mir ein Stein vom Herzen fiel. So musste sich eine Mutter nach den Schrecksekunden fühlen, in denen sie ihr kleines Kind im Gedränge einer Menschenmenge verloren hatte.

Nun sah ich ihre schmale Silhouette vor mir. „Ich wusste nicht, ob du es bist. Deshalb habe ich mich versteckt“, erklärte sie leise und drückte mir den Griff des Messers in die Hand. „Das Feuer ist ausgegangen“, fügte sie hinzu.

„Das sehe ich. Ich kümmere mich gleich darum. Sieh mal, ich habe dir eine Decke mitgebracht.“ Ich breitete sie über ihre Schultern aus. „Und ein Stück Brot und Käse. Und Wein.“

„Woher hast du all die Sachen?“

Ich seufzte. „Was denkst du wohl?“

Sie schwieg.

Als das Feuer wieder loderte, saßen wir dicht nebeneinander in die Decke gewickelt davor und aßen und tranken. Ich hatte das Gefühl, nie besser gespeist zu haben. Der Wein war zwar wässrig und säuerlich, doch wärmte er ein wenig von innen. Ich hatte schon zuvor das ein oder andere Mal auf meinen Streifzügen Wein zu kosten bekommen, doch Leana war ihn nicht gewöhnt und wurde sehr schnell schläfrig. So dauerte es nicht lange und sie war, gegen meine Schulter gelehnt, eingeschlafen.

Ich atmete den schweren Rauch des Feuers ein und legte einige Zweige nach. Dann bettete ich Leana vorsichtig auf den sandigen Boden und legte mich daneben. Ich spürte die Kälte von unten in meinen Körper kriechen und schmiegte mich näher an Leana. Wir würden die gegenseitige Wärme brauchen, wollten wir am nächsten Morgen wieder erwachen.

Diebe im Stadtkern

Ich erwachte mit Husten. Meine Kehle fühlte sich rau und kratzig an, wenn ich schluckte, und meine Glieder schmerzten.

Leana neben mir regte sich. „Wie spät ist es?“, murmelte sie blinzelnd. Sie glaubte wohl in ihrer verschlafenen Verwirrtheit, sich noch immer im Waisenhaus zu befinden und die Morgenversammlung zu verpassen.

Ich blickte hinauf zur hellen Wolkendecke. „Morgens.“

Leana streckte sich und rieb sich den Schlaf aus den Augen. Dann nieste sie. „Mir ist kalt.“

Ich erhob mich, rieb mir das Blut zurück in Arme und Beine und entzündete ein Feuer. Schweigend aßen wir die Reste unseres gestrigen Abendbrotes.

Als Leana aufgegessen hatte, sah sie mich fragend an. „Und was machen wir jetzt?“

„Hier unter der Brücke bleiben. Ist doch gemütlich.“ Ihre Augen wurden groß und ich lachte. „Natürlich bleiben wir nicht hier. Wir gehen in den Stadtkern.“

„Und dort sind die Nächte milder als hier?“, fragte sie skeptisch.

„Du hast gesagt, dass du mir vertraust. Ich werde schon etwas für uns finden. Eine Unterkunft und gutes Essen.“

„Aber nicht wieder stehlen.“ Sie sah mich streng an, beinahe wie eine der Aufseherinnen.

Ich seufzte. Sie machte es mir wirklich nicht leicht. „In Ordnung. Solange es eine andere Möglichkeit für uns gibt, werde ich nichts stehlen.“

Ich ging zum Fluss hinunter, wusch mir das Gesicht mit dem eiskalten Wasser und spürte, wie mir mein kurzes Haar wie Pech an der Stirn kleben blieb. Schlagartig war ich hellwach.

Leana tat es mir gleich und erschauderte. „Weißt du noch, wie es sich anfühlt, ein warmes Bad zu nehmen?“, fragte sie mich.

Ich legte die Stirn in Falten. Im Waisenhaus war das Waschwasser nicht so eisig wie hier draußen, doch richtig warm wurde es nie. Und davor … ich konnte mich nicht mehr genau erinnern. Es musste sich gut anfühlen, wenn ich darüber nachdachte. Von wohliger Wärme umhüllt zu werden, nur dazuliegen und zu genießen …

„Weißt du es noch?“ Auf ihren Lippen ließ sich ein verträumtes Lächeln nieder und ich ließ sie in der süßen Erinnerung schwelgen. Sie hatte mir nie erzählt, woher sie gekommen war und was für ein Leben sie geführt hatte, bevor ich ihr im Waisenhaus begegnete. Und ich war klug genug, sie nicht danach zu fragen.

Wir trampelten das mickrige Feuer mit den Schuhen aus und rollten die Decke zusammen. Leana wollte einen Schluck aus dem Fluss trinken, bevor wir aufbrachen, doch ich hielt sie zurück. „Es macht dich nur krank“, erklärte ich ihr. Ich hatte die Leute alle möglichen Dinge in das Wasser kippen sehen. Es gab einen Grund dafür, dass nur wenig Wasser in der Stadt getrunken wurde.

„Überhaupt nichts zu trinken, macht mich ebenso krank“, erwiderte sie, doch sie hörte auf mich.

„Komm, wir gehen.“ Ich nahm die Decke und dann verließen wir unser Nachtlager.

Wir waren nicht die Einzigen, die zu den Stadttoren strömten. Viele der Ringbewohner arbeiteten tagsüber im Kern und kehrten erst abends in ihre ärmlichen Behausungen zurück. Es war grausam, dachte ich, für den Reichtum anderer zu arbeiten, wenn man ihn selbst nie erlangen würde. Doch genau das hatte ich vor: Arbeit finden für Leana und mich.

Auf unserem Weg durch den Stadtring huschten meine Augen immer wieder besorgt zu Leana hinüber. Ihr schmales Gesicht war blass, auf ihrer Nase und ihren Wangen lagen Sommersprossen verstreut wie die ersten Sterne am Nachthimmel und ihre braunen Augen wirkten beinahe schwarz. Sie war oft krank gewesen im vergangenen Jahr. Und ich fürchtete, dass die Übernachtung unter der Brücke ihrem zierlichen Körper zugesetzt hatte.

Sie bemerkte meinen Blick. „Was ist?“

„Geht es dir gut?“

„Geht es dir denn gut?“, fragte sie zurück.

Ich sagte nichts.

Die Straßen wurden breiter, baufällige Hütten wurden durch größere Häuser ersetzt und bald schon kam eines der Stadttore in Sicht. Die Mauern waren grau, hoch und bedrohlich. Sie versprachen, jeden davon abzuhalten, unbefugt ins Innere der Stadt zu gelangen. Die breiten Flügel des Tores waren jedoch weit geöffnet, zu beiden Seiten standen je zwei Soldaten der Stadtwache und beobachteten die Leute, die sie passierten. Sie trugen blaue Uniformen mit dem Wappen Felsburgs auf der Brust: eine stattliche Burg mit Türmen und wehenden Fahnen.

Leana schob ihre schmale Hand in meine, als wir zügig durch das Tor liefen. Der Blick des einen Stadtwächters blieb an mir haften und für einen schrecklichen Moment hatte ich das Gefühl, er würde direkt in meine Seele schauen und meine dunkelsten Geheimnisse kennen. Dann wandte er sich ab und wir waren im Kern der Stadt.

„Wo gehen wir jetzt hin?“, fragte Leana abwesend, während sie die prächtigen Villen und Gärten betrachtete, an denen wir entlanggingen.

All die Fragen, die sie mir seit unserem Auszug aus dem Waisenhaus gestellt hatte, schwirrten mir selbst im Kopf herum. Es war nicht das erste Mal, dass ich Arbeit suchte. Die Aufseher hatten uns schon früh darauf aufmerksam gemacht, dass wir nicht für immer bleiben konnten und Geld verdienen mussten, denn Kinder blieben wir nicht ewig. Und in den letzten Wochen hatten wir viele neue Waisen bekommen, wie es so oft geschah, wenn das Wetter schlechter und die Armen kränker wurden. Die ältesten mussten dann gehen. Dieses Jahr hatte es uns getroffen.

Doch es war nicht einfach, als Waise Arbeit zu finden. Unser schlechter Ruf eilte uns voraus, wohin wir auch gingen. Wir waren krank, ungehorsam, faul und stahlen – so sagte man uns nach. Nun gut, das Letzte mochte ich nicht bestreiten, doch man musste sich schließlich zu helfen wissen.

„Vertrau mir einfach“, murmelte ich, doch in Wahrheit wusste ich es selbst nicht. Einfach weitergehen und die nächste sich bietende Möglichkeit ergreifen, das war meine großartige Überlegung.

Es stimmte, ich fühlte mich genauso hilflos wie sie selbst, doch ich wollte ihr ein Gefühl der Sicherheit geben, wenn ich es schon selbst nicht besaß. Ich setzte das selbstgefälligste Halblächeln auf, das ich aufbringen konnte, und schaute zielgerichtet nach vorn, als hätte ich bereits einen Plan. Ich spürte die Blicke, die sie mir zuwarf, und wusste, dass es mir gelungen war: Sie vertraute mir. Mehr noch als ich mir selbst. Ich durfte sie nicht enttäuschen.

„Was die anderen wohl gerade machen?", überlegte Leana.

„Töpfe und Teller abwaschen, Böden schrubben, das Mittagessen vorbereiten ..." Ich stieß sie mit dem Ellenbogen in die Seite und wir lächelten uns an, froh darüber, diese lästigen Aufgaben heute nicht zu den unseren zählen zu müssen. Ich hielt an und sie ebenso.

Irritiert musterte sie mich. „Was ist los, Aron?"

Wir befanden uns inmitten einer wohlhabenden Nachbarschaft, auf dem Bürgersteig neben einem großen Garten, der trotz der Jahreszeit mit seinen gepflegten Büschen und Bäumen, Hecken und weißen Kieselwegen beeindruckte.

Ich sah sie verschwörerisch an. „Schließe die Augen."

„Was?" Sie war noch immer verwirrt.

„Mach schon."

„Wieso denn?"

„Tu es einfach." Ich legte ihr meine Hand vor die Augen und spürte ihren Wimpernschlag.

Sie kicherte. „Was soll das denn?"

Ich lehnte mich zu ihr vor und flüsterte ihr ins Ohr: „Stell dir vor, wir wären nicht Leana und Aron aus dem Waisenhaus."

Sie grinste. „Wer sind wir dann?"

„Wir sind Leana und Aron aus dem Stadtkern. Wir machen einen Spaziergang durch unsere Nachbarschaft, bevor wir zurückkehren in unsere vornehme Villa, wo bereits das Essen für uns angerichtet ist." Ich nahm meine Hand herunter.

Leana rümpfte die Nase, wie sie es wohl reiche Leute hatte tun sehen, hakte sich bei mir unter und wir gingen weiter. „Sieh nur, der Stadtmeister hat einen neuen Springbrunnen im Garten. Wir sollten uns auch einen bauen lassen."

„Noch einen?", fragte ich empört.

„Von Springbrunnen kann man nie genug haben!"

„Da hast du recht, meine Liebe."

Ein älteres Ehepaar lief an uns vorbei, hatte wohl den letzten Teil unserer Unterhaltung mit angehört und bedachte uns mit skeptischen Blicken, als hätten wir den Verstand verloren. Wir mussten lachen.

„Hast du ihre Gesichter gesehen?", prustete Leana.

„Ja, und hast du ihre Sachen gesehen? Dieser glänzende Zylinder und der froschgrüne Frack über dem dicken Bauch?"

„Und das hässliche Kleid mit den albernen Rüschen?"

Oh, wie viel schöner fühlte es sich an, über diese Leute zu lachen, als sich eingestehen zu müssen, dass sie alles besaßen, was uns vor Neid erblassen ließe.

Die Illusion des reichen, sorgenfreien Lebens wurde schon bald zerstört. Wir fragten in der Bäckerei, der Schneiderei, bei den Gärtnern des Stadtparks und bei etlichen Läden und Verkaufsständen nach Arbeit, doch niemand wollte oder benötigte unsere Hilfe. Es war bereits Nachmittag und wir setzten uns auf den Rand des Springbrunnens in der Mitte des großen Platzes vor dem Rathaus, weil man von Springbrunnen nie genug haben konnte, wickelten uns in die Decke und Leana beschloss mit einem müden Lächeln, dass unser Brunnen genauso aussehen sollte. Wir waren beide durstig und hungrig, müde von den Zurückweisungen und wohl auch ein wenig verzweifelt. Was sollte denn nun aus uns werden?

Leana schaute traurig in das unbewegte Wasser. Selbst für die Wasserfontänen war es bereits zu kalt, um zu tanzen, doch wir mussten hier draußen überleben. Ich wollte gar nicht daran denken, wo wir an diesem Abend schlafen würden. Oder in all den Nächten, die uns noch bevorstanden. Der Winter würde hart werden und wir würden erfrieren.

Wenn wir nicht vorher verhungerten.

Als ich zu Leana hinüberblickte und den leeren Ausdruck auf ihrem Gesicht bemerkte, vermutete ich, dass sie in ähnlichen Gedanken gefangen war. Ich sprang auf, und noch bevor sie widersprechen konnte, setzte ich mich mit den Worten „Ich komme gleich wieder" in Bewegung. Doch ich hatte nicht mit ihrer Sturheit gerechnet. Sie lief hinter mir her und krallte sich in einer wütenden Bewegung an meinem Arm fest. „Du lässt mich nicht noch einmal allein!"

Ich blieb stehen. „Aber ich werde etwas tun müssen, was dir nicht gefällt."

Sie seufzte und blickte zu Boden. „Anders geht es wohl nicht."

„Willst du mir helfen?" Unschlüssig zuckte sie mit den Schultern und ich lächelte. „Du musst auch gar nicht viel tun. Komm." Ich nahm ihre Hand und zog sie mit mir.

Im Sommer herrschte auf dem großen Marktplatz der Stadt bis in die späten Abendstunden hinein ein reges Treiben, heute hingegen waren nur noch wenige Stände aufgebaut und die überschaubare Menge an Leuten beeilte sich, nach Hause ins Warme zu kommen.

Wir hatten unser Opfer schnell gefunden. Ein Mann mittleren Alters in einem vornehmen Mantel, der einen Beutel voll Teeblätter kaufte. Er war groß und sein dunkles Haar wurde beinahe vollständig von einem schwarzen Hut verdeckt. Gerade verließ er den Teestand. Ich schickte ihm Leana hinterher und folgte ihr dann in kurzem Abstand. Sie rannte die Straße hinunter wie ein Fohlen in vollem Galopp, streifte besagten Mann beim Überholen an der Seite, stolperte und fiel der Länge nach auf das harte Pflaster. Direkt vor seine Füße. Er blieb stehen und beugte sich zu ihr hinunter.

„Das kommt davon, wenn man so unbedacht durch die Menge fegt“, hörte ich ihn sagen. Ich war ihm jetzt ganz nahe.

Leana ließ sich von ihm auf die Beine ziehen und wischte sich die aufgeschürften Hände am Stoff ihrer Jacke ab. „Danke. Das nächste Mal pass ich besser auf.“

Da war ich schon vorbei, der Mann lief weiter und Leana suchte mich zwischen den Leuten. Als sie mich gefunden hatte, sah sie mich fragend an. Ich grinste und zog, als wäre ich ein Zauberer, einen prall gefüllten Geldbeutel aus meiner Jackentasche.

Nachdem wir in einem – zu unserem großen Bedauern unbeheizten – Wirtshaus unseren Durst gestillt hatten, standen wir nun vor dem Schaufenster der Metzgerei und uns lief bei dem sich uns bietenden Anblick das Wasser im Mund zusammen: Wurstketten, Schweinekeulen, Rippen, Schinken und sogar komplette Hälften von Schweinen, deren Ohren traurig gen Boden hingen. Im Waisenhaus hatte es nicht oft Fleisch gegeben. Dafür viel Haferschleim und altes Brot. Ich hörte Leanas Magen knurren.

„So viel Fleisch!“, entfuhr es ihr in andächtigem Ton.

„Was würdest du als Erstes essen?“, wollte ich wissen.

Sie schenkte mir ein schelmisches Grinsen. „Das da.“ Sie deutete auf ein halbes Schwein. „Und danach die Wurstkette.“

„Du könntest sie dir wie einen Schal um den Hals binden. Und immer wenn du hungrig wirst, brauchst du nur den Kopf zu senken und daran zu knabbern.“

Leana lachte. „All die feinen Damen hier würden mich um solch einen Schal beneiden."

In diesem Moment riss jemand von innen die Ladentür auf und ein Glöckchen bimmelte in schrillem Ton. Ein stämmiger, groß gewachsener Mann steckte seinen glatt rasierten Kopf heraus und sah uns fragend an. „Wollt ihr den ganzen Abend vor meinem Laden stehen und euch die Bäuche reiben oder habt ihr auch Geld, um etwas zu kaufen? Wenn ja, kommt herein und wärmt euch auf, wenn nicht, dann verschwindet lieber."

Drinnen war es wohlig warm. Erst jetzt bemerkte ich, *wie* durchgefroren ich wirklich war. Es tat gut, sich wieder einmal in einem Gebäude zu befinden, Wärme zu spüren, Essen vor sich zu sehen und Geld in der Tasche zu haben. Das erste Mal an diesem Tag fühlte ich mich beinahe glücklich.

Der unaufdringliche Duft von Schweinewurst hing in der Luft, und wenn ich die großen Schenkel an den Haken hängen sah, die beinahe menschlich wirkten mit ihrer blassen Haut und dem roten Fleisch, fühlte ich mich für einen kurzen Augenblick in einen dieser Albträume hineinversetzt, die zu schrecklich waren, als dass man sich vollständig an sie erinnern konnte.

Der weiß gekachelte Ladenbereich der Metzgerei war nicht sehr groß, doch durch eine halb geöffnete Tür konnte man in einen zweiten, größeren Raum blicken, in dem ich einen Holztisch und ein darin versenktes Beil erspähen konnte.

Der Metzger stand hinter einer gläsernen Theke, durch die wir freien Blick auf die feinsten Fleischsorten hatten. Hinter ihm hingen die schrecklich aufgespießten Schweinehälften und -beine. Nahezu bedrohlich lehnte er sich über den Rand der Glasscheibe und blickte auf uns hinab. Unter der Haut seiner aufgestützten Arme spielten kräftige Muskeln. Seine weiße Schürze war mit getrocknetem Blut beschmiert. Ich musste nicht zu Leana hinübersehen, um zu wissen, dass sie sich vor diesem Mann fürchtete. Ich konnte es förmlich spüren.

„Nun?" Seine brummige Stimme klang ungeduldig.

Ich deutete auf eine schmale hellbraune Wurstkette. „Zwei davon."

Eine der buschigen Augenbrauen sprang in die Höhe. „Nur zwei? Und dafür verschwendet ihr all meine kostbare Zeit?"

Leana übernahm ihren Teil des Schauspiels, so wie wir es zuvor besprochen hatten. „Wir haben nicht genug Geld für mehr als das."

Der Mann seufzte. „Das habe ich mir gedacht. Sechs Kiesel. Habt ihr das?"

Ich suchte in meiner Hosentasche nach den Münzen, die ich eine nach der anderen herausfischte. Sorgfältig hatte ich zuvor den Geldbeutel nach Kupfer durchsucht. Es gab keinen Grund, dass jemand erfuhr, wie viel Geld wir wirklich besaßen. Abgemagerte Kinder mit schmutziger Kleidung, die mit Silbermünzen um sich warfen, gerieten nur allzu schnell in die Fänge der Stadtwächter. Aber nicht wir.

Ich ließ die Münzen in die ausgestreckte Hand des Metzgers fallen und er reichte uns die Würste. Leana, ausgehungert, wie sie war, biss sofort hinein und begann unter den Augen des Mannes, eifrig zu kauen. Ich ging zur Tür hinüber, Leana folgte. Wir waren schon beinahe zurück auf der Straße, als wir einen tiefen Seufzer hörten, gefolgt von einem widerwilligen „Wartet!". Wir drehten uns zum Metzger um, der hinter der Theke hervorgekommen war. „Wisst ihr, wo ihr heute Nacht schlaft?", wollte er mit Blick auf die zusammengerollte Decke unter meinem Arm wissen.

Leanas Augen wanderten fragend zu mir hinüber. „Wir werden schon etwas finden", erwiderte ich zögerlich.

Die linke Augenbraue des Mannes ging in die Höhe. „Es wird sehr kalt werden heute Nacht."

„Daran kann ich leider nichts ändern, mein Herr", sagte ich und wollte mich abwenden.

„Ich wüsste da etwas für das Mädchen."

Mein Herz machte einen Hüpfer, doch ich blieb misstrauisch. Erst sah ich Leana in die Augen, dann dem Metzger. „Und was wäre das?"

Der Mann schaute mitleidig zu Leana hinunter. „Ich habe eine Tochter in deinem Alter, weißt du?" Und dann an mich gewandt: „Meine Nachbarn brauchen ein neues Küchenmädchen. Ich könnte ein gutes Wort für sie einlegen. Und auch fragen, ob sie Verwendung für einen jungen Burschen wie dich haben."

„Was verlangen Sie dafür?", fragte ich und der Mann schenkte mir einen schiefen Blick.

„Was ich dafür ... Seid ihr aus dem Waisenhaus im Ring?"

Leana nickte langsam.

„Dann wundert mich gar nichts", murmelte er. „Wieso geht ihr nicht dorthin zurück? Immer noch besser, als auf der Straße zu leben bei diesem Mistwetter."

„Es ist überfüllt. Die Ältesten müssen gehen", erklärte ich.

Der Metzger nickte verstehend und strich sich nachdenklich über den kahlen Kopf. „Na, dann kommt mal mit, ihr beide."

Bevor wir die Metzgerei verließen, drückte uns der Metzger noch jeweils eine Scheibe Schinken in die Hand und warf sich einen dicken Wintermantel über die Schultern. So einen hätte ich auch gerne gehabt für mich und Leana, als uns die kalte Luft von Neuem umfing.

Wir mussten nicht besonders weit laufen, denn der Mann, der sich uns als Roman vorstellte, wohnte nicht weit von seinem Arbeitsplatz entfernt im Villenviertel, durch das wir hergekommen waren. Sein Haus war groß und schön, doch das seiner Nachbarn war größer und schöner. Ein zweistöckiges weißes Gebäude ragte vor uns aus dem Boden, an dessen Wänden die kahlen Ranken einer Pflanze emporkletterten. Im Sommer musste es sehr schön aussehen. Wer immer Romans Nachbarn waren, sie mussten einen Haufen Geld verdienen.

„Wartet hier", sagte Roman und ließ uns am hohen Gartentor zurück.

„Es ist zu schön, um wirklich wahr zu werden. Zu einfach", murmelte Leana leise.

Ich lächelte ihr ermutigend zu. „Auch arme Leute haben manchmal Glück. Sie suchen ein Küchenmädchen und du hast schon oft in der Küche gearbeitet. Ich wüsste nicht, weshalb sie dich nicht einstellen sollten." Vielleicht klang meine Stimme eine Spur zu zuversichtlich, um sie zu überzeugen, denn ihr Blick blieb skeptisch.

„Ich schon. Weil ich eine Waise bin und niemand will Waisen bei sich haben. Außerdem werde ich sowieso nicht hierbleiben, falls sie dich nicht wollen."

Ich sah sie streng an. „So eine Möglichkeit lässt du dir unter gar keinen Umständen entgehen. Du kennst mich, ich komme sehr gut allein zurecht."

„Ohne dich bleibe ich nicht."

„Doch, das wirst du. Und vielleicht können wir ja auch beide bleiben."

Leana schluckte schwer und blickte mich mit ihren großen Augen an. Sah ich da etwa Tränen in ihren Augenwinkeln glänzen? „So funktioniert das Leben aber nicht, Aron."

Ich stellte mich dumm. „Wie funktioniert das Leben denn?"

„Durch Abschiede", sagte sie traurig.

Nur allzu gut wusste ich, dass sie recht hatte. Ich machte einen Schritt auf sie zu und schloss sie in meine Arme. Ich drückte mein Gesicht an ihren Kopf und ihr Haar wehte sacht gegen meine Wange. „Nicht immer. Außerdem wirst du mich nicht so schnell los, ich bin hartnäckiger als ein schlimmer Husten."

Sie lachte in den Stoff meiner Jacke hinein. „Und genauso unangenehm."

Zur Strafe für ihre Frechheit pikste ich sie in die Seite und sie löste sich quiekend von mir. In diesem Moment kehrte Roman zum Gartentor zurück und öffnete es. „Kommt herein", sagte er und das Lächeln um Leanas Mund verschwand.

Die weißen Kiesel des Gartenweges knirschten unter unseren Sohlen wie die Zähne eines alten Mannes, der uns nicht bei sich haben wollte. Doch wir gingen weiter. Roman hielt uns die breite Haustür auf und bedeutete uns einzutreten. Der Flur dahinter war hell und hoch, an der Wand zu unserer Linken hing ein gewaltiger Spiegel. Es war das erste Mal seit Langem, dass ich mein eigenes Abbild so klar und deutlich vor mir sehen konnte: ein schlaksiger, hochgewachsener Junge mit blasser Haut und zerzausten schwarzen Haaren. Die ebenso pechschwarzen Augen starrten mir mit einer Mischung aus Misstrauen, Sorge und Erschöpfung entgegen. Ich musste wirklich an meinem Gesichtsausdruck arbeiten, wollte ich nicht, dass man an ihm ablesen konnte, was ich gerade dachte oder empfand. Augenblicklich verhärteten sich meine Züge und meine Augen bekamen einen abweisenden Glanz. Schon besser.

Ich blickte zu Leanas Spiegelbild neben mir. Sie wirkte so klein und hilflos. Ihr vom Wind verwirbeltes Haar umrahmte ihr viel zu schmales Gesicht und betonte ihre riesigen braunen Augen, die sich nervös im Flur umschauten. Ihr Kopf war leicht gesenkt und ihre Schultern angehoben, wodurch sie an ein verängstigtes Tier erinnerte.

Ich griff nach ihrer Hand und drückte diese kurz. „Alles wird gut werden."

Roman zog hinter sich die Tür ins Schloss und schob uns weiter, tiefer hinein in den Schlund des Hauses. Wir betraten einen großen Raum mit hohen Fenstern, durch die das schwindende Licht des Tages fiel. Eine lange Tafel aus dunklem Holz halbierte den Raum, um den ein Dutzend samtiger Stühle platziert war. Auf einem davon saß eine Frau mit gelangweilter Miene. Sie machte sich nicht die Mühe, aufzustehen und uns zu begrüßen. Doch wir waren auch keine Gäste. Ihr graubraunes Haar war durch eine Hochsteckfrisur gebändigt worden und ihr schlanker Körper in einem zu eng geschnürten Kleid gefangen. Ihre Augen waren kalt und ihr faltiges Gesicht ausdruckslos. Von ihr konnte ich noch viel lernen.

„Hallo“, sagte Leana schüchtern und machte einen halbherzigen Knicks.

Abschätzend wurde sie von der Frau am Tisch gemustert. Ihre schmale Hand strich dabei über die polierte Oberfläche, als liebkoste sie den hölzernen Gegenstand. „Du bist also die ... Waise.“ Zu mir sagte sie nichts, sie würdigte mich nicht eines Blickes.

Ich überlegte, „Und ich bin auch eine!“ zu rufen, hielt mich aber zurück. Im Waisenhaus hatte man mir immer wieder unterstellt, dass ich zu vorlaut und unhöflich wäre. Dagegen konnte ich nicht viel tun, außer meinen Mund zu halten. Und das tat ich. Ich wollte nicht riskieren, Leana um ein neues Heim zu bringen. Dass es für mich eher düster aussah, daran hegte ich spätestens nach dieser frostigen Begrüßung keinen Zweifel mehr.

Roman nahm neben der Frau Platz und stellte sie uns vor, da sie scheinbar nicht selbst dazu in der Lage war. „Das ist Ernestine, die Frau des angesehensten Geschäftsmannes in ganz Felsburg. Sie ist meine geschätzte Nachbarin und Freundin.“ Das letzte Wort betonte er auf seltsame Weise, sodass ich ihm keinen Glauben schenken konnte. Ohnehin wirkte das Bild der beiden für mich mehr als bizarr: der glatzköpfige Metzger mit seiner blutverschmierten Schürze unter dem geöffneten Mantel neben der feinen Dame, die in edle Stoffe gehüllt war. Sah man sie so, konnte man kaum glauben, dass sie aus derselben Nachbarschaft stammten. Und noch viel weniger, dass sie Sympathien füreinander hegten.

Ernestine durchbohrte Leana mit ihrem Blick und ich bemerkte, wie Letztere immer mehr in sich zusammensank. Am liebsten hätte ich wieder ihre Hand gedrückt.

Leana ließ sich schnell einschüchtern. Auch die Heimaufseherinnen hatten sie immer verängstigt. Und jedes Mal, wenn ich sie so sah, bekam ich Angst, sie könnte wieder in den Zustand zurückversetzt werden, in dem ich sie kennengelernt hatte. Nie wieder wollte ich diesen leeren Blick in ihren Augen sehen, denn dann hätte sie mich verlassen. Meine einzige Verbündete auf dieser Welt. Dann wäre ich wieder allein wie zuvor, und was hätte ich dann noch? Was war ein Mensch ohne die Gesellschaft anderer Menschen? Nichts. Doch ich wollte kein Nichts sein.

Ich räusperte mich kurz, um den Bann der bösen Hexe zu brechen. Und tatsächlich, es funktionierte. Ihr bohrender Blick wanderte zu mir. Sie wirkte beinahe überrascht, mich dort mit der löchrigen Decke unter dem Arm stehen zu sehen, als hätte sie meine Anwesenheit völlig vergessen. Ich machte eine übertriebene Verbeugung und setzte mein freundlichstes Lächeln auf, was mir bei ihrem Anblick nicht gerade leichtfiel. Meine Gesichtsmuskeln waren in letzter Zeit etwas eingerostet.

„Wir sind beide sehr erfreut, Sie kennenzulernen, gnädige Frau. Mit *wir* meine ich dabei Leana und meine Wenigkeit, Aron."

„Gute Güte, Junge, setz dich, du machst mich ja ganz nervös, wie du da herumstehst mitten in meinem Esszimmer."

Ich unterdrückte einen Würgereiz beim Klang ihrer übertriebenen Stimme, doch ich gehorchte und Leana folgte mir.

„Du nicht!", rief Ernestine streng und Leana blieb wie angewurzelt stehen, während ich viel zu laut die Stuhlbeine über den Boden zog in der Hoffnung, einen bleibenden Striemen im Boden zu hinterlassen. Dann ließ ich mich auf dem weichen Polster nieder. Mein Hinterteil hatte nie bequemer gesessen.

„Bring mir ein Glas Wasser", sagte sie an Leana gewandt.

„Woher?", piepste diese verunsichert.

„Aus der Küche natürlich." In diesem Moment begann ich, Ernestine zu hassen.

Leana sah aus, als würde sie jeden Moment in Tränen ausbrechen. „Ich weiß nicht, wo die Küche ist."

Ernestine klatschte zweimal kurz in die Hände und Leana suchte hilflos meinen Blick. Ich nickte ihr aufmunternd zu und sie entspannte sich ein wenig.

Ein Mädchen trat in den Raum, vielleicht ein paar Jahre älter als ich. Sie trug ein dunkles, schlichtes Kleid und darüber eine Schürze. Ihr braunes Haar war streng nach hinten gekämmt und ihre Augen genauso ausdruckslos wie die der Frau, für die sie arbeitete. Man musste wohl innerlich abgestorben sein, um unter einem Dach mit der werten Dame Ernestine zu leben. Ich wollte Leana um keinen Preis in einer solchen Gesellschaft zurücklassen. Doch die andere Wahlmöglichkeit wäre ein Leben auf der Straße. Im Winter. Ernestine schien dagegen das kleinere Übel zu sein. Wenn auch nur um Haaresbreite.

„Tilda, zeig der Waise die Küche."

Tilda nickte und machte auf dem Absatz kehrt. Leana folgte ihr mit unsicherem Schritt.

„Wie geht es den Kindern?", wandte sich Ernestine in gelangweiltem Ton an Roman.

Er lächelte höflich. „Danke, gut. Wie geht es Eckart?"

„Er packt gerade oben seine Sachen für die Reise zusammen. Ich würde dich ja für einen Plausch unter Männern zu ihm hinaufschicken, doch er will nicht gestört werden."

Ich legte meine Hände, die ich seit dem Fluss nicht mehr gewaschen hatte, auf den Tisch und spielte mit dem Zipfel der schmalen Tischdecke.

Ernestine warf mir einen eisigen Blick zu und verzog dann ihren Mund zu einem hässlichen, aufgesetzten Lächeln. „Junge, hier wurde gerade erst geputzt. Sei also so gut und fasse so wenig wie möglich an." Das Lächeln verschwand augenblicklich wieder.

Ertappt hielt ich die Hände in die Höhe und riss die Augen weit auf. Dann legte ich sie zurück auf meinen Schoß. „Waise Nummer zwei bittet untertänig um Verzeihung", murmelte ich.

Sie blickte mich scharf an. „Hast du etwas gesagt?"

Nun war ich es, der gespielt freundlich lächelte. „Ich bitte Sie um Verzeihung." Ich glaubte, so etwas wie ein Schmunzeln in Romans Gesicht zu erspähen.

Leana kehrte aus der Küche zurück, auf der einen Hand balancierte sie ein Tablett mit einem Glaskrug voll kristallklarem Wasser und einem Weinglas. Sie begab sich an die rechte Seite von Ernestine und stellte das Glas auf dem Tisch ab. Dann schenkte sie elegant ein, die andere Hand auf dem Rücken, ohne dabei auch nur den winzigsten Tropfen zu verschütten.

„Manieren hat sie zumindest“, sagte Ernestine zu dem Metzger und einmal mehr fragte ich mich, was für ein Leben Leana wohl vor dem Waisenhaus geführt hatte.

„Bring das weg und komm dann wieder“, befahl Ernestine in herrischem Ton und Leana schwebte wieder davon. Dann erhob sie sich und mit ihr Roman. Also stand ich auch auf.

„Junge“, sagte sie zu mir, „das Mädchen werde ich behalten. Es tut mir leid, aber für dich habe ich bedauerlicherweise keine Verwendung.“ Als ob ich der dreizehnte, überflüssige Samtstuhl zu ihrem Tisch wäre.

Wie ich es mir schon gedacht hatte. Dennoch war ich erleichtert, Leana versorgt zu wissen, geschützt vor Kälte und Hunger. Dann machte es jetzt wohl auch nichts mehr, den Vorhang der Höflichkeiten fallen zu lassen. „Ich kann Ihnen also nicht das Wasser reichen? Nun, Sie mir auch nicht.“

Empört riss Ernestine den Mund auf, um etwas ebenso Unhöfliches heraussprudeln zu lassen, doch da legte ihr Roman beruhigend die Hand auf die Schulter.

„Was erlaubt der sich eigentlich?“

Der Metzger schmunzelte wieder kaum merklich. „Er hat doch nur einen Scherz gemacht. Du kannst es ihm nicht verdenken, er ist aus dem Ring und weiß es nicht besser.“

Ich nickte mit gespielt reuevoller Miene. „Ich wollte Sie wirklich nicht kränken.“ Zu dick aufgetragen?

Leana kam zurück und stellte sich eingeschüchtert vor die Dame des Hauses.

„Ich habe gute Neuigkeiten für dich, mein Kind. Du darfst dir das Gesicht waschen und dann in der Küche putzen. Tilda wird dir alles zeigen.“ Mit diesen Worten rauschte sie aus dem Raum.

Leana sah ihr fragend nach. Sie wartete darauf, zu hören, dass ich ebenfalls bleiben durfte.

Roman fasste ihr Zögern falsch auf und raunte ihr erklärend zu: „Du bist eingestellt, Mädchen.“

Leanas Augen wanderten zu mir hinüber. Ich schüttelte entschuldigend den Kopf. Panik kehrte in ihren Blick zurück. „Du verlässt mich?“ Ihre Stimme zitterte leicht.

„Ich komme dich besuchen.“

„Lass mich hier bitte nicht allein! Wenn du gehst, gehe ich auch.“

Ich packte sie bei den Schultern. „Sei nicht dumm, Leana. Du wirst es hier gut haben. Besser jedenfalls als da draußen." Ich deutete aus dem Fenster.

Jetzt stiegen ihr Tränen in die Augen. „Und was ist mit dir?"

Ich lächelte. „Mach dir um mich keine Sorgen. Ich hab da schon eine Idee."

Ein Hoffnungsschimmer zwischen dem Tränenschleier. „Wirklich? Was für eine?"

Ich grinste sie an. „Eine brillante. Ich erzähle dir alles, wenn ich dich besuchen komme."

„Wann?"

„Ganz bald. Und jetzt gib mir eine Umarmung." Ich breitete die Arme aus. Sie schmiegte sich an mich und ich ließ einen Teil der gestohlenen Münzen in ihre Jackentasche gleiten: elf Silbermünzen. Immerhin war es auch ihr Verdienst gewesen. Sie bemerkte das zusätzliche Gewicht in ihrer Tasche, wollte protestieren, wurde sich jedoch Romans Anwesenheit bewusst und schwieg daher, als ich mich sanft von ihr löste.

„Bis bald", sagte ich und ließ Leana stehen, diese kleine Person in diesem viel zu großen Haus.

Stadtratten

Roman begleitete mich nach draußen, wo es bereits dunkel geworden war. „Bist ein guter Lügner. Du hast keinen blassen Schimmer, wie es mit dir weitergehen soll, richtig?"

Wieder knirschten die Kiesel unter meinen Sohlen. Spottend. „Nicht wirklich." Ja, ich hatte Leana von jeher gepredigt, dass wir ehrlich zueinander sein mussten, wollten wir es gegen den Rest der Welt aufnehmen. Manchmal jedoch brachte ich es einfach nicht übers Herz, ihr die kalte Wahrheit ins Gesicht zu schleudern. Ich wollte nicht, dass sie sich Sorgen machte. Sie sollte sich auf ihre neue Arbeit konzentrieren.

Roman lief hinter mir. „Tut mir leid, dass ich dir nicht helfen konnte, Junge."

Ich hielt ihm die Gartentür auf. „Das ist nicht schlimm. Die Hauptsache ist, dass Leana ein Dach über dem Kopf hat."

„Ja", erwiderte er gedankenverloren. Vermutlich dachte er wieder an sein eigenes kleines Mädchen.

Die Gartentür fiel hart hinter mir ins Schloss.

„Danke", sagte ich voll Aufrichtigkeit und er nickte mir zu.

Roman ging nach rechts, also ging ich nach links, auch wenn ich nicht wusste, wohin mich meine Füße tragen würden. Ich war erleichtert, Leana in Sicherheit zu wissen, andererseits war ich auch verzweifelt, wenn ich an meine eigene nahe Zukunft dachte. Ich hatte keine Arbeit und keinen Ort, an dem ich mich vor dem hereinbrechenden Winter schützen konnte. Nur eine Handvoll Silbermünzen, die schon bald ausgegeben sein würden. Wohin sollte ich gehen? Wo würde ich die kommende Nacht schlafen? Wie um meine Ängste zu schüren, fuhr ein eisiger Wind durch meine Kleider und ließ mich erschaudern.

Es war furchtbar, nicht zu wissen, wohin man ging. Ich fror schon jetzt, wie sollte es erst im Verlauf der Nacht werden? In all den anderen beständig kälter werdenden Winternächten? Erfrierungen waren keine schöne Sache. Überhaupt war der Winter keine schöne Jahreszeit. Während er den Reichen Schneemänner, weiße Wunderlandschaften und gefrorene Seen zum Schlittschuhlaufen brachte, schenkte er den Armen nur Kälte, Hunger und Tod.

Wie sehnte ich mich nach einem ewigen Sommer! Ich hatte schon von Ländern gehört, in denen es nie Winter wurde, konnte mir aber nicht so recht vorstellen, dass sie wirklich existierten. Vielleicht waren sie nur die sehnsuchtsvollen Fantasien der Frierenden.

Ich musste mir überlegen, wie ich die kommende Nacht überstehen wollte. Geld hatte ich, allerdings nicht genug, um mich langfristig über die Runden zu bringen, und auf einen weiteren Glücksgriff in die Tasche eines Fremden konnte ich mich nicht verlassen. Ich konnte mir heute vielleicht ein kleines Zimmer in einem Wirtshaus leisten, sicher, und auch etwas zu essen, aber das würde den Winter nicht aufhalten, wenn das Geld fort war und ich wieder verloren auf den Straßen der Stadt umherirrte. Nein, ich musste langfristig planen, wollte ich meine jämmerliche Lebenssituation einigermaßen heil überstehen.

Ich hörte die Kirchturmuhr sechsmal schlagen. „Zeit fürs Abendbrot", dachte ich bitter und musste beinahe lachen. Kaum zu glauben, dass mir das Heimleben auf einmal komfortabel erschien.

Die Decke fest um meinen Leib geschlungen und zitternd, lief ich eine der zwei großen Hauptstraßen entlang, die es in Felsburg gab und die von Laternen gesäumt waren. Es tat gut, ein wenig Licht in der Kälte zu haben und sich auszumalen, dass dieses die Umgebung ein klein wenig erwärmte. Ich begegnete kaum einem Menschen, und wenn, dann eilten sie an mir vorüber, ohne mich eines weiteren Blickes zu würdigen, als existierte ich gar nicht. Nicht nur war ich allein, ich war zu allem Überfluss auch noch unsichtbar geworden.

Zu meiner Linken und Rechten reihten sich Läden aneinander, die meisten waren bereits geschlossen oder gerade dabei zu schließen. Schuhläden, eine Bäckerei, ein Möbel- und Teppichladen, ein Zeitungsstand.

Vor einem Schaufenster blieb ich stehen. Durch das Glas war eine kopflose Holzpuppe zu sehen, die einen Mantel aus dicken Fellen trug. Ich legte meine Hand an das kalte Glas und versuchte mir vorzustellen, wie es sein musste, diesen jetzt zu tragen. Ich scheiterte. Er musste ein Vermögen kosten. Ich seufzte und ging weiter.

Was Leana wohl gerade machte? Den Boden einer feinen Küche schrubben? Delikate Speisen auf einem Silbertablett servieren? Woher hatte sie gewusst, worauf man zu achten hatte, wenn man jemanden bediente? Denn dass sie auf die Probe gestellt worden war und bestanden hatte, das hatte ich an Ernestines verdattertem Gesichtsausdruck erkannt. Im Waisenhaus war uns nur beigebracht worden, die Hände vor dem Essen zu waschen und wie man Messer und Gabel zu halten hatte, ohne dabei seinen Sitznachbarn zu massakrieren. Nicht aber, wie man wohlhabende Hexen bediente. Leana musste aus dem Kern stammen, ob nun als Tochter einer Bediensteten oder einer reichen Familie. Wie aber hatte sie dann ihren bedauernswerten Weg hinab in das düsterste Loch im Ring gefunden, das sich Waisenhaus nannte? Es brannte mir unter den Nägeln, mehr über ihre Vergangenheit herauszufinden, und doch würde ich sie nicht fragen können. Ich wollte ihr nicht wehtun.

Ich dachte an meine eigene Vergangenheit. Kein Gedanke zum Aufwärmen. Das Gesicht einer jungen Frau blitzte vor meinem geistigen Auge auf. Wie konnte etwas, das so lange zurücklag, noch so sehr schmerzen? Ich schluckte schwer und verdrängte meine traurigen Erinnerungen, indem ich mich auf meine Umgebung konzentrierte.

Die Hauptstraße hatte ich nun hinter mir gelassen und eilte zügigen Schrittes eine schmalere, unbeleuchtete Gasse entlang. Der Himmel über mir war mit unbarmherzigen Wolken bedeckt und weder Mond noch Sterne konnten mir so ihr Licht senden, das ich gut hätte gebrauchen können. Es war stockfinster und meine Augen gewöhnten sich nur langsam daran. Immer wieder stolperte ich über lose Steine in der Straße und fluchte leise. Flüche hatten im Waisenhaus Prügel nach sich gezogen. Ich war oft geprügelt worden.

Schließlich fand ich meinen Weg durch die Dunkelheit und hielt mich nun in unmittelbarer Nähe zur Stadtmauer auf, die sich wie ein dunkler Riese vor mir in den Himmel erhob. Die Tore waren sicher längst geschlossen worden, doch ich hatte ohnehin nicht im Sinn, in den Ring zurückzukehren. Es war besser, arm zwischen den Reichen zu sein als zwischen den Armen. Wie eine Taube, die auf herabfallende Brotkrumen wartete. Oder wohl eher eine Ratte, denn Davonfliegen war mir nicht vergönnt.

Im Angesicht der Nacht konnte ich noch immer nicht viel erkennen, doch ich wusste von früheren Besuchen des Kerns, dass die Gebäude kleiner und unscheinbarer wurden, je näher man der Mauer kam. Es war schon eine ganze Weile her, seit ich das letzte Mal in dieser Gegend gewesen war, doch ich konnte mich an einen bestimmten Laden erinnern, der damals meine Aufmerksamkeit auf sich gezogen hatte. Ich wusste nicht, ob es ihn überhaupt noch gab oder ob ich ihn wiederfinden würde, doch nun hatte ich ein Ziel für meine Füße, und auch wenn das nur ein kleiner Trost war, so tat es doch unwahrscheinlich gut. Augenblicklich bewegten sie sich zügiger über den gefrorenen Boden, ja, fast schon eifrig. Ich war so verzweifelt darauf aus, einen Plan zu haben, wie ich es Leana vorgegaukelt hatte, dass ich beinahe froh war zu wissen, was als Nächstes kam. Oder es zumindest zu hoffen.

Ich weiß nicht, ob es am Ende Glück, Zufall oder die Eifrigkeit eines Verzweifelten war, die mich den Laden schließlich in einem entlegenen Winkel der Stadt finden ließ. Ich war unglaublich erleichtert, als ich endlich vor dem zerkratzten Schaufenster stand, als hinge mein Leben von seinem Bestand ab. Nun, vielleicht war dem auch so.

Mich interessierte nicht der Krimskrams, der dort vor meinen Augen aufgetürmt war und mir den Blick hinein beinahe vollständig mit heilloser Unordnung versperrte. Aber vielleicht das, was sich dahinter verbarg.

Mein Herz pochte schneller und ich lächelte fast, denn es brannte noch Licht im Ladenbereich. Beinahe war ich wieder guter Dinge. Als ich jedoch an die Tür trat, sank meine Hoffnung bodentief, denn ein Geschlossen-Schild hing daran. Ich konnte zwar nicht lesen, doch erkannte ich den Unterschied zum Geöffnet-Schild am Schwung der letzten Buchstaben. Ich war zu spät.

In hässlichen Wölkchen wurde mein Atem im Schein des Lichtes sichtbar, als wollte er mich verhöhnen. „Du wirst erfrieren", schien er zu wispern. „Vielleicht nicht heute, aber du wirst es, allein hier draußen."

„Oh nein", murmelte ich trotzig und begann wie ein Wilder, mit den Fäusten gegen die Tür zu hämmern. Ich musste dort hinein, jetzt sofort, und mein Schicksal den nach mir ausgestreckten Klauen des Winters entreißen. Und mochten sich mir noch so viele Geschlossen-Schilder in den Weg stellen!

Ich hielt inne und wartete auf eine Reaktion auf den unangebrachten Lärm.

Nichts. Stille.

Hatte mich der Ladenbesitzer nicht gehört? War er taub? Ich klopfte noch einmal, dieses Mal jedoch züchtiger.

Wartete wieder.

Nichts.

Aber da war Licht! Da musste noch jemand im Laden sein. Oder hatte man schlicht und ergreifend vergessen, es zu löschen, und ich stand hier und schlug mir ganz umsonst die Handknöchel wund?

„Hallo?“, rief ich. War da ein Geräusch hinter dem Holz oder bildete ich es mir nur ein, weil ich fror und es mir wünschte? Ich lauschte angestrengt, doch was auch immer meine Ohren wahrgenommen hatten, es war wieder still. Wütende Enttäuschung ergriff Besitz von mir und ich sank an der Tür hinab zu Boden.

Ich könnte am nächsten Tag wieder hierherkommen und erneut mein Glück versuchen. Aber das hieße, eine ganze Nacht in der Kälte ausharren …

Ich könnte das Schaufenster mit einem großen Stein einwerfen, um so in den Laden zu gelangen, aber dafür war es noch nicht spät genug. Ich könnte gesehen und festgenommen werden. Dazu kam, dass ich noch nie irgendwo eingebrochen war, wenn man meinen unerlaubten Einstieg in die Hütte im Ring nicht zählte.

Im Ring gestaltete sich ein solches Unterfangen leichter. Doch hier im Kern waren die Häuser besser geschützt und man lief Gefahr, von einem der Nachtwächter festgenommen zu werden, welche die Stadt abliefen, sobald es dunkel wurde. Wenn mir jedoch nichts anderes übrig blieb, würde ich wohl zu solchen Mitteln greifen müssen. Ich würde warten, bis es spät in der Nacht war und ich nicht mehr Gefahr lief, von Passanten gestört zu werden. Schon bei dem Gedanken daran begann mein Herz schneller zu pochen. Ein Taschendieb musste nur schnell und einigermaßen geschickt sein, ein Einbruch hingegen benötigte sorgfältige Planung, wollte man auf der sicheren Seite sein. Zeit dafür hatte ich allerdings nicht.

Ich musste an Leana denken, die Diebstahl verabscheute. „Aber was bleibt mir denn anderes übrig? Erfrieren?“, dachte ich, wie um mich vor ihr zu rechtfertigen, als wäre sie noch bei mir. Nein, ich hatte nicht das Waisenhaus überstanden, nur um demnächst in irgendeiner einsamen Straße zwischen den Villen steinreicher Leute den Löffel abzugeben.

Nein, ich würde warten.

Ich zog die Decke fester um mich und machte es mir gemütlich. *Gemütlich.* Ich musste beinahe lachen. Die Kälte der steinernen Stufe, auf der ich saß, kroch an mir hinauf wie eine widerliche Spinne auf der Jagd nach Beute und das Holz der Tür drückte hart gegen meinen Rücken. Wo war die Gleichgültigkeit gegenüber meiner eigenen Existenz geblieben? Wie hatte ich auch nur einen Herzschlag lang der Überzeugung sein können, dass ich problemlos auf den Straßen überleben würde, wo ich doch bisher nur im Frühling und Sommer von dieser Art der Freiheit gekostet hatte? Wie leichtgläubig ich doch gewesen war! Meine zweite Nacht hier draußen hatte noch nicht einmal richtig begonnen und schon verzweifelte ich an der Kälte. Wie einfach war es doch, kühn und mutig zu sein, solange man sich nicht in jener Situation befand, von der man dachte, man könnte sie meistern.

Mein Magen knurrte und mein Kopf schmerzte davon, dass ich zu wenig getrunken hatte. Und müde war ich auch. Ich schloss die Augen.

In diesem Moment drehte sich ein Schlüssel im Schloss und die Tür wurde aufgerissen. Erschrocken verlor ich das Gleichgewicht und fiel buchstäblich mit dem Rücken voran in den Laden hinein, wo mir ein Schwall warmer Luft entgegenschlug.

„Wer klopft da so wild gegen meine Tür? Und wer tritt da unerlaubt über die Schwelle meines bereits geschlossenen Ladens?“, fragte eine laute, harsche Stimme.

Wie ein umgekippter Käfer rollte ich mich schwerfällig auf den Bauch, stützte meine Hände auf den Holzdielen ab und rappelte mich auf. Vor mir stand ein kleiner, hagerer Mann mit weißem, langem Ziegenbart und einer winzigen Brille auf der Nasenspitze. Er trug ein weißes Hemd und darüber eine schwarze Weste, die selbst im schwachen Schein der Beleuchtung aus dem Hinterzimmer abgetragen und alt wirkte. Böse sah er mich aus zusammengekniffenen Augen an.

Das konnte ich auch. Ohne den Blick von ihm abzuwenden, klopfte ich den Staub aus meiner Decke, die mir von den Schultern gerutscht war, als würde das etwas nützen. „Sie meinen, wer *hat* da vor einer guten Viertelstunde wild gegen Ihre Tür geklopft und ist in Ihren bereits geschlossenen Laden gefallen, nachdem Sie ihn so elegant geöffnet haben?“ Waise hin oder her, auf den Mund gefallen war ich nicht. Und wenn es das einzige Nützliche war, das ich mir über die Jahre hinweg angeeignet hatte.

„Gesindel können wir hier nicht gebrauchen!“, rief er, gab mir einen leichten Stoß gegen den Brustkorb und wollte mir die Tür vor der Nase zuschlagen. Schnell schob ich meinen Fuß zwischen Tür und Rahmen und fluchte laut, als dieser eingequetscht wurde. Der alte Mann hatte einen energischeren Schwung drauf, als ich angenommen hatte. Wütende Augen blinzelten mich über den Brillenrand hinweg an.

„Aber, aber“, sagte ich, „wer redet denn von Gesindel?“ Meine Mundwinkel zogen sich auseinander und entblößten meine Zähne. Für ein richtiges Lächeln reichte es heute nicht mehr, aber der gute Wille zählte.

„Was willst du?“, knurrte er und zog die Tür einen Spalt weiter auf.

„Das, was Leute gewöhnlich in Läden wollen.“

„Du meinst stehlen? Denn dass du kein Geld hast, kann ein Blinder mit Augenbinde sehen.“ Er zupfte am Saum meiner löchrigen Decke, wie um seine Aussage zu bekräftigen.

Ich rollte sie zusammen. Schelmisch grinste ich ihn an. „Wollen wir das Sehen doch den Sehenden überlassen.“ Ich zog den gestohlenen Geldbeutel hervor, öffnete ihn weit genug, um seinen Inhalt im Lichtstrahl glitzern zu lassen, und hielt ihn ihm unter die gekrümmte Nase.

Die kleinen Augen wurden groß und er begann, nach links und rechts die Straße entlangzuschauen. Dann zog er mich schwungvoll in den Laden hinein und schloss hinter uns ab. Wärme umfing mich und ich seufzte leise. Ich fühlte mich wie ein großes Stück Eis, das man in die Sonne gelegt hatte. Es würde dauern, bis die Kälte ganz aus meinen Gliedern gewichen war, aber zweifelsohne fühlte es sich gut an.

„Dass das nicht dein hart verdientes Geld ist, weiß ich von selbst. Ich will gar nicht erst fragen, wie du da drangekommen bist.“

Staunend blickte ich mich im Laden um, während ich weiter hineinlief, dem warmen Licht aus dem Hinterzimmer entgegen. Die zusammengerollte Decke legte ich achtlos auf einem Stapel Bücher an der Wand ab. Der Duft von Hagebuttentee hing in der Luft.

Die verschiedensten Gegenstände stapelten sich in Haufen und Türmen bis an die Decke und ich hatte im Vorübergehen Angst, gegen einen davon zu stoßen und ihn zu Fall zu bringen. Da war ein Regal voll mit altem Geschirr und Besteck, Kerzenleuchter, aufeinandergestapelte Tierfallen, Tücher und Vorhänge in verblassten Farben, Brettspiele, Petroleumlampen mit Sprung, Flöten und Zupfinstrumente, aus Holz geschnitzte Tierfiguren, große und kleine Bilderrahmen, Bücher mit vergilbten Seiten – und das war nur ein Bruchteil dessen, was mich umgab.

Ich wandte mich wieder dem kleinen Mann, dem Trödelhändler, zu, der mich auf Schritt und Tritt verfolgte. „Wenn Sie mich klopfen gehört haben, warum haben Sie erst jetzt die Tür geöffnet?"

Stolz reckte er das Kinn in die Höhe. „Um dich Geduld zu lehren! Glaubst wohl, ich eile, wenn mir jemand fast die Tür einschlägt? Oho, nein, einen Tee habe ich mir stattdessen aufgesetzt."

Ich konnte nicht anders, mein Mund verzog sich von ganz allein zu einem erleichterten Lächeln. Ich war so froh, dass sich das Männchen dazu entschieden hatte, trotz der späten Stunde zu öffnen und sich von seiner Habgier leiten zu lassen. Und ein für den Kern ärmlicher Trödler wie er stellte keine Fragen über verdächtige Geldsummen, so wie ich es mir gedacht hatte. Genau deshalb war ich hergekommen. „Haben Sie auch Mäntel?", wollte ich wissen.

Der Verkäufer schenkte mir einen herausfordernden Blick. „Die Frage, mein Junge, lautet nicht *ob*, sondern *wo*. Hier entlang." Er führte mich durch das Labyrinth des Trödelwirrwarrs.

„Machen Sie das oft?", fragte ich.

„Was denn?"

„Lärmende Jugendliche nach Ladenschluss einlassen?"

Er schenkte mir einen flüchtigen Schulterblick, bevor er sich durch ein herabhängendes Fischernetz kämpfte. „Wenn sie das nötige Kleingeld dabeihaben. Wie man so schön sagt: *Geld öffnet Türen*. Manchmal eben auch wortwörtlich." Dann tauschten wir die Rollen, ich verfing mich im Netz und er stellte eine Frage: „Du lebst noch nicht sehr lange im Kern, oder?"

„Nein. Ist mein erster Tag heute. Ich wohne in der Villa am Ende der Straße."

„Ja, ja, Junge, mach du nur deine Scherze. Wenn es anfängt zu schneien, wird dir das Lachen noch früh genug vergehen. Tust gut daran, nach Mänteln zu schauen."

Das Netz war überwunden, ich pflückte ein paar alte Fischschuppen aus meinem Haar und fand mich vor einem Kleiderständer wieder, an dem Jacken, Hemden und Mäntel in mehreren Schichten übereinanderhingen.

„Staubfänger", murmelte er leise. „Welche Farbe bevorzugt der feine Herr?", fragte er mich, die Hand bereits ausgestreckt, um sofort nach dem Stoff meiner Wahl zu greifen.

Ich ließ meinen Blick über die Kleidungsstücke schweifen. Grau, braun, blassblau. Es hätte mir nicht gleichgültiger sein können.

„Die Farbe, die zum wärmsten Mantel gehört", entgegnete ich.

Er zog mit einiger Mühe einen dunklen Mantel unter mehreren anderen zum Vorschein. Zwei Hemden fielen dabei achtlos zu Boden. „Der scheint mir warm zu sein." Er hielt ihn mir unter die Nase.

Ich rieb den Stoff zwischen Daumen und Zeigefinger und begutachtete kritisch die fehlende Knopfleiste. Ich schüttelte den Kopf. „Knöpfe wären großartig." Immerhin wollte ich im Winter nicht dazu gezwungen sein, meinen Mantel offen tragen zu müssen.

Der kleine Mann schaute mich ungeduldig an, immerhin strapazierte ich gerade seine freie Zeit nach Ladenschluss. Ich ließ meinen Geldbeutel klimpern, um ihn daran zu erinnern, warum er das tat. Ich kam mir dabei sehr gut vor. Und es wirkte; mit neuem Elan durchstöberte er die Kleiderschichten. Er hielt mir einen weiteren Mantel hin, den ich auch ablehnte, da er löchriger war als meine Decke.

Schließlich reichte er mir einen verwaschenen blauen Mantel mit tiefen Taschen, dem nur ein einziger Knopf fehlte und der ansonsten in einem guten Zustand zu sein schien.

„Na los, probier ihn an!", forderte er mich auf.

Ich tat wie geheißen. Er war etwas zu groß und die Ärmel reichten mir bis an die Fingerspitzen, aber das machte mir nichts. Ich strich über den rauen Stoff und nickte zufrieden. „Wie viel?"

„Zwei Brocken", kam es wie aus der Pistole geschossen.

Meine linke Augenbraue schoss in die Höhe und ich machte mich aufs Feilschen gefasst. „Zwei Goldstücke für diesen alten Mantel?"

„Ein Brocken. Oder fünf Steine." Haha, beides war gleich viel wert.

„Ein Brocken für den Mantel, dazu Handschuhe und Stiefel."

Der kleine Mann kämpfte sich durch den Laden, war für einige Minuten verschwunden und kam mit einem Paar grauer Wollhandschuhe und Lederstiefeln zurück. Er hielt sie abschätzend an meinen Fuß. „Zehn Steine. Nicht weniger, die Stiefel sind so gut wie neu!"

Viel mehr befand sich auch gar nicht in meinem Beutel. Einen besseren Preis würde ich wohl nicht herausschlagen können. Die Stiefel sahen wirklich so aus, als wären sie aus gutem Material, und waren wahrscheinlich mehr wert, als ich zahlen sollte.

Ich hielt dem Verkäufer meinen Geldbeutel hin. „Das ist alles, was ich habe. Sie können es behalten, wenn Sie mir dafür noch einen Becher von Ihrem Tee zu trinken geben."

Gierig riss er mir den Beutel aus der Hand, öffnete ihn und zählte misstrauisch nach. Elf Silbermünzen waren darin. Dann nickte er und steckte ihn in seine Tasche. „Komm mit, Junge. Ich hoffe, du magst Hagebutte."

***

Nie zuvor hatte ich Kleidung besessen, die mich so wärmte, geschweige denn die ich mir selbst ausgesucht und gekauft hatte. Doch nach Stunden des Umherwanderns konnte auch sie den schneidenden Wind nicht mehr davon abhalten, unter meine Haut zu kriechen. Ich war so müde, ich hätte auf der Stelle umfallen mögen, um meine Augen zu schließen und ein wenig zu ruhen, doch ich wagte es nicht, der Kälte der Nacht im Schlaf zu trotzen. Ich musste in Bewegung bleiben.

Zunächst hielt ich mich an den Verlauf der Hauptstraßen, denn das Licht der Laternen spendete mir etwas Trost. Doch bald suchte ich die Dunkelheit, die mich wie eine sichere Decke umhüllte und mich in sich einschloss. Ich wanderte durch schmale Gassen und benutzte unbeleuchtete Straßen, probierte, meinen Kopf zu beschäftigen, um die bleierne Müdigkeit zu verdrängen. Es nützte nicht viel. Ich wurde langsamer und legte eine Hand auf meinen knurrenden Bauch.

Dann sah ich es.

Da war ein Licht. Vor mir, in einiger Entfernung, am Ende der Gasse. Ich musste daran denken, was man sich über das Sterben erzählte, dass man wie eine Motte zurück ins Licht flog.

Ich zog meine Nase hoch und tastete über meinen Oberkörper. Nein, ich fühlte mich noch ganz lebendig an. Also war ich nicht irgendwo vor Erschöpfung zu Boden gegangen und erfroren. Ausgezeichnet.

Nein, da war in der Tat ein Licht. Es flimmerte und bewegte sich leicht wie funkelnde Sterne in der Ferne, doch strahlte es nicht mit ihrem kalten Glanz, sondern schien warm und lebendig zu sein. Plötzlich durchströmte mich neue Kraft und ich wurde schneller. Ein Feuer, an dem man sich die steif gefrorenen Finger wärmen konnte!

Noch ehe ich das Feuer erreichte, hörte ich leises Stimmengemurmel. Im Schein der Flammen waren drei Gestalten zu erkennen, die in dicke Schichten Lumpen gehüllt waren. Über ihre Gesichter sprangen abwechselnd Licht und Schatten. Sie standen um eine Tonne herum, in der das Feuer brannte, welches sie gerade mit Zweigen und einer Zeitung fütterten.

Eine Ratte blieb nicht lange allein.

Noch war ich nicht nahe genug, als dass sie mich hätten sehen können, und ich wurde langsamer. Sollte ich ihnen einfach in einer selbstgefälligen Art zunicken und mich zwischen sie drängen oder sie zunächst ein wenig belauschen?

Ein Kieselstein, gegen den meine linke Schuhspitze stieß und der daraufhin fröhlich klackernd über den Boden hüpfte, nahm mir die Entscheidung ab, denn plötzlich wandten sich alle drei Augenpaare voller Misstrauen in meine Richtung um. Also gut, dann eben das selbstgefällige Nicken.

Schnurstracks ging ich auf die Tonne zu, murmelte: „'n Abend“, und streckte meine Hände nach den Flammen aus. Ich konnte die Wärme in der Luft durch meine Handschuhe spüren.

„Verschwinde!“, keifte eine kratzige Frauenstimme und eine schmutzige Hand stieß mich unsanft fort. „Das ist unser Feuer!“ Die schmutzige Hand gehörte zu einer noch schmutzigeren, rundlichen Frau, der fettige Haarsträhnen in die Stirn fielen. Sie kratzte sich energisch am Kopf und ich war froh, Abstand von ihr zu haben. Läuse waren eine lästige Sache.

„Kann man Feuer besitzen?“, fragte ich und versuchte mich von der anderen Seite zu nähern, wo ein großes, dünnes Mädchen an der Tonne stand und schluchzte. Ein Strom von Tränen glänzte auf ihren Wangen. „Da stimmt was mit deinen Augen nicht“, sagte ich in besorgtem Tonfall und deutete mit dem Finger auf sie.

„Was?“, fragte sie verwirrt.

„Sie tropfen.“

„Halt doch dein Maul!“, fuhr sie mich an und wendete sich von mir ab, um sich weiter ihrem Kummer hinzugeben. Ich hatte das Gefühl, als ob ich hier schnell neue Freundschaften schließen würde.

„Mach, dass du wegkommst!“, rief der Dritte im Bunde, ein kleiner, gebeugter Mann mit langen grauen Haaren und dem mickrigsten Bart, den ich je gesehen hatte. Ich hoffte inständig auf einen besseren Bartwuchs in meinen nächsten Lebensjahren. Ich wollte ja nicht aussehen wie ein halb gerupftes Huhn.

Huhn ... ich bekam wieder Hunger, aber dagegen konnte ich jetzt nichts tun. Gegen die Kälte allerdings schon. Ich machte noch einen Schritt auf die Tonne zu.

„Ist ja nicht so, als ob ich euch die Wärme wegnehme“, warf ich ein. Und weil ich gehört hatte, dass es die meisten Leuten gut aufnahmen, wenn man ihnen Komplimente machte, fügte ich schnell hinzu: „Übrigens eine wunderschöne Tonne, die ihr da habt.“

„Du sollst verschwinden, hab ich gesagt!“, rief die Frau nun deutlich erbost, denn ihr Kopfgekratze hatte an Intensität gewonnen.

„Essigwasser“, raunte ich ihr zu, ohne das Umkreisen der Tonne einzustellen. Ich kam mir vor wie eine hungrige Raubkatze. Sehr hungrig.

Die Frau warf etwas nach mir und ich duckte mich.

„Du mit deinen guten Sachen brauchst kein Feuer. Geh woanders hin oder ich nehme sie dir ab!“ In der Hand des Mannes blitzte eine Klinge. Mir wurde bewusst, dass ich in dieser Gesellschaft in der Tat als gut gekleidet galt, so sauber und ganz ohne Löcher im Stoff. Ich musste mich vorsehen.

„Wir könnten einen kleinen Tauschhandel vornehmen“, schlug ich vor.

„Ich nehme deine Schuhe und schenke dir dafür das Leben. Wie klingt das für dich?“ Der Mann wedelte mit seinem Messer herum.

„Ja, genau“, krächzte die Frau, „da hast du deinen Tauschhandel!“

Ich schüttelte nachdenklich den Kopf. „Ich hatte da eher an etwas anderes gedacht.“

„Der feine Herr ist ein Denker.“ Im Schein des Feuers konnte ich ihre fauligen Zähne sehen, als sie sprach.

Ich ignorierte sie. „Ich habe Fleisch.“

Der alte Mann musterte mich von Kopf bis Fuß. „Nicht gerade sehr viel.“

Ich schenkte ihm mein überheblichstes Lächeln. „Ich habe Zugang zu einer Metzgerei. Gleich morgen kann ich euch gutes Fleisch verschaffen, vorausgesetzt, ich erfriere nicht. Ihr seid sicher hungrig.“ So wie ich.

Das Mädchen hielt für einen Moment im Schluchzen inne, um mich entgeistert anzustarren. „Der Mann mit der Glatze?“ Sie fürchtete sich vor Roman. Es war ihr nicht zu verdenken.

„Lasst das ganz meine Sorge sein.“

„Wir brauchen keinen zwielichtigen Fleischlieferanten. Wir können für uns selber sorgen“, knurrte die Frau. Doch der Mann schluckte schwer, als liefe ihm das Wasser im Munde zusammen. Er hatte angebissen.

„Schinken“, sagte ich.

Sie machte eine scheuchende Bewegung mit der Hand. „Verschwinde endlich.“

„Speck.“

„Na los, husch!“

„Rippchen.“ Der Mann knickte beinahe ein.

„Hau ab!“

Ich zuckte gleichgültig mit den Schultern, wandte mich von der brennenden Tonne ab und machte drei langsame Schritte in die Dunkelheit hinein.

„Warte!“, rief der Mann.

Ich blieb stehen und grinste.

Am Feuer ließ sich die Kälte der Nacht aushalten. Zu viert standen wir dicht gedrängt wie die Spatzen um die Tonne herum und hielten unsere ausgestreckten Hände über die Flammen. Ich stand zwischen Geske und Ben, dem großen Mädchen und dem Alten, während zwischen mir und Roksi mit ihren Läusen das Feuer loderte. Vor den kleinen Mistviechern war ich sicher. Es sei denn, sie hatten schon meine direkten Nachbarn befallen, was ziemlich wahrscheinlich war. Nun, zumindest fror ich nicht.

Nachdem wir uns alle mit Namen vorgestellt hatten, Roksi Geske mit dem Ellenbogen in die Seite gestoßen und sie angefaucht hatte, mit dem Heulen aufzuhören, war es fürs Erste still geworden in unserer kleinen, gemütlichen Runde. Sie wagten es nicht, vor einem Fremden ihre vertraulichen Gespräche zu führen. Ich konnte es ihnen nicht verdenken.

Die runde Roksi war es schließlich, die das Schweigen brach. „Ich sehe nicht ein, wieso wir ihn für Fleisch an unser Feuer lassen. Ein guter Schnaps hätte es da schon eher getan ...“

Ich lächelte ihr gutmütig zu. „Alkohol verträgt sich nicht mit Feuer.“

„Wenn du schon hier rumstehst, halt wenigstens deine vorlaute Klappe!“, fuhr sie mich an.

Ich führte meine rechte Hand an mein Kinn, hielt es fest und ihr Blick wurde noch finsterer. Langsam kam mir in den Sinn, weshalb ich im Waisenhaus so wenig Freundschaften geschlossen hatte: Alle meine Mitmenschen waren schrecklich! Nun, ich konnte sie nicht ändern.

„Diesen Metzger ... du kennst ihn gut?“, wollte Ben wissen und rieb sich den Bauch.

Ich zuckte mit den Schultern.

„Was kannst du uns bringen?“

„Was ich kriegen kann“, erwiderte ich knapp.

Roksi schnaubte. „Wir werden den Jungen nicht wiedersehen, ich sag es euch. Nachdem er sich an unserem Feuer gewärmt hat, ist er über alle Berge.“

„Felsburg hat keine Berge“, bemerkte ich und erntete erneut einen bösen Blick.

Geske zog geräuschvoll die Nase hoch. Ich wünschte, sie würde noch immer heulen, das war besser auszuhalten.

„Meine lieben Freunde ...“, setzte ich an.

„Wir sind nicht deine Freunde“, schallte es mir dreistimmig entgegen. Das hatten sie bestimmt geübt.

„Mitbürger“, setzte ich erneut an, „ihr mögt mir nicht vertrauen und das ist euer gutes Recht, immerhin kennen wir uns noch nicht besonders lange. Aber ich versichere euch, dass alles, was ich euch bis jetzt gesagt habe, der Wahrheit entspricht. Ich werde euch euer Fleisch besorgen."

Ben sah mich eindringlich an. „Wollen wir es hoffen, Flint."

Mein Mund verzog sich zu einem breiten Grinsen. „Ihr habt mein Ehrenwort."

Ein guter Tag

Ich lag auf einer Bank im Stadtpark, als es zu dämmern begann. Die aufgehende Sonne malte warme Farben an den Horizont, doch aufziehende Wolken versprachen bereits, sie bald wieder zu verstecken. Immer wieder rollte mein Kopf zur Seite und ich verfiel in einen unruhigen Schlaf, aus dem ich jedoch sogleich wieder erwachte. Kälte, Hunger und die harten Holzleisten in meinem Rücken erlaubten mir nicht mehr, obwohl mein erschöpfter Körper Erholung so dringend nötig hatte. Nein, so konnte es nicht bleiben. Vielleicht schaffte ich es, später noch einen Geldbeutel zu stehlen und mir doch ein Zimmer in einem Wirtshaus zu leisten, jetzt wo ich mich um das Wichtigste, warme Kleidung, gekümmert hatte. Und wenn es nur für eine Nacht war. Ich war so unglaublich müde und sehnte mich nach einem warmen Bett ... Mein Kopf fiel abermals zur Seite.

Als ich erwachte, war die Sonne fort. Graue Wolken hingen düster und schwer am Himmel über mir, der meine Laune zurückwarf wie ein Spiegel. Hoffentlich regnete es nicht auch noch.

Ich brachte mich in eine aufrechte Position und streckte stöhnend meine Arme. Meine Glieder waren ganz starr von der Kälte und schmerzten wegen meines unbequemen Betts. Ich war noch immer müde, doch der Hunger überwog. Ich stand auf und verließ den Park.

Auf den Straßen herrschte munteres Treiben. Ich stand gegen eine Mauer gelehnt und beobachtete meine Umgebung. Kutschen fuhren an mir vorüber und reiche Männer mit ausdruckslosen Gesichtern eilten über das Pflaster. Sie erfüllten mein ganzes Wesen mit abgrundtiefer Verachtung. Wussten sie denn nicht, dass sie alle gleich waren? Die gleichen langen grauen Mäntel, die gleichen starren, toten Augen und der gleiche monotone, zügige Schritt. War ihnen nicht bewusst, dass sie alle das gleiche langweilige Leben führten?

Am Morgen hetzten sie durch die Straßen, um ihren Geschäften nachzugehen und abends wieder zu ihren auseinanderbrechenden Familien zurückzukehren, nur um den nächsten Tag nach genau demselben Muster zu begehen. Sie erschienen mir so armselig, dass ich beinahe Mitleid für sie empfand, wären sie nur nicht so verflucht reich gewesen.

Ich dachte an mein eigenes, auf so andere Art erbärmliches Leben. Aufwachen, Nahrungssuche, warm halten. Überleben. Mehr war es nicht. Das Leben eines Tieres. Wie war es doch großartig, ein Mensch zu sein! Was hatten sich meine Eltern nur dabei gedacht, mich in eine solche Welt zu setzen? Nun, zumindest waren sie ihr entkommen. Ich war geblieben, aber wofür?

Meine Augen verfolgten die grauen Mäntel, die an mir vorbeiliefen, besonders ihre Taschen, in die so leicht eine fremde Hand hineingreifen konnte. „Tut mir leid, Leana."

Ich stieß mich von der Mauer ab und lief los.

Ich war noch nie in meinem Leben so schnell und so weit gelaufen. Ich hatte das Gefühl, die halbe Welt umrundet zu haben. Die kalte Winterluft schnitt mir mit jedem Atemzug in die Kehle, als wäre sie ein stumpfes Messer. In meiner zitternden Hand hielt ich einen kleinen Geldbeutel. Ich lehnte mich erschöpft gegen eine kahle Hauswand am Ende einer schmalen Gasse und sackte langsam in mich zusammen. Dieses Mal wäre ich beinahe geschnappt worden. Ein Stadtwächter war auf mich aufmerksam geworden. Zusammen mit dem Bestohlenen hatte er mich durch die halbe Stadt gejagt. Inständig hoffte ich, dass sie sich mein Gesicht nicht gemerkt hatten.

Ich schloss die Augen, bis sich mein Herzschlag normalisierte und ich wieder klar denken konnte. Meine Finger zogen die dünnen Schnüre des Beutels auseinander und ich lugte hinein. Leise fluchte ich. Drei Silber- und zwei Kupfermünzen fielen in meine geöffnete Hand. Steine und Kiesel. Eine magere Ausbeute. Hart stieß ich mit meinem Hinterkopf gegen das Gemäuer. Heute war nicht mein Tag. Zumindest fror ich nicht mehr. Doch ich war noch immer müde und hungrig. Es war an der Zeit, dies zu ändern.

Ja, ich weiß, ich hatte dem Trödler mein ganzes Hab und Gut im Gegenzug für den Mantel versprochen, in Wahrheit aber waren zwei Silbermünzen meiner ersten Ausbeute zufällig in meine Hosentasche gerutscht, bevor der alte Mann seine gierigen Finger um den Geldbeutel schließen konnte. Ich besaß also fünf Steine und zwei Kiesel. Aller guten Vorsätze zum Trotz fand ich mich zur Mittagsstunde in einem preiswerten Wirtshaus wieder, wo ich all mein Silber für eine Mahlzeit und ein winziges Zimmer im zweiten Stock ausgab. Ich hatte mir einfach nicht anders zu helfen gewusst. Mein Körper lechzte nach Nahrung und Schlaf und ich war mir nicht sicher, ob ich eine weitere Nacht ohne diese beiden Dinge unter freiem Himmel heil überstehen würde.

Also saß ich an einem kleinen Tisch in der Wirtsstube, vor mir eine dampfende Schüssel Kartoffelsuppe mit Wurst und einer Scheibe geröstetem Brot, daneben ein Krug mit dünnem Bier. Ich fühlte mich wie ein König. Dennoch zwang ich mich dazu, langsam zu essen, denn mein Magen schmerzte und ich wollte ihm nicht zu viel auf einmal zumuten. Die Wärme der Suppe in meinem Inneren fühlte sich himmlisch an und ich konnte nicht verhindern, dass sich ein zufriedenes Lächeln auf mein Gesicht stahl.

„Na, hat da jemand einen guten Tag?", fragte eine angenehme Stimme neben mir. Diese gehörte zu einem lächelnden, blonden Mädchen, das mit einem Lappen einen der Tische nebenan abwischte. Sie war zu jung, um die Frau des alten, fülligen Wirtes zu sein, und auch um einiges zu schön. Sicher war sie seine Tochter.

Ich lächelte zurück. „Ja, jetzt schon."

„Schmeckt denn die Suppe?", erkundigte sie sich.

„Hast du sie denn gemacht?"

„Kommt darauf an, ob sie dir schmeckt." Sie zwinkerte mir zu. In diesem Moment bemerkte ihr Vater unsere kleine Unterhaltung und rief sie fort. In der Tat schmeckte die Suppe gleich noch besser, seit ich deren hübsche Köchin gesehen hatte.

Als ich aufgegessen hatte, schleppte ich mich die Treppen hinauf in den zweiten Stock, schloss mein Zimmer auf und hinter mir wieder zu, nur um mich völlig erschöpft ins Bett fallen zu lassen. Die Kissen drückten sich weich in mein Gesicht und die Decke schmiegte sich flauschig an mich, als ich sie über mich zog. „Was muss es doch für ein Glück sein, jeden Tag so einschlafen zu können", dachte ich noch, dann war ich auch schon eingeschlafen.

Kein guter Tag

Ich erwachte von einem Hustenanfall, der mich schüttelte, bis es schmerzte. Schon tags zuvor hatten sich Halsschmerzen angekündigt, doch ich hatte ihnen schlicht und ergreifend keine Beachtung geschenkt. Solange man die Krankheit ignorierte, war man gesund. Nun aber konnte ich nicht anders, als sie zu beachten, denn ich fühlte mich fiebrig und meine Kehle brannte. Das viele Frieren und Schlafen im Freien hatte meinem Körper zugesetzt.

Ein Anflug von Panik ergriff mich. Ich durfte nicht krank werden! Medizin war teuer und ich hatte keinen Ort, an dem ich wieder zu Kräften kommen konnte, geschweige denn einen Menschen, der mich pflegte. Wie schnell konnte eine Erkältung zum Todesurteil werden, wenn man auf der Straße lebte! Wie oft wurden steif gefrorene Körper auf Karren davongefahren, die man in den frühen Morgenstunden des Winters am Wegesrand fand! Ich hatte sie schon oft an mir vorbeifahren sehen, in weiße Leinen gewickelt, sodass man ihre armseligen Gesichter nicht erkannte. Wieder spürte ich, wie lieb mir doch das Leben war, wenn ich daran dachte, es zu verlieren.

Ich setzte mich im Bett auf, vergrub mein Gesicht in den Händen und atmete dreimal tief ein und aus. Es brachte mir nichts, mich der Panik auszusetzen, ich musste mich beruhigen und nachdenken. Das tat ich dann auch eine ganze Weile.

Schließlich stand ich auf und trank in großen Zügen von dem abgekochten Wasser, das in einem Krug auf einer Kommode an der Wand bereitstand. Den Rest schüttete ich in eine Schale und wusch mir ausgiebig den Dreck von der Haut. Die alte Wirtsfrau hatte schon zweimal geklopft, bevor ich endlich mein Zimmer verließ, in dem ich mich so gerne noch eine Weile ausgeruht hätte.

Unten setzte ich mich an einen kleinen Tisch in der Ecke der Wirtsstube. Es waren nicht sehr viele Gäste zugegen, doch im Kamin an der Wand flackerte ein munteres Feuer und erfüllte den

Raum mit Wärme. Je länger ich hierbleiben konnte, desto besser.

Es dauerte nicht lange und die Tochter des Wirtes trat an meinen Tisch. So wie ich es mir erhofft hatte. Erstaunt musterte sie mein gewaschenes Gesicht und mein gekämmtes Haar. Ich hatte mich zuvor im matten Spiegel betrachtet. Ohne eitel klingen zu wollen, konnte ich von mir behaupten, nicht schlecht auszusehen. Und meine pechschwarzen Augen hatten seit jeher eine besondere Wirkung auf andere, wenn ich meine Blicke nur richtig einzusetzen wusste. Sie hatten mir schon das ein oder andere Mal den Ausschluss vom Mittagessen im Waisenhaus erspart.

„Fast hätte ich dich nicht wiedererkannt. Kann ich dir etwas bringen?" Sie lächelte mich an.

Trotz des schmerzenden Halses und fiebriger Stirn setzte ich ein schiefes Grinsen auf, als hätte ich keine anderen Sorgen, als mit einem hübschen Mädchen zu liebäugeln. „Das wäre schön." Ich nahm den gestohlenen Geldbeutel heraus, wie um nachzuzählen, wie viel Geld ich noch besaß. Mein Gesicht verdüsterte sich. Dafür musste ich nicht einmal schauspielern, bei dem mickrigen Anblick der zwei einsamen Kupfermünzen würde wohl jeder traurig werden. „Oh", sagte ich. „Dann wohl lieber doch nicht."

„Alles Geld ausgegeben?", fragte sie schmunzelnd mit ihren vollen Lippen. Ich warf ihr meinen jämmerlichsten Blick zu und ihr verging das Lächeln. Ich war wirklich gut.

Theatralisch fuhr ich mir mit der Hand über die Stirn. „Nein ... ja ... ach!"

„Übertreib es nicht", ermahnte ich mich in Gedanken.

Doch sie hatte bereits angebissen, beugte sich über den Tisch und sah mich besorgt an. „Was hast du denn?"

Wieder seufzte ich. „Ach, nichts." Doch bevor sie gehen oder das Interesse verlieren konnte, fügte ich schnell hinzu: „Es ist nur ..."

„Ja?" Kaum zu glauben, wie sehr sich so feine Augenbrauen biegen konnten.

„Das Geld, das ich habe, kann ich nicht ausgeben."

„Wieso denn nicht? Schuldest du es etwa jemandem?" Echte Sorge schwang in ihrer Stimme mit. Sie war sicher ein guter Mensch. Das machte es einfacher.

Ich legte meine Stirn in Falten. „Nein, das nicht ..."

Sie zog den Stuhl neben mir unter dem Tisch hervor und setzte sich. Ihre Finger zuckten. Sie war kurz davor, meine Hand in die ihre zu legen und sich jede erdenkliche Lüge auftischen zu lassen, die mir in den Sinn kam. „Du kannst es mir erzählen“, sagte sie leise mit verstohlenem Blick zum Ausschank, doch ihre Eltern waren nicht zu sehen. „Vielleicht kann ich dir helfen.“

„Ich will dir keinen Ärger machen“, murmelte ich.

Jetzt nahm sie meine Hand. Ich hatte sie so weit. „Erzähl es mir wenigstens.“

Ich sah ihr lange in die Augen und nickte dann, mehr zu mir selbst als zu ihr. „Nun gut.“ Und dann begann ich zu erzählen. Von meiner kranken Mutter und meinen kleinen Schwestern außerhalb der Stadt, die ich mit Medizin und Essen versorgen musste, seit mein Vater letztes Jahr im Frühling verstorben war, und für die mein restliches Geld vorgesehen war. Ich hatte nur wenig Arbeit gefunden und weniger Geld verdient, als ich geplant hatte. Deshalb durfte ich nicht mehr an mich selbst denken und musste sparen, immerhin hatte mich der Aufenthalt im Wirtshaus schon viel zu viel gekostet. Und meine jüngste Schwester war doch noch ein Säugling! Das arme Ding ...

Als ich fertig war, hatte sie Tränen in den Augen und versicherte mir, ich könnte bestellen, was ich wollte, sie würde mir nichts berechnen.

***

Den halben Tag verbrachte ich am Kamin in der Wirtsstube und ließ mir von meiner neuen Freundin heißen Tee und Suppe bringen. So lange, bis mich ihr nicht so freundlich gesinnter Vater zum Gehen aufforderte.

Draußen nieselte es. Großartig. Zwar war dies ein Zeichen dafür, dass es noch zu mild für Schneefall war, jedoch zählte ich feuchte Kälte zu der schlimmsten Sorte, die es gab, denn waren die Kleider erst einmal nass und der Körper bis auf die Knochen durchgefroren, dauerte es lange, bis man wieder warm wurde. Besonders ohne ein Dach über dem Kopf. Ich hatte noch immer leichte Halsschmerzen und meine Stirn glühte, auch wenn mir Tee und Suppe deutlich gutgetan hatten. Ich griff in meine Hosentasche und ertastete das kleine Päckchen Brennhölzer, das ich einer Aufseherin im Waisenhaus stibitzt hatte. Es war nicht so gut wie eine erstklassige Pennertonne, doch ich war froh, sie zu haben. Heute würden sie mir allerdings nicht viel nützen. Es war zu feucht, um ein gutes Feuer in Gang zu bringen, an dem ich mich wärmen und meine Erkältung auskurieren konnte.

Ich beschloss, nach Leana zu sehen. Sie sollte nicht denken, dass ich sie vergessen hatte. Und wer wusste schon, ob und wie krank ich werden würde, und dann war es vielleicht zu spät ... Nein, daran durfte ich nicht denken.

Es war nicht leicht, an Leana heranzukommen. An der Haustür wurde mir mitgeteilt, dass ich unerwünscht wäre, und an der Hintertür, dem Eingang der Bediensteten, sagte man mir, sie hätte jetzt keine Zeit, da sie fest eingespannt wäre. Aber man nahm eine Botschaft für sie von mir entgegen. Am liebsten hätte ich ihr etwas auf einen Zettel geschrieben, da es die anderen nichts anging, wo und wann wir uns treffen würden. Aber da wir beide weder schreiben noch lesen konnten, fiel diese Möglichkeit wohl oder übel unter den Tisch. Ich hatte nie verstanden, wie man in ein paar Strichen und Kringeln Wörter oder gar Sätze erkennen konnte. Magie.

Also ließ ich Leana ausrichten, dass ich am Springbrunnen vor dem Rathaus auf sie warten würde. Es war bereits Nachmittag und sie würde sicher bald von ihren Pflichten entbunden sein. So hoffte ich. Ich hatte keine Ahnung, was alles zu den Aufgaben einer Küchenmagd in einem reichen Haushalt gehörte. Schließlich war ich keine. Und besitzen tat ich auch keine. Inständig hoffte ich, dass man ihr meine Nachricht mitteilen würde. Der Gedanke daran, in ein vertrautes Gesicht zu blicken, das zu einer Person gehörte, die mich vollkommen verstand, wärmte mich ein wenig.

Ich wartete lange. Es dämmerte bereits und der Regen hatte aufgehört. Wenigstens etwas. Ich lief vor dem stillgelegten Springbrunnen auf und ab, um mich warm zu halten. Es ging mir schlechter und ich setzte mich auf den Rand des Brunnens. Die Kälte des Steines kroch von unten an mich heran. Mein Kopf dagegen glühte wie heiße Kohle. Meine Kehle brannte und ich hustete. Ich hatte Durst.

Zwei Gestalten liefen an mir vorbei, eine große und eine kleine. Sie waren durch ihre Hände miteinander verbunden. Beide waren in lange Mäntel gehüllt und trugen Mützen. Mutter und Sohn. Der Kleine war vielleicht fünf oder sechs Jahre alt. Ich sah ihr Gesicht, wie sie lächelnd zu ihrem Kind hinabblickte. Da lag so viel Liebe in diesem einzigen kurzen Blick, dass es schmerzte. Das alles geschah im Bruchteil einer Sekunde. Dann war es vorüber, Mutter und Sohn weitergelaufen.

Ich hustete erneut. Würde Leana kommen? Langsam begann ich, daran zu zweifeln, doch da ich sowieso nirgendwo erwartet wurde und mein Terminkalender leer war, konnte ich genauso gut bis zur Nacht abwarten und weiterhin hoffen.

Ich war so unsagbar müde. Wie sehr sehnte ich mich zurück in das Bett des gemieteten Zimmers. Eine weitere Lügengeschichte und die schöne Wirtstochter würde mich hegen und pflegen, bis der Spuk vorüber war. Ich dachte daran, einen weiteren Geldbeutel zu stehlen, doch in meiner jetzigen Verfassung wäre ich wohl kaum dazu in der Lage, mich zu retten, sollte ich erwischt werden.

Ich schniefte und wischte mir die Nase am Ärmel meines Mantels ab. Meine Augen fühlten sich so schwer an. Vielleicht konnte ich mich ein wenig auf dem Stein hinlegen. Es würde kalt sein, aber mir war ohnehin so heiß. Nur ein wenig ausruhen ...

Gerade als ich meine Beine auf dem Rand des Springbrunnens ausstrecken wollte, hörte ich Schritte auf dem Pflaster und blickte auf. Ein warmes Gesicht strahlte mir entgegen. Sie war so sauber und ihr Haar so ordentlich, ich hätte sie beinahe nicht wiedererkannt. Ihre Maushaare waren ordentlich nach hinten gekämmt und endeten in einem hohen Zopf. Ihr Gesicht leuchtete weiß im Kontrast zur hereinbrechenden Dunkelheit und ihre nussbraunen Augen darin wirkten überirdisch. Ihr schmaler Körper steckte in einem schlichten, etwas zu langen Arbeitsmantel.

Ich stand auf und sie lief mir entgegen. Als sie mir um den Hals fiel, drückte ich sie fest an mich. Es kam mir so vor, als hätte ich sie seit Monaten nicht mehr gesehen. Ihr ging es wohl ähnlich, denn sie sagte in mein Ohr: „Ich dachte schon, du hast mich vergessen."

Sie roch nach einer Mischung aus Seife, Zwiebeln und gebratenem Fett. Ich nahm sie bei den Schultern und schob sie ein Stück von mir weg, um sie zu betrachten. Sie lächelte mich an.

„Wer bist du gleich?", fragte ich sie mit skeptischem Blick und sie lachte.

Leana hielt mir einen Stoffbeutel entgegen. „Ich hab dir etwas mitgebracht."

Ich nahm den Beutel und zog einen Trinkschlauch, ein geräuchertes Stück Schinken, Brot und Käse heraus. Ich konnte förmlich spüren, wie meine Augen zu leuchten begannen. Doch ich wollte ihr nicht zeigen, wie hungrig ich wirklich war, also steckte ich alles wieder zurück und grinste sie an. „Danke. Du kleine Diebin." Also hatte sie doch etwas von mir gelernt.

Sie grinste zurück. Dann wurde sie ernst. „Deine Stimme klingt so belegt. Bist du krank?"

„Ich werde niemals krank. Du bist nur nicht mehr daran gewöhnt, meine Stimme von früh bis spät zu hören."

„Geht es dir wirklich gut?" Leana legte besorgt die Stirn in Falten. Sie streckte die Hand aus, um meine Stirn zu befühlen. Ich hielt ihr Handgelenk fest, bevor ihre schmalen Finger meine Haut berühren konnten.

„Ich wusste gar nicht, dass man in der Küche zum Doktor wird." Und damit war die Angelegenheit vom Tisch.

Wir schlenderten über den Platz vor dem Rathaus, um uns warm zu halten, den Beutel hatte ich mir über die Schulter geworfen. Der Nachtwächter hatte bereits die Straßenlaternen entzündet und wir wandelten durch das Halbdunkel.

Leana erzählte mir davon, wie kühl man sie empfangen hatte, vor allem die jüngeren Angestellten, die ihr bereits an ihrem ersten Tag Streiche gespielt hatten. Doch die Köchin war eine herzliche Frau und hatte ihr kleine Leckereien zugesteckt. Sie schlief in einer Kammer in einem Nebengebäude, die sie sich mit zwei anderen Mädchen teilte.

„Die Leute sind nicht sehr nett und ich fühle mich sehr allein zwischen ihnen", schloss sie ihre Ausführungen ab.

„Also, im Grunde genommen, ist es wie im Waisenhaus."

Sie lachte leise. „Nur dass ich noch nie so gut gegessen habe. Und stell dir vor, in der Küche ist es immer warm!"

Wie erleichtert war ich von Neuem, dass sie eine Unterkunft und Arbeit gefunden hatte. Der Gedanke, sie würde wie ich auf der Straße hausen, war mir unerträglich. Es war gut so, wie es war.

„Und du? Hast du denn Arbeit gefunden?", wollte sie mit Blick auf meine neue Kleidung wissen.

„Oh ja", antwortete ich mit einem selbstverständlichen Nicken. „Ich arbeite in einem Wirtshaus. Ich muss die Zimmer sauber machen und gelegentlich Suppe kochen oder den Boden wischen, aber es ist ganz nett. Und die Tochter des Wirtes mag mich.“ Ich zwinkerte ihr zu.

Erleichterung glättete ihre Züge. „Das klingt gut. Ich hatte schon befürchtet, dass du bei dem Wetter immer noch hier draußen schlafen musst. Und du klingst so verschnupft, dass ich mir sonst große Sorgen um dich gemacht hätte.“

Ich wischte ihre Worte mit einer Handbewegung aus der Luft. „Unsinn. Du kennst mich doch, ich komme zurecht. Als der Wirt in mein schönes Gesicht blickte, hat er mich nahezu angebettelt, für ihn zu arbeiten. Und ein eigenes Zimmer habe ich auch. Wenn es gut läuft, stolpert der dicke Wirt bald über seine eigenen Füße, fällt die Treppe hinunter und bricht sich das Genick. Dann heirate ich seine schöne Tochter und übernehme das Wirtshaus. Ich stelle dich ein und niemand wird es mehr wagen, dir Streiche zu spielen. Außer mir natürlich.“ Ich zog an ihrem Pferdeschwanz.

Sie drückte meine Hand fort und lachte. „Na, wenn das kein guter Plan ist. Vielleicht stolpert deine Frau ja auch und du kannst mich zur Wirtin machen. Dann nennen wir das Wirtshaus *Zum Waisenschmaus*.“ Wir lachten, bis Leana plötzlich fragte: „Wie heißt es eigentlich wirklich?“

„*Der gefüllte Krug*.“ Hoffentlich kreuzte sie dort nicht unangekündigt auf, um nach mir zu fragen. „Kein Ort für ein kleines Mädchen“, fügte ich daher schnell mit einem gespielt abschätzigen Blick hinzu. Sie verdrehte die Augen.

Die Kirchturmuhr schlug in der Ferne siebenmal.

Leanas Augen weiteten sich. „Ich muss zurück, sonst sperrt man mich aus.“

Ich nickte. „Ich begleite dich.“

Mit jedem Schritt, der uns näher an Leanas neues Heim brachte, wurde sie stiller und ernster. Als wir in ihre Straße einbogen, blieb ich stehen und sah sie im Schein der Laternen an. „Leana, zieh nicht so ein Gesicht. Ich weiß, dass es nicht einfach ist, aber wir müssen durchhalten, in Ordnung? Wenigstens für den Winter. Lass die Leute in der Küche reden und lachen, so viel sie wollen. Wichtig ist nur, dass du einen Platz hast, an dem du es warm hast und wo man dir zu essen gibt. Alles andere ist unwichtig.“

„Du hast gut reden, im Wirtshaus mag man dich. Zu mir sind

die Leute furchtbar.“ Ja, und wie man mich mochte. Besonders der Wirt war angetan von mir gewesen, als er mich hinausgeworfen hatte.

„Leana“, sagte ich mahnend. Sie wusste, dass ich recht hatte. Ihr körperliches Wohlbefinden stand über ihrem seelischen. Zumindest für den Moment.

Ein leichter Anflug von Verzweiflung glänzte in ihren Augen. „Du musst mir versprechen, mich jede Woche mindestens einmal zu treffen. Zwei- oder dreimal wäre noch besser.“

„Versprochen“, sagte ich mit dem Wissen, dass es nicht an mir war, Versprechungen zu geben, die ich vielleicht nicht einhalten konnte. Ich überlegte, wie lange es dauern würde, wieder gesund zu werden. „In drei Tagen.“ Oh, wie war ich doch zuversichtlich! „Am Springbrunnen. Selbe Zeit wie heute.“

Sie nickte tapfer. Ich breitete die Arme aus und sie ließ sich gegen meine Brust fallen. Hoffentlich steckte ich sie nicht an. Ich tätschelte ihr den Kopf, als wäre sie mein treuer Hund. „Halte durch. Du hast schon Schlimmeres überstanden und auch das wird vorübergehen.“ Sie löste sich von mir und nickte mit eigenartigem Gesichtsausdruck, als wären ihre Gedanken für einen kurzen Moment in eine andere Welt gewandert. „Mach's gut, Aron.“

„Pass auf dich auf.“ Mein Blick folgte ihr, bis sie ein kleines Seitentor erreicht hatte und im Nebengebäude verschwand.

In dem Augenblick, als sie aus meinem Sichtfeld verschwunden war, spülte die Woge der Verzweiflung über mich hinweg, die mich schon am Morgen ergriffen hatte. Wie gerne würde ich meinen eigenen Lügen Glauben schenken! Wie gerne würde ich jetzt in das Wirtshaus zurückkehren und einen Schlafplatz und bezahlte Arbeit vorfinden! Einen Ort, an dem ich gesund werden konnte. Doch all das besaß ich nicht und die Wirklichkeit tat weh.

Ich wischte mir die Schweißperlen von der Stirn und bemerkte, dass meine Hand zitterte. Es ging mir nicht gut. Ganz und gar nicht. Ich verstärkte den Griff um den Beutel, den mir Leana gegeben hatte. Als hätte sie geahnt, dass ich Hilfe benötigte.

Es hatte wieder angefangen zu nieseln und ich war mir nicht ganz sicher, woher die Tropfen stammten, die mir die Wangen hinunterliefen.

***

Ich suchte mir eine ruhige Stelle am Ende einer Straße unter einem Baum, der schützend seine Äste über mir ausstreckte. Inzwischen hatte ich keinen Hunger mehr, nur noch das Bedürfnis, mich hinzulegen und zu schlafen. Dennoch zwang ich mich dazu, eine dünne Scheibe von dem Brot abzuschneiden und zusammen mit einem Teil des Schinkens zu essen. Ich musste zu Kräften kommen. In dem Trinkbeutel befand sich süßer Traubensaft.

Ich war so müde. Doch ich hatte Angst davor, einzuschlafen. Es war zu kalt und ich war zu krank, um wieder zu erwachen. Ich musste einen Unterschlupf finden, wo ich mich ein wenig ausruhen konnte, ohne von der Kälte der Nacht verschlungen zu werden. Einen trockenen Ort, an dem ich ein Feuer entzünden konnte.

Also zwang ich mich zum Aufstehen und setzte mich in Bewegung. Ich hustete und eine Hitzewelle rollte durch meinen Körper, nur um kurz danach von einem frostigen Zittern verfolgt zu werden. Ich war verdammt.

Wohin sollte ich gehen? Nicht zum ersten Mal wusste ich keine Antwort darauf.

Also streifte ich planlos und erschöpft durch enge Gassen und schlich durch einsame Hintergärten.

In einer der Gassen lagen fünf Holzbretter dicht an der kahlen, fensterlosen Wand eines Gebäudes. Der Rand des Daches, der über das Gemäuer hinausragte, bot mir ein wenig Schutz.

Holz war wärmer als der kalte Boden. Vielleicht konnte ich mich hier niederlassen. Und eines der Bretter für ein Feuer benutzen. Es war nicht der beste Ort und unter einem Unterschlupf verstand ich etwas anderes, doch die Wahrheit war, dass ich nicht mehr konnte. Ich hatte keine Kraft mehr, weiter durch die Stadt zu irren. Ich brauchte Schlaf. Und wenn es meinen Tod bedeutete.

Ich ging in die Knie und tastete über das vermoderte Holz. Die äußeren beiden Bretter waren mit Regenwasser vollgesogen, doch die beiden, die der Wand am nächsten waren, konnten gerade so als trocken gelten. Das dritte war feucht, doch ich war nicht wählerisch. Nicht heute. Ich kroch über die Bretter, um mein heutiges Bett zu testen. Hatte ich schon erwähnt, dass ich müde war? So müde ... ich streckte mich auf dem Holz aus und seufzte.

Es knackte. Holz zerbarst unter mir.

Und dann stürzte ich in die Tiefe.

Unter der Stadt

Ein Schrei brach aus meiner Kehle hervor, mein durch die Luft wirbelnder Körper war erfüllt von dem schrecklichen Gefühl des Fallens, der Angst und des Entsetzens. Etwas hatte sich im freien Fall um meine Mitte gewickelt, schnürte mir kurz die Luft ab, bremste mich, dann ein reißendes Geräusch und ich fiel weiter.

Es ging schnell vorbei, bis ich mit den Füßen voran auf den Boden krachte. Heißer Schmerz fuhr durch meine Knochen und mit einem dumpfen Geräusch prallte der Rest meines Körpers gegen feuchten Stein, um alle Luft mit einem Schlag aus meinen Lungen entweichen zu lassen. Weiße Blitze explodierten vor meinen Augen.

Ich stöhnte. Meine Wange presste sich gegen den Boden unter mir, aus dem Kälte drang. Ich schloss die Augen und verlor das Bewusstsein.

Ich träumte. Da war sie wieder, die junge Frau. Sie hatte helle Augen, von denen ein Leuchten ausging, als wären sie kleine Laternen in der Nacht. Dunkelbraunes Haar, fast schon schwarz, rahmte ihr ovales Gesicht. Es war dem meinen ganz nahe, meine Welt war erfüllt von ihrem Sein. Von ihrem Strahlen. Wärme: Ich konnte sie in meinem Herzen spüren. Plötzlich zuckte sie heftig zusammen. Ein Geräusch hinter ihr musste sie erschreckt haben, denn sie drehte sich um. Ich konnte nichts hören in meinem Traum. Da war nur drückende Stille. Aber ich konnte sehen. Sie stand auf und ging ein paar Schritte fort von mir, in einen erleuchteten Raum hinein. „Nein“, wollte ich schreien, „geh nicht weiter! Kehre um!“ Doch kein Ton wollte über meine Lippen kommen. Es war einer dieser Träume, in denen man keine Kontrolle über den eigenen Körper hatte, sosehr man es auch versuchte.

Sie hörte meine stille Warnung nicht.

Ein heftiges Schluchzen schüttelte meinen stummen Körper, wovon ich schließlich erwachte.

Schmerz. Alles tat weh. Besonders mein linkes Bein. Aber auch mein Kopf, meine Mitte und meine Hände.

War ich blind? Meine Augen waren geöffnet, doch ich war umgeben von Schwärze.

Die nächsten Fragen schoss mir durch den Kopf. Wo war ich? Was war passiert? Und warum konnte ein Körper so viel Schmerz enthalten?

Langsam ordneten sich die Gedanken in meinem pochenden Kopf. Die Bretter, auf denen ich mich niedergelassen hatte, hatten nicht umsonst dort gelegen. Sie mussten ein Loch im Boden überdeckt haben. Und ich war hineingefallen. Oh, was hatte ich doch für ein Glück! So viele Möglichkeiten zu sterben! Ein gebrochenes Genick war mir heute noch gar nicht in den Sinn gekommen. Nun aber dachte ich viel darüber nach.

Ich versuchte, mich zu bewegen. Wieder stöhnte ich.

Beim zweiten Anlauf gelang es mir, mich mit den Händen am Boden abzustützen und in eine aufrechte Position zu bringen. Vielleicht war mir schwindlig, vielleicht waren meine Augen nur von der Dunkelheit irritiert, ich war mir nicht sicher. Ich bewegte meine Beine und fluchte laut und leidenschaftlich. Ein heißer Schmerz durchfuhr die Länge meines linken Beines. Gut, für mich heute nur Sitzen.

Mit den Händen fuhr ich über meinen Kopf, dann über meinen Oberkörper. Alles noch dran und keine größeren Verletzungen. Meine Finger tasteten in einem Kreis um mich herum über den feuchten Stein. Ich fühlte Stoff unter meinen Fingerspitzen. Leanas Essensbeutel. Raue, feuchte Holzbrocken. Das mussten die Überreste der zerborstenen Bretter sein. Ein Splitter fuhr in die Haut meines Fingers. Der Tag wurde besser und besser. Ich hustete. Mein Husten hallte merkwürdig wider, als befände ich mich in einem hohen Kirchengebäude.

Zeit für eine Erleuchtung.

Ich fischte das Päckchen Streichhölzer aus meiner Hosentasche. Gut, es war trocken geblieben. Es war gar nicht so einfach, in kompletter Dunkelheit ein dünnes Stäbchen aus einer kleinen, verbeulten Schachtel zu angeln. Vor allem nicht, wenn fast alle zerbrochen waren.

Verdammt. Ich musste auf die Packung gefallen sein. Zumindest hatte sich mein Messer beim Sturz nicht in meinen Bauch gerammt. Ich Glückspilz. Zuvor hatte ich es an meinem Gürtel getragen, doch vorhin hatte ich es nach dem Essen mit in den Beutel getan.

Da! Ein ganzes Streichholz. Ein Flämmchen erwachte vor meinen Augen zum Leben ... und war nicht annähernd hell genug, um meine Umgebung ausreichend zu beleuchten. Ich seufzte. Es bot sich mir nur der traurige Ausblick eines Gefallenen, der von zerbrochenen Holzbrettern umgeben war. Graues Gestein unter mir. Von oben tropfte es. Pfützen. Meine Kleidung war schmutzig und nass. Meine Hände blutig aufgeschürft. Das Flämmchen leckte an meinen Fingern.

„Autsch.“ Ich ließ es fallen und es erstarb mit einem Zischen. Und wieder war ich in Dunkelheit gefangen.

Nachdenken. Was tun?

Noch raste mein Herz vom Sturz und der natürliche Überlebensinstinkt in mir versorgte mich mit einem Schub purer Lebenskraft. Das musste ich nutzen, bevor mich das Fieber von Neuem lahmlegte. Ich musste herausfinden, in was für eine Art Loch ich gefallen war und wie ich hier wieder herauskommen konnte.

Ich drückte mich mit den Händen vom Boden ab und mit einem Aufschrei zwang ich mich dazu, mich aufzurichten. Mein Bein!

Na gut, Entlastung des linken Beines.

Wieder kämpfte ich mit den Streichhölzern. Ich gewann.

Ich hielt das kleine Flämmchen vor mir in die Höhe und hoppelte unter kleinen Schmerzensschreien umher. Was sich meinen Augen in dem schwachen Licht bot, war nicht sehr aufmunternd. Schwarze, hohe Wände. Alte, gestapelte Kisten.

Wieder der Biss der Flamme, die erlosch, als ich das Hölzchen fallen ließ.

Sollte ich noch ein Streichholz entzünden? Ich hatte nicht mehr viele, die unversehrt geblieben waren.

Nein, lieber nicht. Es schien ohnehin nicht viel zu sehen zu geben. Also musste ich mich wohl oder übel mit der Finsternis anfreunden, die mir unangenehm auf die Augäpfel drückte. Das würde mich nicht davon abhalten, mehr über meine Umgebung herauszufinden. Hinkend tastete ich mich an den Wänden entlang. Stein, feucht wie der Boden und rau unter meinen Fingerspitzen. Meine Hände glitten über die Holzkisten. Sieben Stück. Von der

Feuchtigkeit des Raumes weitestgehend verschont. Ich rüttelte an ihnen. Es klirrte. Irgendetwas war in ihnen enthalten.

Ich humpelte weiter. Es kamen keine Kisten mehr. Es kam gar nichts mehr. Nur vier Wände und vier Ecken. Keine Öffnung. Keine Tür.

Ich war gefangen.

„Wundervoll", murmelte ich.

Panik. Mein Herzschlag wurde wieder schneller. Mir war heiß, doch ich zitterte.

Ich war also durch ein Loch in einen hohen, türlosen Raum unter der Stadt gefallen und war verletzt. Noch dazu hatte ich hohes Fieber und benötigte einen trockenen, warmen Ort, nicht ein feuchtes Loch, aus dem es kein Entkommen gab.

Ich fühlte mich wie ein in eine Ecke getriebenes Tier. Ich bekam keine Luft mehr.

Atmen. Ein und aus. Darauf musste ich mich jetzt konzentrieren. Es sah nicht gut für mich aus, doch in blinder Angst gegen die Wände zu hämmern, würde mich auch nicht befreien.

Atmen. Ein verzweifelter Gedanke schoss mir durch den Kopf. Vielleicht gab es oben auf der Straße jemanden, der mir helfen konnte.

„Hallo?" Meine zitternde Stimme hallte unheimlich von den Wänden wider.

Noch einmal, dieses Mal lauter: „Hallooooo?"

Nichts.

Natürlich nicht, ich Dummkopf! Es war Abend, es regnete und die Gasse wurde wahrscheinlich auch an den schönsten Sommertagen nur wenig durchlaufen.

Ich korrigierte mich selbst: „Atmen und *denken*."

Bis zum Morgen konnte ich ohnehin nicht viel unternehmen. Also zunächst das Wichtigste: Meinen geschundenen Körper ausruhen und zu Kräften kommen. Auf dem bloßen, kalten Boden konnte ich mich nicht niederlassen. Zu kalt. Was hatte ich für Möglichkeiten? Zerborstenes Holz am Boden. Leanas Beutel. Die Kisten an der Wand.

In der vollkommenen Dunkelheit tastete ich mich zu ihnen vor. Drei Kisten, auf denen weitere drei Kisten gestapelt waren, daneben eine einzelne. Etwas zu hoch für mich, um mit meinem verletzten

Bein hinaufzuklettern. Ich hob die drei oberen Kisten nacheinander herunter und stellte sie neben den anderen ab. Sie waren schwer und so breit, dass ich sie nur mit Mühe und Not mit meinen beiden Armen umfassen konnte. Mein Bein pochte und mir wurde kurz schwindelig, doch ich ignorierte es. Ich schob die Kisten so zusammen, dass keine Lücken mehr zwischen ihnen blieben und sechs in einer Zweierreihe nebeneinanderstanden: mein Bett, das mich vor der Kälte des Bodens bewahren würde. Doch mein Körper würde richtige Wärme brauchen.

Ich tastete nach der siebten Kiste. Vielleicht konnte ich sie zum Brennen bringen. Meine Hände stießen gegen den Deckel, der sich ein Stück verschob. Ich griff in die Kiste. Etwas pikste mir in die Haut. Stroh? Meine Hände tasteten weiter. Da war etwas Glattes, Kaltes im Stroh versteckt. Flaschen. Vier Stück. War ich in eine Art verstecktes Lager gefallen? Vielleicht von Schmugglern?

Vorsichtig zog ich eine Flasche heraus und öffnete den Verschluss. Ich roch daran. Meine Nase zog sich bei dem schneidenden Geruch zusammen. Alkohol.

Vielleicht hatte ich doch mehr Glück, als ich meinem Leben zumaß. Ein Lächeln stahl sich auf meine aufgebissenen Lippen. Das erste echte seit einer langen Zeit. Vielleicht musste ich doch nicht sterben.

***

Ich lag auf meinem unbequemen Bett aus Kisten. Nach all der Aufregung, die meinem Körper einen Kraftschub verpasst hatte, war dieser nun abgeebbt und machte der Erschöpfung Platz. Mein Hals war angeschwollen und schmerzte bei jedem Schlucken. Ich hustete. Mir war abwechselnd heiß und kalt. Und endlich konnte ich mich dem Schlaf hingeben.

Ich hatte etwas von dem Traubensaft getrunken, um meine Kehle zu ölen, und dann einen Schluck Alkohol, um mich von innen zu wärmen. Er schmeckte scheußlich, denn er war sehr stark und für mich ungewohnt. Ich hatte gesehen, wie sich Menschen durch das Trinken veränderten, was es aus ihnen machen konnte. Doch es ging um mein Überleben und der Alkohol tat seinen Dienst.

Neben mir flackerte ein munteres Feuerchen. Ich hatte die siebte

Kiste von ihren Flaschen befreit und Alkohol über das Stroh gegossen. Das Feuer würde nicht mehr lange brennen und ich hatte das Gefühl, dass es die Luft um mich herum stärker mit Qualm als mit Wärme füllte, doch es war besser als gar nichts.

Als ich meinen Kopf auf meine angewinkelten Arme stützte und mich nach einem Kissen sehnte, war ich beinahe stolz auf mich. So dumm ich auch gewesen war, mich auf dem morschen Holz niederzulassen, um einen im wahrsten Sinne des Wortes halsbrecherischen Sprung in die Tiefe zu vollführen, ich hatte das Beste aus meiner Situation gemacht.

Dass ich noch immer gefangen war wie ein wildes Tier in der Fallgrube, daran mochte ich nicht denken. Überhaupt mochte ich jetzt nicht mehr denken. Ich hustete noch einmal energisch, dann schloss ich fest die Augen. Ich hatte es mir verdient.

Oh, wie elend fühlte ich mich, als ich das nächste Mal erwachte. Es schien Tag zu sein, denn ein schmaler Streifen Licht fiel von oben in meine Grube herein. Meine Glieder waren steif gefroren, das Feuer in der Kiste längst erloschen. Mein Hals fühlte sich geschwollen an, ich konnte noch immer kaum schlucken. Ich zwang mich dazu, von dem Saft zu trinken, denn ich war halb verdurstet. Jeder Schluck schmerzte, doch es ging mir danach ein wenig besser. Der Trinkbeutel war beinahe leer. Meinen Durst würde ich damit nicht mehr lange löschen können.

Bei jeder meiner Bewegungen schmerzte mein Rücken. Es gab Gründe, weshalb man Kissen und Decken und weiche Polster erfunden hatte. Ich genehmigte mir einen Schluck aus einer der Schmugglerflaschen und genoss die Wärme, die mein Inneres augenblicklich erfüllte.

Ich zwang mich dazu, aufzustehen, Stroh aus einer anderen Kiste zu nehmen und in der bereits verkohlten ein weiteres Feuer zu entzünden, an dem ich mir Hände und Füße wärmte. Vielleicht, so erhoffte ich es mir, sah jemand Rauch aus dem Loch im Boden über mir aufsteigen und würde mir zu Hilfe kommen. Meine Zuversicht musste wohl vom Fieber herrühren.

Ich trank noch einige Schlucke von dem Alkohol, bis mir der Kopf weich und wattig wurde, dann legte ich mich wieder auf die Kisten und schlief ein.

Mein knurrender Magen und mein schmerzender Rücken weckten mich in absoluter Dunkelheit. Blind suchte ich nach Leanas Beutel, dann machte ich mich über seinen Inhalt her. Ich trank den letzten Schluck Traubensaft und begann, im Dunkeln auf und ab zu gehen, um meine Muskeln zu lockern und warm zu werden. Anfangs war mir schwindelig und ich stolperte in der Dunkelheit. Mein Bein pochte noch immer bei jedem Schritt, doch zumindest konnte ich es wieder aufsetzen. Meine Knochen knackten, als sie nacheinander wieder ihren Platz zu finden schienen. Meine Erkältung schien abzuklingen, der Kälte zum Trotz.

Ich verstand es nicht. Mehr als einmal war ich der festen Überzeugung gewesen, ich würde nicht wieder erwachen, doch jedes Mal überraschte ich mich von Neuem. Vielleicht gab es doch Wunder. Oder vielleicht hatte auch ich manchmal Glück. Oder einfach nur einen starken Körper, der sich dem Tod ganz einfach widersetzte.

Ich setzte mich auf die Kante meines Kistenbettes. Mein Proviant war aufgebraucht. Ich musste so schnell wie möglich aus meinem Gefängnis entfliehen, wollte ich auch weiterhin überleben. Die Dunkelheit drückte mir schwer auf die Augen. „Warten, bis es Tag wird", dachte ich und schloss sie.

Der nächste Tag kam und brachte Regen mit sich. In dünnen Fäden fiel er auf den Boden neben mir und erschwerte mir das Nachdenken. Aus den Fäden wurden harte Tropfen, die sich an der Decke sammelten und mir kalt in den Nacken fielen.

Gedanken schossen mir durch den Kopf. Ich könnte die Kisten stapeln und hinaufklettern. Doch ob das alte Holz mein Gewicht tragen würde oder ob ich mit meinem verletzten Bein einen wackligen Turm aus Kisten erklimmen konnte, blieben offene Fragen, bei denen ich mir nicht sicher war, ob ich Antworten darauf finden wollte. Diese Idee konnte ich mir noch immer für den Schluss aufheben, wenn mein gesamter Erfinderreichtum aufgebraucht war.

Seile, welche wohl zum Herabsenken der Kisten benutzt worden waren und mich in meinem Fall gebremst hatten, hingen durchgerissen von der Decke, ihre Enden lagen zwischen den Trümmern der Bretter, auf die der Regen fiel. Diese würden mir also auch nichts nützen.

Wieder tropfte es mir eisig in den Kragen und wütend wischte ich mir mit der Hand das Wasser von der Haut. Wie sollte man sich denn dabei konzentrieren?

Gerade wollte ich mir eine trockenere Ecke in meiner Grube suchen, da wurde mir bewusst, wie dumm ich doch war. Ich blickte hinauf an die Decke, wo sich die Tropfen sammelten und im Sekundentakt nach unten fielen.

Blitzschnell ergriff ich den leeren Trinkbeutel, schraubte den Verschluss auf und krabbelte zu der Stelle hinüber, an der es am meisten tropfte. Es dauerte einen Moment, bis ich den Beutel richtig ausgerichtet hatte, um mit ihm das Wasser aufzufangen. Nicht alle Tropfen trafen, einige liefen mir eiskalt die Finger hinab, doch einen Versuch war es wert. Ich hatte einen solchen Durst und war zu beinahe allem bereit, nur um einen Schluck Wasser trinken zu können.

Doch bald wurden mir die Hände schwer und ich zog eine Kiste heran, zwischen deren Bretter ich den Beutel stopfte, um ihn weiterhin als Auffanggefäß aufrecht stehen zu lassen. Ich war schon immer ein Erfindergeist gewesen. Das musste man als obdachlose Waise wohl auch sein.

Der Regen prasselte weiter und dieses Mal war ich dankbar dafür. Endlich konnte ich weiter über meine missliche Lage nachdenken. Die Luke über mir war nur schwer zu erreichen, jedoch war sie die einzige Öffnung des hohen Raumes. Ansonsten wurde ich von Steinmauern umgeben, deren graue Ziegel ich nur schwach im hereinfallenden Licht ausmachen konnte.

Ich erhob mich und stützte mich abermals am Gemäuer ab. Meine Finger tasteten nach losen Ziegeln, fanden jedoch keine. Ich presste mein Ohr gegen die Wand und klopfte. Nichts. Wahrscheinlich würde mich auf der anderen Seite nur festes Erdreich begrüßen und vielleicht ein paar Würmer. Ich ging weiter zur nächsten Wand, konnte aber auch an ihr nichts Hilfreiches feststellen.

Wieder begann ich, um Hilfe zu rufen. „Hallooo? Ist da wer? Hier unten ist jemand, der gern wieder oben wäre. Hallooo? Ich könnte ein wenig Hilfe gebrauchen!“ Aber niemand antwortete mir.

Natürlich nicht. Ich war ganz allein. Es machte keinen Unterschied, ob Tausende Menschen über mir in Felsburg lebten, für mich existierten sie nicht. Es gab nur mich und mein düsteres Gefängnis. Fast war ich davon überzeugt, dass ich die Stadt menschenleer vorfinden würde, sollte ich je dem Hungertod hier unten entkommen.

Ich seufzte schwer und pinkelte in eine der vier Ecken. Danach ging es mir nicht wesentlich besser, doch wenn die Natur rief, sollte man lieber antworten.

Zwar hatte ich wenig Hoffnung, nahm mir aber dennoch die dritte Wand zur Untersuchung vor; ich hatte ja doch nichts Besseres zu tun. Wieder glitten meine Hände über das Gemäuer. Wer auch immer diese Mauern errichtet hatte, war verdammt sorgfältig gewesen. Dieser Bastard. Auch dieser Wand verweigerte ich den sanften Druck meines Ohres nicht.

Ich erblasste.

Natürlich wusste ich nicht, ob ich wirklich erblasste. Ich hatte weder einen Spiegel, noch war es annähernd hell genug, um eine Veränderung meiner Gesichtsfarbe feststellen zu können. Doch zumindest fühlte es sich so an, als ob all mein Blut aus meinem Gesicht entschwand.

Da war ein Geräusch gewesen.

War ich zu lange allein gewesen? Hatte das Fieber meinem Kopf doch mehr zugesetzt, als ich angenommen hatte? War es der Nahrungsmangel? Der Durst? Wurde ich verrückt?

Dichter presste ich mein Ohr gegen die Steine. Es tat beinahe weh. Ich lauschte. Wartete.

Da! Da war es wieder!

Ein fernes Plätschern, als würde auf der anderen Seite ein dicker Mann in einer Badewanne sitzen und nach seinem Handtuch greifen.

Ich ließ mich fallen, rutschte an der Wand entlang nach unten. Mein Herz pochte. Auch wenn ich bezweifelte, dass dort ein dicker Mann ein Bad nahm, so bedeutete ein Geräusch doch, dass sich hinter der Wand nicht nur bloßes Erdreich befand. Es musste einen Hohlraum geben. Einen Hohlraum, der mir vielleicht mehr Fluchtmöglichkeiten bot als der meine.

Trotzdem gab es immer noch ein entscheidendes Problem: die solide Mauer vor meiner Nase.

Ich tastete sie ein weiteres Mal nach Unebenheiten, Rissen oder gar Löchern ab. Nichts. Ich hatte es auch nicht anders erwartet.

Noch einmal setzte ich mich und dachte nach. Wie zerstörte man eine solide Mauer mit den Gegenständen, die ich hier unten besaß? Sie mit dem Stoffbeutel zu bewerfen, kam wohl nicht infrage. Ich könnte ihr eine Flasche von dem starken Alkohol anbieten, vielleicht würde sie dann von allein nachgeben.

Wahrscheinlich lag meine einzige Möglichkeit, zurück nach oben in die Stadt zu gelangen, doch darin, den wackligen Kistenturm zu bauen. Ich stand auf, um mein verletztes Bein zu testen. Ich sprang in die Luft und stöhnte, als ich auf beiden Füßen landete. Nein, keine guten Kletterbedingungen.

Vielleicht war es der Schmerz, der mir den Einfall brachte, oder auch nicht. Wer wusste schon, wo Ideen ihren Ursprung fanden?

Mein Messer! Ich besaß immer noch ein Messer. Meine Finger suchten es in dem Essensbeutel, fanden es, umschlossen es und zogen es heraus. Der Tag schien zur Neige zu gehen, denn immer weniger Licht fiel zu mir herab. Aber das machte nichts, ich würde mich auch im Dunkeln zurechtfinden.

Es war kein besonders scharfes Messer und es war kein besonders guter Plan. Doch immerhin hatte ich einen, bevor ich mir beim Klettern doch noch den Hals brechen würde.

Mit den Fingern fuhr ich die Linie des Mörtels zwischen den Ziegeln entlang. Ich setzte die Klinge an und begann zu feilen.

***

Die ganze Nacht saß ich an meinem neuen Unterfangen. Ich rieb und stach auf den harten Mörtel ein, so gut ich nur konnte, als wäre er mein Erzfeind. Nur einmal unterbrach ich meine Arbeit, um das wenige Wasser zu trinken, welches mir der Regen von vorhin beschert hatte. Ich konnte in der Dunkelheit nicht sehen, wie weit ich mit meiner Arbeit gekommen war, doch meine Fingerspitzen konnten es erfühlen: Sechs übereinanderliegende Steine hatte ich zur Hälfte vom Mörtel befreit. Es gelang mir nicht, sie ganz freizulegen, doch vielleicht genügte ein gezielter Tritt, um ein Loch in die Mauer zu reißen.

Bald machte ich ein kleines Feuer, das ich mit dem Kistenstroh und Holzstücken fütterte, doch es erlosch bereits nach kurzer Zeit. Ich war müde und erschöpft, noch dazu hatte ich mir Blasen an den Händen gerieben. Doch ich wollte jetzt nicht aufgeben. Die Möglichkeit der Freiheit schien dafür viel zu nahe zu sein.

Als ich den Mörtel um besagte Ziegel nicht mehr erreichen konnte, legte ich das Messer beiseite und stemmte sorgfältig meine Füße gegen die Wand, während ich mit dem Rücken auf dem Boden lag und mich mit den Händen abstützte. Dann dachte ich an die Heimleiterin und begann zu treten.

Zuerst geschah gar nichts bis auf den heißen Schmerz, der mir durch das verletzte Bein schoss. Ich begann, wilde Beschimpfungen auszustoßen, die die Wände unbeeindruckt zurückwarfen.

Ich biss die Zähne zusammen und machte weiter. Ein gequälter Laut des Schmerzes drang durch meine zusammengepressten Zähne in den Raum.

Ich ließ mir ein wenig Zeit, um mir neue Flüche auszudenken und den Schmerz abklingen zu lassen.

Noch ein schwungvoller Doppeltritt.

Ein Zittern ging durch die halb freigelegten Ziegel.

Es tat zu weh, ich konnte so nicht weitermachen, wollte ich mir das linke Bein nicht für den Rest meines Lebens ruinieren. Also stützte ich es an der festen Wand ab und trat nur noch mit dem gesunden Bein auf meine sechs Lieblingsziegel ein.

Es knirschte.

Noch ein Tritt.

Es wackelte und einer der Ziegel verschob sich.

Noch ein Tritt.

Steine flogen aus dem Gemäuer. Ich konnte hören, wie sie auf der anderen Seite auf den Boden klatschten. Es hörte sich an wie Wasser. Das Geräusch hallte nach, also ein hoher oder weiter Raum. Ich konnte wieder das Plätschern vernehmen, dieses Mal klar und deutlich. Ich hatte recht behalten: Da war ein weiterer Raum neben dem meinen.

Schwer atmend ließ ich mich zurückfallen und gönnte mir eine kurze Pause. Mein Gesicht verzog sich zu einem müden Grinsen.

***

Die Kanalisation! Mit einem Streichholz in der Hand stand ich darin und atmete ihren Geruch ein. Der süße Duft der Freiheit!

Nun gut, süß war er nicht, dennoch machte mein Herz Freudensprünge. Wo es eine Kanalisation gab, da gab es auch Leitern und Schächte nach oben. Ich warf mir den Essensbeutel über die Schulter, in welchem ich alle meine Habseligkeiten verstaut hatte. Und dazu eine der vollen Flaschen aus den Kisten. Am liebsten hätte ich mehr mitgenommen, doch sie waren schwer und ich hatte eine rutschige Angelegenheit vor mir, wenn ich den schmalen Steinsteg neben dem übel riechenden Fluss betrachtete, der mein Weg in die Freiheit sein würde. Das Streichholz brannte ab. Es war mein letztes gewesen, doch das machte nichts. Mittlerweile hatte ich mich daran gewöhnt, mich in der Dunkelheit zurechtzufinden.

Ich hörte Ratten fiepen, als ich mich in Bewegung setzte. Es ging nur langsam voran mit meinem wieder schlimmer gewordenen Bein. Hatte man verletzte Körperteile, so sollte man damit nicht auf Wände aus Stein einhauen. So viel hatte ich gelernt. Flach drückte ich mich gegen die Wand, um nicht in die stinkende Brühe neben mir zu plumpsen.

Etwas streifte meinen Fuß. Reflexartig trat ich zu, so wie ich es schon den ganzen Tag geübt hatte. Etwas flog mit einem lang anhaltenden Ton durch die Luft und landete mit einem Platsch im Wasser. Ich hatte eine Ratte versenkt. Mit einem stolzen Lächeln ging ich weiter.

Erstaunlicherweise dauerte es nicht lange, bis ich mit dem Rücken gegen Metallsprossen stieß. Erleichterung breitete sich wohlig wie Wärme in mir aus und ich zog mich mit den Händen daran empor.

Schweine

Es dämmerte bereits, als ich den Kanalisationsdeckel zur Seite schob und aus dem Schacht kletterte. Trotz der Schwäche des Lichts brannten mir die Augen ein wenig. Es war schön, wieder etwas sehen zu können. Ich schob den Deckel sorgfältig zurück an seinen Platz.

Und das Beste war, ich hatte das Treffen mit Leana noch nicht verpasst und würde mein Versprechen einhalten können. Heute war Tag Nummer drei und ich konnte es kaum erwarten, mit einem Freund zu reden. Ich hatte geglaubt, ich müsste sterben, doch ich lebte und sehnte mich danach, mit jemandem zu reden, der es auch tat.

Ich setzte mich zum Aufwärmen in eines der Wirtshäuser und blieb, bis man herausfand, dass ich kein Geld besaß, was nicht besonders lange dauerte, betrachtete man meine schmutzige und vom Sturz zerschlissene Kleidung. Ich wiederholte diese Taktik noch zwei weitere Male in einem anderen Wirtshaus und in einem großen Laden, wo ich eine Flasche Milch und zwei Eier einsteckte, und mir war tatsächlich etwas wärmer. Als ich das dritte Mal hinausgeworfen wurde, suchte ich mir eine Bank im Stadtpark, frühstückte und schlief dann erschöpft ein.

Den Nachmittag verbrachte ich am schweigenden Springbrunnen, um auf Leana zu warten. Ich freute mich darauf, sie wiederzusehen. Auch wenn sie es nicht wusste, sie war meine Lebensretterin. Hätte sie mir den Beutel mit Proviant nicht mitgebracht, wäre ich wohl in meinem Gefängnis unter der Stadt zugrunde gegangen. Dafür, dass sie es getan hatte, war ich ihr mehr als dankbar. Doch ich würde ihr nichts davon sagen. Nicht, weil ich ihr die gute Tat vorenthalten wollte – Leana war eine Grüblerin und ihr Kopf war ohnehin schon angefüllt mit Sorgen und Ängsten. Ich wollte nicht eine weitere Sorge hinzufügen. Sie sollte sich auf ihre Arbeit und ihr neues Leben konzentrieren können. Später, wenn die ganze Geschichte lange hinter uns lag, würde ich ihr alles erzählen. Doch nun wollte ich einfach nur ihre Stimme hören und über belanglose Dinge reden. Lachen. Und die Zeit des Gefangenseins vergessen.

Doch sie kam nicht. Beim sechsten Glockenschlag begann ich, mir Sorgen zu machen.

Warum kam sie nicht? Sie hatte mich geradezu angefleht, sie zu sehen, sooft es ging, und nun wartete ich vergebens auf sie. Ließ man sie nicht gehen? War ihr etwas zugestoßen? Hatte man sie in meiner Abwesenheit auf die Straße gesetzt? Ging es ihr gut?

Meine Gedanken überschlugen sich, so wie sie das im Kopf eines Besorgten häufig taten. Ich war selbst ein hoffnungsloser Grübler.

Ich stand auf und humpelte davon.

In dem herrschaftlichen Haus, in dem Leana arbeitete, brannte Licht in den Fenstern des oberen Stockwerks, doch sie würde sich ohnehin nicht mehr dort aufhalten, sondern befände sich längst in dem kleinen Nebengebäude, in dem die Bediensteten schliefen. Gerade überlegte ich mir, durch den Garten zu schleichen, um durch die Fenster des Gebäudes zu spähen, da ließ mich ein Geräusch hinter mir zusammenfahren und herumwirbeln. Mein Messer, nun stumpf und nutzlos, befand sich in meiner ausgestreckten Hand. Wenn ich eins im Waisenhaus gelernt hatte, dann schnell zu sein. Spätestens bei der Essensausgabe.

Jetzt war es aber kein hungriges Waisenkind, das mir das Brot vom Teller stehlen wollte, sondern ein Schrank von einem Mann, den man in der inzwischen hereingebrochenen Dunkelheit nur als Furcht einflößend bezeichnen konnte. Seine Kleidung war blutverschmiert und seine Miene grimmig. Wie die eines klassischen Meuchelmörders. Er starrte erst mich an, dann das Messer. Ich starrte verdutzt zurück.

Mit einer lässigen Bewegung wischte er mir das Messer aus der Hand. „Danke“, sagte Roman und steckte es ein.

„Bitte“, erwiderte ich perplex.

Der Metzger musste wohl gerade auf dem Weg nach Hause sein.

„Du schlägst dich also durch?“, fragte er.

Ich, noch immer überrumpelt, zuckte mit den Schultern.

Roman musterte mich im Schein der Laternen. „Bist ja ganz schmutzig."

„Und Sie ganz blutig."

„Schwein", erklärte er und strich sich über den kahlen Kopf.

Ich nickte und wusste nicht, was ich sagen sollte. Diese Situation war mehr als skurril.

„Tut mir leid, dass ich nur dem Mädchen helfen konnte und dir nicht."

Wieder zuckte ich mit den Schultern. „Sie ist wichtiger." Ich nickte ihm zu und wandte mich ab. Es hatte ohnehin keinen Sinn mehr, auf ein Wiedersehen mit Leana zu hoffen. Die Nachtruhe stand vor der Tür, und wenn ich mich heimlich in den Garten oder gar in das Gebäude schlich, brächte ich Leana nur Ärger ein. Morgen würde ich ihr wieder eine Botschaft übermitteln lassen und dann weitersehen.

Mein Bein schmerzte bei jedem Schritt, doch ich zwang mich, nicht zu humpeln. Der Metzger sollte nicht sehen, dass ich verletzt war. Besser keine Schwäche zeigen. Vor niemandem. Es würde schon werden. Musste.

„He!", rief da jemand. Ich drehte mich um. Roman eilte mir nach. „Junge! Vielleicht kann ich dir doch ein wenig unter die Arme greifen."

Hoffnung keimte in mir auf. Eine böse Verräterin. Ich verdrängte sie. „Wie denn?"

„Komm morgen zu mir in die Metzgerei. Dann reden wir."

„Ist gut."

Er lächelte, dann drehte er sich wieder um und ging zurück.

***

Ich war mir nicht sicher, weshalb ich es tat, doch irgendetwas trieb mich dazu an, vier breite Bretter aus einem Garten zu borgen, sie durch die halbe Stadt zu schleifen und das Loch über meiner Fallgrube mit ihnen zu verdecken. Vorher vergewisserte ich mich, ob nicht inzwischen noch jemand hineingefallen war, indem ich nach unten rief. Entweder war die Grube leer oder der Gefallene bereits tot, und so begann ich schulterzuckend mit meiner Arbeit.

Über die Bretter legte ich Steine und darüber eine Plane, die ich mir aus einem anderen Garten geliehen hatte.

Ich wollte nicht, dass es jemandem so erging wie mir. Aber nicht aus reiner Herzensgüte, ich wollte nicht, dass jemand außer mir von dem geheimen Lager wusste. Natürlich hatte ich keine Garantie dafür, dass die Grube nicht bereits einem Haufen Leute bekannt war. Doch bedachte man, dass die vorherige Bedeckung der Öffnung mehr als morsch gewesen und das Seil bei meinem Sturz augenblicklich gerissen war, konnte man vielleicht davon ausgehen, dass nicht viele von dem Lager Kenntnis hatten.

Stolz betrachtete ich mein Werk und nickte zufrieden.

Es war kalt in dieser Nacht und ich hielt mich wach und in Bewegung. Der Alkohol half, mich warm zu halten. Hatte er anfangs schneidend und widerlich geschmeckt, so schmeckte er nun angenehm und wärmend. Er verscheuchte meine Ängste und Sorgen. Und meinen Gleichgewichtssinn.

***

Ich hatte noch nie zuvor gesehen, wie ein Schwein zerlegt wurde. Plötzlich wirkte so ein Tier viel größer und Angst einflößender mit den leeren Augen und den herunterhängenden Ohren, die mir bei jedem Schnitt traurig winkten.

Durch die geöffnete Tür hindurch beobachtete ich Roman, wie er den Kopf des Schweines mit einem Beil vom Körper abtrennte. Dann legte er die Axt fort und griff zu einem langen Messer. Butterweich glitt es durch Fleisch und Knochen und der Metzger legte eine Keule zur Seite.

Wieder der Griff zur Axt. Mit Schaudern sah ich die Hiebe mit an, welche die Wirbelsäule zerschlugen, als wäre sie einfaches Holz und nicht der Bestandteil von etwas, das einmal gelebt und einen Herzschlag besessen hatte. In diesem Moment nahm ich mir vor, Roman niemals zu reizen.

Gerade griff er nach dem Vorderfuß, als er mich bemerkte. Das Gesicht des Metzgers verzog sich zu einem Lächeln. „Ah! Komm herein, Junge!"

Ich nickte ihm grüßend zu, blieb aber im Türrahmen stehen.

Hatte ich eines im Leben gelernt, dann dass man in Gesellschaft eines Mannes, der mit Axt und Messer bewaffnet war, besser außer Reichweite blieb.

Er hackte munter weiter. Inständig hoffte ich, dass er nicht ebendiese Tätigkeit für mich im Sinn hatte. Nicht, dass ich nicht ab und zu an Aggressionen litt, doch aus ganzen Schweinen tagtäglich kleine Portiönchen zu zaubern, gehörte nicht zu meinen Traumbeschäftigungen. Ganz davon abgesehen, dass ein abgemagerter Waisenjunge wohl kaum die nötige Kraft dazu aufbringen konnte. Ich würde mich wahrscheinlich ewig an der Wirbelsäule aufhalten. Aber nun gut, ich hatte keine Bleibe, kein Geld und durfte nicht wählerisch sein. Im Kopf hatte ich mich schon mit meinem Schicksal abgefunden, als Roman den Mund aufmachte, während er Rücken und Bauch mit einer Säge voneinander trennte.

„Jeden Tag, wenn ich mir die Schweine anschaue, muss ich an dich denken, Junge."

„Ich hoffe doch nicht, wenn Sie gerade eins zersägen."

Er lachte laut und kehlig. „Du gefällst mir, Kleiner! Nein, ich meinte lebende Schweine."

Das grenzte zwar immer noch an Beleidigung, doch wie gesagt: Er hatte eine Säge in der Hand. „Weil Schweine so kluge Tiere sind?"

„Weil einer der Schweinehirten ausgefallen ist. Hat sich das Bein gebrochen. Und du brauchst doch noch immer Geld, oder nicht?"

„Doch, schon."

„Wenn du willst, könnte ich etwas für dich in die Wege leiten. Hab ein wenig Einfluss als bester Metzger der Stadt." Er zwinkerte mir zu. Manchmal musste man wohl erst in ein dunkles Loch fallen, bevor sich die Dinge zum Guten ändern konnten. Und das war mir buchstäblich passiert.

Ich setzte eine feierliche Miene auf. „Ja, ich will."

Und damit war es beschlossene Sache. Ich war Schweinehirte.

***

Ich stand eine Weile am Gartenzaun und beobachtete die beiden bellenden, zähnefletschenden Hunde durch die Gitterstäbe hindurch. Sie mussten wohl eine neue Anschaffung seit meinem letzten Besuch sein. Endlich trat ein Bediensteter ins Freie, pfiff die Bestien zurück und warf mir einen bösen Blick aus zusammengekniffenen Augen zu. „Verschwinde!“

„Ich muss mit einem der Küchenmädchen sprechen. Können Sie ihr eine Nachricht überbringen?“

„Verschwinde oder ich hetze die Hunde auf dich!“

Noch nie in meinem Leben war ich von einem Hund gebissen worden. Und ich hatte nicht vor, diese Tatsache am heutigen Tage zu ändern. Also warf ich dem Mann einen finsteren Blick zu und ging.

Doch nicht weit fort.

Ich wartete an der nächsten Straßenecke und behielt das weiße Gebäude im Auge. Leana war nur wenige Ellen von mir entfernt, es konnte doch wohl nicht so schwer sein, mit ihr in Kontakt zu treten. Ich musste wissen, weshalb sie nicht zu unserem Treffen gekommen war. Nur um sicherzustellen, dass es ihr gut ging. Sie hatte niemanden außer mir und ich hatte nicht vor, sie im Stich zu lassen. Niemals. Ich war ihre Familie und sie die meine. Wir mussten füreinander da sein.

Sie hatte darauf bestanden, mich wiederzusehen, und war dann nicht erschienen. Irgendetwas stimmte also nicht.

Schließlich verließ ein junges Mädchen das Haus, durchquerte den Garten und lief die Straße entlang an mir vorbei.

„Halt!“, rief ich.

Erschrocken blieb sie stehen und drückte den Korb fester an sich, welchen sie bei sich trug. Eine Schönheit war sie nicht. Sie besaß eines dieser nichtssagenden Gesichter, und als ihr Schreck verflogen war, warf sie mir einen ähnlichen Blick zu wie der Bedienstete vorhin. „Was willst du?“, fragte sie unfreundlich.

„Geht es Leana gut?“

„Leana?“

„Die neue Küchenmagd“, erklärte ich.

„Ach so, die Kleine. Glaube schon.“ Sie wollte weitergehen.

Ich stellte mich ihr in den Weg. „Kannst du ihr etwas von mir mitteilen?“

Wieder ein grimmiger Blick. „Sehe ich aus wie eine Brieftaube? Ich muss jetzt zum Markt.“

Sie versuchte, sich an mir vorbeizudrängen, doch ich hielt sie am Arm zurück. „Bitte!“

„Lass mich los!“ Sie schüttelte meine Hand ab und ging weiter.

„Komm schon! Was ist denn dabei?“, rief ich ihr hinterher.

Das Mädchen blieb stehen und drehte sich zu mir um. Ein teuflischer Zug spielte um ihre blassen Lippen. „Und was kriege ich dafür?“

Schon das dritte Biest an diesem Tag. Sah sie denn nicht, dass ich nichts besaß? Selbst meine einigermaßen annehmliche Winterbekleidung sah nach meinem Sturz eher schäbig aus als alles andere. Dennoch rasten meine Gedanken und ich ging im Kopf alles durch, was ich ihr im Gegenzug anbieten könnte. Die Auswahl war nicht sehr groß und so musste ich nicht lange überlegen.

Ich grinste sie verschwörerisch an. „Trinkst du gerne?“

Der Schweinehirte

Totes Laub raschelte unter meinen Füßen, und wenn ich stehen blieb, hörte ich das sachte Rauschen der letzten Blätter über mir, als raunten die alten Bäume einander Geheimnisse zu. Der Himmel zwischen den kahlen Ästen war von einem so hellen Grau, dass es in den Augen schmerzte, sah man zu lange hinein. Es fühlte sich befreiend an, nicht mehr von den hohen Mauern der Stadt eingeengt zu werden. Felsburg lag nun hinter mir und vor mir erstreckte sich der Wald. Obwohl der späte Herbst ihn wie tot erschienen ließ, fühlte er sich doch *lebendig* an.

„He, steh da nicht so dumm in der Gegend herum!"

Ich drehte mich um. Ach ja, ich war nicht allein. Vor mir stand ein junger Mann in den Zwanzigern mit schmutzig blondem Haar und einem grimmigen Blick. Seine Haut war wettergegerbt und seine Oberarme muskulös. Sein Name war Derk und er war einer der Schweinehirten von Felsburg. Er war nicht gerade erfreut darüber, meinen Vorgänger durch mich ersetzt zu sehen.

„Damit das klar ist, du bist kein Hirte, sondern nur mein Gehilfe", hatte er zur Begrüßung gesagt, als Roman mich ihm vorgestellt hatte.

Ich mochte ihn von der ersten Minute an.

Roman hatte mir ermutigend zugenickt und mir mein Messer in die Hand gedrückt, das er mir abgenommen hatte. „Ich habe es für dich geschliffen, es war ganz stumpf. Du wirst es im Wald brauchen können." Ich war mir nicht sicher, ob er damit auf Derk verwies, doch ich war froh, es wieder in meinem Besitz zu wissen.

Am Abend zuvor hatte ich wieder auf Leana am Brunnen gewartet, doch erneut war sie nicht gekommen. Ich war mir nicht sicher, ob das trinkfreudige Mädchen sein Wort gebrochen hatte oder ob Leana das Gebäude – aus welchen Gründen auch immer – nicht verlassen durfte.

Und jetzt stand ich im Wald, zusammen mit einer Horde von

fünfzig Schweinen, die nach Eicheln zwischen den Bäumen wühlten, und Derk, meinem neuen besten Freund.

„Du sollst Fallholz sammeln!“, fuhr er mich an und begann dann selbst, den Boden abzusuchen.

Ich schnitt eine Grimasse und folgte seinem Beispiel. Für einen kurzen Moment hatte ich das Bedürfnis, ihm zu zeigen, wie hart Holz fallen konnte, aber der Moment ging vorüber.

Ich klaubte einen trockenen Zweig auf. Mein Bein tat noch immer weh, doch ich versuchte, es mir nicht anmerken zu lassen. Ich wollte meine neue Arbeit einer Verletzung wegen nicht verlieren.

Neben mir grunzte ein Schwein.

„Du magst also Schweine.“ Ich legte zwei Zweige auf den bereits bestehenden Haufen vor mir. Derk warf mir einen tödlichen Blick zu. Er schien nicht vom geselligsten Schlag zu sein. „Es ist nichts Verwerfliches daran. Sie sehen ja ganz nett aus“, redete ich weiter und schnippte gegen das wippende Ohr des nächsten Schweines, das gerade genüsslich auf einer Eichel kaute.

Dieses Mal drehte er sich nicht einmal nach mir um, doch er antwortete. „Mich wundert es nicht, dass man dich aus dem Waisenhaus geschmissen hat.“

„Hat Roman dir also von mir erzählt?“ Irgendwie war mir der Gedanke unbehaglich.

„Ich muss wissen, mit wem ich zusammenarbeite.“

„Du meinst, mit wem du Brennholz sammelst und Schweine beobachtest?“

Jetzt war er wütend und kam zu mir herüber. „Mach niemals Witze über den Beruf eines Mannes“, vermerkte ich gedanklich für die Zukunft, als er mich am Kragen packte und näher an sich heranzog. Er sah nicht besonders fröhlich aus.

„Jetzt hör mir mal zu, Bürschchen! Hier draußen ist es gefährlich und die Leute sind mir sehr dankbar dafür, dass ich ihre Schweine das ganze Jahr über hüte! Mein Beruf ist in der ganzen Stadt angesehen und man begegnet mir mit Respekt. Wenn das für dich nur ein einziger großer Spaß ist, dann kannst du gerne nach Hause gehen. Ich jedenfalls würde es sehr begrüßen.“

Er ließ mich los und ich fragte mich, wie genau sich mein Vorgänger wohl das Bein gebrochen haben mochte.

Wenn er glaubte, mich nun beeindruckt zu haben, dann hatte er sich gewaltig geschnitten. Es brauchte schon mehr, um ein Waisenkind aus der Fassung zu bringen.

„Nach Hause? Ich würde ja, aber meine Villa wird gerade neu eingerichtet und ich will den Bauarbeitern nicht im Weg stehen."

„Halt den Mund und sammle weiter."

Ich wusste jetzt schon: Die folgenden Tage würden wie im Fluge vergehen!

Die Herde zog langsam weiter, tiefer in den Wald hinein, und wir folgten ihr gemächlich. Das Fallholz durfte ich tragen, während Derk Kräuter aus dem Boden zupfte. Ich tat es mit Würde.

Derk zog zur Mittagszeit zwei belegte Brote aus einem Beutel, den er mit sich trug, und verzehrte diese genüsslich, während ihm ein großer Stein zwischen zwei Birkenbäumchen als Stuhl diente. Ich versuchte, meinen Blick so weit wie möglich von ihm abzuwenden. Ich hatte großen Hunger und nichts zu essen bei mir. Woher auch? Mein eigener Beutel war lange leer. Mein Magen knurrte. Ich könnte ein halbes Schwein verputzen! Ach, was redete ich, ein ganzes! Mein Blick wanderte zu einer besonders dicken Sau, die ihren Rücken an einem Baumstamm schubberte. Das Wasser lief mir im Mund zusammen, als ich sie mir auf einem Spieß über einem großen Feuer vorstellte.

„Hier." Derk griff in seinen Beutel und warf mir einen Apfel zu. Er traf mich hart am Kopf. „Bevor du das Schwein noch mit deinen Blicken aufisst."

Ich hob den Apfel vom Boden auf und wischte ihn an meiner Jacke sauber. Auch wenn meine Jacke inzwischen vermutlich dreckiger war, als der Boden selbst. Gierig biss ich hinein und verschlang alles bis auf den Stiel. Derk beobachtete mich dabei mit einer Mischung aus Ekel und Faszination. Als ich fertig war, hätte ich mich zwar nicht als satt bezeichnet, jedoch ging es mir schon deutlich besser.

Wir gingen weiter und kamen an einen Bach, an dessen Ufer ich mich neben den Schweinen ins Wasser hängte und trank, bis mir der Kopf nicht mehr schmerzte.

Derk setzte eine Flasche aus seinem Beutel an seine Lippen und sah mich an, während er selbst trank. Ich wischte mir den Mund mit meinem Ärmel ab und erhob mich zwischen den Schweinen.

„Wie lange lebst du schon auf der Straße?“

„Seit ein paar Tagen. Aber es ist nicht das erste Mal“, antwortete ich stolz.

„Wann hast du das letzte Mal eine warme Mahlzeit gehabt?“

Das musste wohl die Suppe im Wirtshaus gewesen sein. „Ist noch nicht so lange her.“

Derk musterte mich von Kopf bis Fuß. „Sieht aber so aus. Du bist ja dünn wie ein junger Hund.“

„Ähm, danke.“

„Ich glaube, du weißt, dass das kein Kompliment gewesen ist. Hier draußen braucht man Muskeln.“ Er schenkte mir einen weiteren abschätzigen Blick. „Und kein halbes Skelett, das beim nächsten Windstoß in sich zusammenfällt. Roman hätte dich nicht aussuchen dürfen. Du bist mir nur ein Klotz am Bein.“

Es hatte sich lange niemand mehr so viel Mühe gegeben, mich in einem Atemzug mit so vielen Bezeichnungen zu betiteln. Ich war richtig gerührt. „Was denn nun, Hund, Skelett oder Klotz?“

Er antwortete nicht.

Am frühen Abend, es war bereits dunkel, traten wir unseren Rückweg an. Ich trug noch immer das Holz, während Derk mit einer langen Peitsche die Herde in Bewegung setzte.

Felsburg grüßte uns schon aus der Ferne mit seinen Lichtern und ich war müde wie nie. Bisher hatte ich versucht, den größten Teil des Tages zu verschlafen, um nachts wach zu bleiben. Heute war ich seit dem frühen Morgen auf den Beinen. Ein kalter Wind fuhr mir durch die Kleider. Es würde eine kalte Nacht werden. Großartig.

Als wir der Stadt schon ganz nahe waren, zog Derk ein Horn aus seinem Beutel und blies kräftig hinein. Ein voller, satter Ton erklang und durchbrach für einige Sekunden die nahezu winterliche Stille.

„Bist du jetzt auch noch Nachtwächter?“, fragte ich, der Hornsignale nur von ebensolchen kannte.

„Das hier klingt anders. Sagt den Bauern, dass ihre Schweine kommen“, erwiderte Derk knapp.

Aha. Wortkargheit war also wieder in Mode.

Die Bauern von Felsburg lebten außerhalb des Kerns, jedoch ebenso außerhalb des Armengebietes, des Rings. Ihre Häuser und Hütten reihten sich entlang der Felder auf, welche die Stadt weitläufig umgaben. Sie bildeten nahezu eine eigene Ortschaft neben Felsburg, jedoch standen beide in engem Verhältnis miteinander. Keiner konnte ohne den anderen. Die Bauern versorgten die Stadt mit Getreide und tierischen Produkten, während die Stadt sie dafür entlohnte und beschützte. Man nannte die Ortschaft schlicht und einfach *das Dorf*.

Gelegentlich stattete die Stadtwache dem Dorf Besuche ab, um die Armen aus dem Ring vom Plündern der Höfe und Felder abzuhalten. Auch ich war das ein oder andere Mal durch ein Maisfeld gestromert, um meine eintönigen Mahlzeiten im Heim mit etwas Frischem aufzuwerten. Dabei war ich den Stadtwächtern manchmal nur knapp entkommen.

Es dauerte seine Zeit, bis wir alle Schweine zu ihren Besitzern gebracht hatten. Die Bauern hatten bereits die Stalltüren geöffnet und die Schweine liefen wie selbstverständlich von allein hinein, handelte es sich um ihren Heimatstall.

Beim letzten Hof raunte Derk dem Bauern etwas zu und bekam dafür einen Schnaps eingeschenkt. Der Bauer deutete auf mich und Derk schüttelte den Kopf.

„Was war das denn?“, fragte ich ihn auf dem Weg zurück in den Kern.

„Was?“

Er wusste genau, wovon ich sprach. „Wieso hat er dir etwas gegeben?“

„Weil ich ihm etwas gesagt habe.“

Ich verdrehte die Augen. Zum Glück sah es Derk in der Dunkelheit nicht. „Vielleicht ‚Gib mir sofort einen Schnaps oder ich mach dich zur Sau und nehme dich das nächste Mal gleich mit in den Wald‘?“

Derk gab einen kurzen Laut von sich. Hatte er etwa gelacht? „Ich habe ihm gesagt, dass eine von seinen Säuen gedeckt wurde. Jetzt weiß er, wann er mit Ferkeln rechnen kann.“

„Darf ich ihm so etwas das nächste Mal mitteilen?“

„Du bist zu jung für Alkohol.“

Ha, wenn er wüsste! Ich hatte immer noch einen großen Vorrat in der Fallgrube und eine halb volle Flasche in einem Versteck, Schweine hin oder her. Ich würde die Wärme heute Nacht brauchen, denn schon jetzt bildeten sich Atemwölkchen vor meinem Mund. Und es fühlte sich so an, als würde es mit jeder Minute kälter werden.

„Vielleicht bin ich älter, als ich aussehe", murmelte ich in den Kragen meines Mantels hinein.

Derk schaute zu mir herüber. „Zwölf?"

Hatte der gute Schweinehirte also doch ein Fünkchen Humor. Ein Gläschen Schnaps und sogleich hatte er gute Laune. Ich würde es mir für schlechte Zeiten merken.

„Ehrlich gesagt, weiß ich gar nicht genau, wie alt ich bin." Wenn ich es mit der Mitleidsnummer versuchte, würde vielleicht noch ein Abendbrot für mich herausspringen. Ich hatte einen Bärenhunger und seine gute Laune musste ich ausnutzen.

„Es ist nur eine Zahl."

Mist, er biss nicht an. Kein Abendbrot für Aron.

Die Wachen an der Stadtmauer öffneten uns mit einem Nicken in Derks Richtung die Tore. Schweigend gingen wir nebeneinanderher, die erleuchtete Hauptstraße entlang. Ein feiner Nieselregen fiel vom Himmel, der sich im Schein der Laternen als der erste Schneeregen entpuppte. Kalt berührte er mein Gesicht und schmolz auf meiner Haut.

Es war sinnlos, weiter neben Derk her zu laufen, denn er war auf seinem Nachhauseweg, während ich wieder auf mich allein gestellt war. Ich zögerte den Abschied absichtlich hinaus, denn auf mich wartete nur zielloses Wandern durch die Kälte auf der hoffnungslosen Suche nach einem Schlafplatz.

Vielleicht konnte ich morgen im Wald schlafen, gegen einen Baum gelehnt, wenn Derk nicht hinsah ... Dann konnte ich die nächste Nacht über wach bleiben.

Ich war so müde. Und mir war so kalt. Doch schließlich blieb ich an einer Straßenecke stehen, als müsste ich nun abbiegen.

„Gute Nacht", verabschiedete ich mich.

Derk blieb ebenfalls stehen und blickte mich mit einem merkwürdigen Ausdruck auf dem Gesicht an. „Wo willst du denn hin?"

Ich suchte nach einer pfiffigen Antwort, doch ich war zu erschöpft, als dass mir eine in den Sinn gekommen wäre. Daher zuckte ich nur hilflos mit den Schultern.

„Die Schweinehirten schlafen im Hirtenhaus."

Ich blickte ihn entgeistert an. „Das ist aber schön für die Schweinehirten."

Derk legte den Kopf schief. „Ihre Gehilfen auch."

Ich hätte weinen mögen, als ich in meiner eigenen kleinen Kammer vor meinem eigenen warmen Bett stand. Heute würde ich nicht im Freien schlafen müssen. Nicht frieren. Nicht hungern. Gerade hatte ich mit Derk in der Küche des Hirtenhauses zu Abend gegessen, während im Kamin ein hungriges Feuer das gesammelte Fallholz zerfraß. Eine warme Suppe und Brot. Sogar gewaschen hatte ich mich.

„Du riechst nicht besser als die Schweine", hatte Derk zuvor mit einem Kopfnicken in Richtung einer schmalen Waschkammer angemerkt.

Jetzt roch ich nicht mehr nach Schwein, sondern angenehm sauber nach Seife. Auch meine Jacke hatte ich vom gröbsten Schmutz befreit. Und auf meinem Bett lag saubere Kleidung, ordentlich zusammengefaltet. Es war zu schön, um wahr zu sein. Vielleicht träumte ich nur. Vielleicht lag ich in Wahrheit irgendwo zusammengekauert im Graben einer Straße und malte mir all das hier nur aus, um nicht an das Erfrieren denken zu müssen. Aber es kümmerte mich nicht, ob es Fantasie oder Wirklichkeit war. Ich wollte es einfach nur genießen.

Andächtig schlug ich die Bettdecke zur Seite und kroch darunter. Wohlige Wärme umgab mich. Ich schlief auf der Stelle ein.

Bessere Zeiten

Der Winter brach über Felsburg herein und hüllte die Stadt in eine dicke weiße Schicht. Nach dem Schnee kam die Kälte in ihrem vollen Ausmaß und überzog alles, was sich ihr entgegenstellte, mit funkelnden Eiskristallen. Nach nur einer Woche als Gehilfe des Schweinehirten hatte ich notgedrungen frei bekommen. Während die Stadt nach kurzer Zeit die Massen an Schnee auf den Straßen in den Griff bekommen hatte, lag der Schnee außerhalb der Stadt zu hoch, um die Schweine sicher in den Wald führen zu können. Und es war außerdem zu eisig, um sich den ganzen Tag im Wald aufzuhalten. Uns zumindest, die Bauern schworen darauf, dass das Fleisch der Schweine umso besser schmeckte, je länger sie rauem Wetter ausgesetzt waren.

Ich hatte nicht nur frei und ein Dach über dem Kopf, nein, ich hatte auch meinen ersten Lohn erhalten. Für jedes Schwein bekam Derk am Ende des Monats drei Silbermünzen. Insgesamt machte das rund dreißig Brocken für die ganze Herde. Ich bekam zehn davon. Es war das erste Mal, dass ich Geld verdient hatte. Und es fühlte sich gut an.

„Dass du nicht gleich damit ins nächste Wirtshaus rennst und alles ausgibst!“, ermahnte mich Derk streng.

Oh nein, ich hatte im Moment alles, was ich brauchte. Ich würde es sparen. Dass mein Glück nicht von Dauer sein würde, davon war ich fest überzeugt. Und wenn sich mein Schicksal wendete, wollte ich vorbereitet sein.

Ich saß am Tisch im Hirtenhaus und genoss den Geschmack von Butter auf weichem Brot, als Derk ebenfalls die kleine Küche betrat. „Du musst für mich zu Roman gehen“, teilte er mir mit.

War ich jetzt auch noch ein Botengänger? „Wieso?“, fragte ich mit vollem Mund.

„Wir bekommen neben dem Geld auch Fleisch für unsere Dienste. Du musst es abholen.“

„Fleisch?“ Brot und Butter waren vergessen.

Ich zog mir Mantel, Handschuhe und Stiefel an und trat aus dem kleinen Haus am Rande des Stadtkerns. Es war so bitterkalt, dass mir die klirrende Luft wie eine Faust ins Gesicht schlug. Sogleich zog ich mir die Kapuze tiefer ins Gesicht. Schnee und Eis knirschten unter meinen Sohlen. Nicht viele Leute waren auf den Straßen; wer konnte, blieb zu Hause im Warmen. Hätte ich weiterhin draußen übernachten müssen, wäre das mein sicherer Tod gewesen.

Ich stapfte durch den Stadtkern und fühlte mich zum ersten Mal nicht wie Ungeziefer, das im Dunkeln lauerte. Ich war nun ein anerkannter Teil von Felsburg, ein Zahnrad im großen Getriebe der Stadt. Es fühlte sich ... gut an.

Roman hatte bereits zwei fertige Pakete mit Fleisch für uns vorbereitet, die auf der Theke in der Metzgerei auf mich warteten.

„Wie gefällt dir die Arbeit mit den Schweinen?“, fragte er, als ich zusammen mit einem Hauch eisiger Luft in den Laden trat.

„Saugut“, antwortete ich und rieb mir die kalten Finger. Sie waren feuerrot und brannten.

Er reichte mir die Pakete über den Thekenrand hinweg. „Wie geht es deiner kleinen Freundin?“

Ich drückte die Pakete an mich. Schon jetzt lief mir das Wasser im Mund zusammen, wenn ich nur darüber nachdachte, was sich wohl in ihnen befand. „Ich weiß es nicht. Seit zwei Wochen habe ich nichts mehr von ihr gehört und man lässt mich nicht zu ihr.“

„Hm. Zwei Freunde in derselben Stadt, die sich nicht sehen dürfen. Das geht ja nicht an. Nimm dir ein Würstchen und setz dich da in die Ecke, ich bin gleich wieder da.“ Roman wischte sich seine tellergroßen Hände an seiner Metzgerschürze ab, warf sich einen Mantel über, drehte das Ladenschild auf „Geschlossen“ und trat auf die Straße hinaus.

Ich tat wie geheißen und knöpfte mir den Mantel auf. Gedankenverloren biss ich in das Würstchen. Ich konnte mir nicht helfen, aber wenn ich an Leana dachte, überkam mich ein ungutes Gefühl. Als stünde etwas Unangenehmes bevor. Oder als hätte ich irgendetwas ganz Offensichtliches übersehen ...

Es dauerte eine kleine Ewigkeit, bis sich die Tür der Metzgerei von Neuem öffnete. Roman trat ein und hinter seinem breiten Kreuz tauchte eine kleine Gestalt auf. Tatsächlich, er hatte Leana für mich geholt. Es war mir unbegreiflich, dass jemand so viel für mich tat, ohne eine Gegenleistung dafür zu erwarten. Ein seltsamer Mensch.

Leana trug eine graue Mütze auf dem Kopf, unter der ihr Maushaar in Strähnen hervorlugte. Ihre Wangen waren von der Kälte gerötet und ihr Blick mindestens genauso unterkühlt wie ein Bettler draußen auf der Straße. Sie war wütend. Aber weshalb?

Ich stand auf. Roman legte seinen Mantel ab und deutete mit dem Finger auf den hinteren Raum des Ladens, in dem er das Fleisch zu zerlegen pflegte. „Ich glaube, ihr habt einiges zu bereden."

Leana, eine Gewitterwolke im Gesicht, zischte grußlos an mir vorbei. Ich folgte ihr und zog hinter mir die Tür ins Schloss. Sie wandte sich zu mir um und mir wurde mulmig bei der Überlegung, dass direkt hinter ihr das Beil in der Tischplatte steckte.

„Ich hasse dich!", fuhr sie mich an und verpasste mir einen Stoß gegen den Brustkorb. Hätten ihre braunen Augen nicht gefährliche Funken gesprüht, wäre es beinahe niedlich gewesen, wie sie versuchte, mir wehzutun.

Ich verstand nicht. „Was ist denn los mit dir?", rief ich und packte sie an den Armen, denn sie sah aus, als würde sie mir gleich an die Gurgel springen.

„Das weißt du ganz genau, du elender Lügner!" Ihre hohe Stimme zitterte vor Wut.

Hilflos schüttelte ich den Kopf. „Nein, das weiß ich nicht! Seit zwei Wochen höre ich nichts von dir, obwohl ich nach dir fragen lasse, mache mir Sorgen um dich und jetzt bist du auch noch wütend auf mich. Erkläre es mir bitte, Leana." Ich ließ sie los, um ihr Freiraum zu geben.

„Du warst nicht da", sagte sie in vorwurfsvollem Ton und verschränkte ihre dünnen Arme vor der Brust.

„Wenn du unsere letzte Verabredung meinst: Ich bin da gewesen. Aber rate mal, wer nicht aufgetaucht ist: du."

Leanas Augen verengten sich zu Schlitzen. „Jetzt lügst du mich schon wieder an. Du hast drei Tage gesagt. Aber du bist nicht gekommen. Zwei Stunden habe ich auf dich in der Kälte gewartet!"

Die Gedanken in meinem Kopf überschlugen sich. Ich war doch dort gewesen! Wovon sprach sie? *Ich* hatte auf *sie* gewartet, nicht umgekehrt. Am Brunnen, nach drei Tagen, wie abgesprochen.

Dann kam mir ein Gedanke. Ich hatte womöglich mehr Zeit in der Grube zugebracht, als ich angenommen hatte. Das Fieber musste mich länger als einen Tag außer Gefecht gesetzt haben. Ich hatte mich geirrt und Leana unabsichtlich versetzt. Ich war noch in der Grube gefangen gewesen, als sie auf mich gewartet hatte.

„Ich kann es erklären."

„Damit du mich wieder anlügen kannst? Ich will es nicht hören!" Sie traf mich mit ihrer kleinen Faust am Oberarm.

„Ich hab dich nicht angelogen. Das ist ein einziges großes Missverständnis!"

„Ich war in dem Wirtshaus, von dem du mir erzählt hast, weil ich mir Sorgen um dich gemacht habe. Aber du arbeitest dort gar nicht. Lügner!"

Verdammt.

Leana begann auf mich einzuschlagen. Sie hatte kleine, spitze Handknöchel und es würde blaue Flecken geben, doch ich vermutete, ich hatte es verdient. Schließlich hörte sie auf und blickte mich wütender denn je an. Ich sah Tränen in ihren Augenwinkeln glitzern.

„*Belüge jeden außer dich und mich.* Erinnerst du dich?"

Das tat weh. „Es tut mir leid", sagte ich leise.

„Mir auch", erwiderte sie und wollte an mir vorbei zur Tür laufen.

Ich hielt sie am Handgelenk fest. „Ich wollte dich nicht anlügen." Sie versuchte sich aus meinem Griff zu befreien. „Das war dumm von mir. Ich werde es nie, nie wieder tun. Und wenn du willst, dann erzähle ich dir alles. Bitte, Leana."

Ihre Augenbrauen waren zweifelnd zusammengeschoben, als sie mich ansah. „Du bist ein Dummkopf."

Ich lächelte. „Ich weiß."

Ich erzählte ihr alles. Von meiner Erkältung, dem Sturz in die Tiefe und meiner neuen Arbeit. Am Ende umarmten wir uns und sie verzieh mir, warnte mich jedoch auch davor, dass sie es nicht noch einmal tun würde. Ich würde mich davor hüten.

Als ich in das Hirtenhaus zurückkehrte, wartete Derk bereits auf mich. „Wo warst du denn so lange mit dem Fleisch?"

***

Die Kälte hielt an und ich genoss meine viele freie Zeit in vollen Zügen. Mein Bein wurde mit jedem Tag besser und besser. Bald würde ich gar nichts mehr von dem Sturz spüren. Ich traf mich mit Leana oder wanderte durch die Stadt, an den vielen Schaufenstern vorbei, mit dem Wissen, dass ich mir etwas kaufen konnte, wenn ich wollte, mit dem Geld, das ich mir selbst verdient hatte. Es war seltsam, plötzlich erfüllte mich die Anwesenheit der anderen Stadtbewohner nicht mehr mit Abscheu, vielmehr fühlte es sich an, als würde ich zu ihnen gehören. Die Stadt hatte letztendlich aufgehört, mich abzustoßen, und mich stattdessen aufgenommen. Und so auch ihre Bewohner.

Zumindest fühlte es sich in diesen Tagen danach an.

Dass ich noch immer nirgendwo dazugehörte, wurde mir bewusst gemacht, als ich an einem verschneiten Winternachmittag auf altbekannte Gesichter stieß.

Ich war gedankenverloren durch den weiß geschmückten Park gelaufen und hatte mein sorgenfreies Leben genossen. Ich sah die Welt plötzlich mit anderen Augen: Hinter den Bäumen lauerte keine Gefahr mehr und der Einbruch der Dunkelheit löste keine Panik in mir aus.

Ich hatte einen Platz, an den ich am Ende des Tages zurückkehren konnte. Ich hatte mich noch immer nicht ganz daran gewöhnt und jedes Mal, wenn es mir wieder in den Sinn kam, war es wie ein Schock.

Meine gute Laune schwand, sobald ich den Park verließ. Das mochte vielleicht daran liegen, dass mir ein harter Gegenstand über den Hinterkopf gezogen wurde und ich das Bewusstsein verlor.

„Wach auf, Prinzessin." Jemand schüttelte mich unsanft.

Ich stöhnte und rieb mir den Kopf. Au, das würde eine Beule geben. Mir war schwindlig und ich musste mehrere Male blinzeln, bis ich etwas vor mir erkennen konnte. Als ich es tat, kniff ich die Lider sogleich wieder fest zusammen.

„Mach gefälligst die Augen auf!", fuhr mich mein alter Feuertonnenfreund Ben an und schüttelte mich erneut, nun heftiger.

Ich öffnete vorsichtig meine Lider und versuchte inständig, nicht seinen missglückten Bart anzustarren.

„Ich hab euch ja gesagt, dass der nicht wiederkommt. Der feine

Herr hat uns rotzfrech angelogen", rief Roksi, die hinter ihm stand und auf mich herabsah, als wäre ich eine besonders schleimige Nacktschnecke.

„Moment, ich …", setzte ich zu meiner Verteidigung an, doch da traf mich schon Bens Faust im Gesicht. Ich gab einen kläglichen Laut von mir. Im Waisenhaus hatten wir immer darauf geachtet, Gesicht und Hände unverletzt zu lassen, damit die Aufseherinnen nichts von unseren Prügeleien mitbekamen. Das Gesicht war heilig. Auf der Straße schien man diese Regel nicht zu kennen. Ich spuckte Blut, aber meine Zähne waren alle noch an Ort und Stelle, als ich mit der Zunge prüfend über sie fuhr.

„Was machen wir jetzt mit ihm?" Ah, Geske war auch hier. Ich hätte sie ohne die verquollenen Augen fast nicht wiedererkannt.

Roksi schob Ben beiseite und beugte sich mit abwertendem Blick über mich. Sie roch verdächtig nach Essig. Hatte sie sich meinen Rat also doch zu Herzen genommen. Vorzüglich, dann musste ich mich wenigstens nicht mehr vor Läusen fürchten. Sie betrachtete meine Kleidung, die um einiges zerschlissener war als bei unserer letzten Begegnung.

Sie zuckte gleichgültig mit den Schultern. „Wir sollten ihm die Kleidung abnehmen und ihn dann ordentlich verprügeln, bis er ganz grün und blau ist."

„Die Zähne sollten wir ihm raushauen", schlug Ben vor.

„Und sein Gesicht zerkratzen", fügte Geske hinzu.

„Aber, ihr lieben Leute", ich hob abwehrend beide Hände, „sosehr ich auch euren Einfallsreichtum bewundere, muss ich euch doch davon abraten. Ich könnte euch unverletzt von viel größerem Nutzen sein."

„Deine Spielchen kannst du mit anderen spielen, Flint. Auf deine faulen Tricks fallen wir nicht mehr rein!"

„Faul wie deine Zähne?" Doch ich biss mir auf die Unterlippe und sagte nichts zu der runden Frau.

Ben nickte heftig. „Glaubst du etwa, dass wir dir noch glauben?"

„Oh, ihr müsst mir nicht glauben. Nur mit mir mitkommen, dann seht ihr schon selbst."

„Wir kommen nirgendwohin mit." Geske hatte mir besser gefallen, als sie sich aus unseren Gesprächen herausgehalten hatte. Sie brauchte dringend einen neuen Grund zum Weinen.

„Du bist hässlich", sagte ich zu ihr, doch anstatt zu weinen, verpasste sie mir einen Fausthieb. Ich würde Derk später eine Erklärung schulden.

Bens Schwäche hatte ich bereits ausgespielt. Nun war Roksi an der Reihe.

Ich zuckte mit den Schultern. „Dann werde ich den Alkohol wohl alleine trinken müssen, wenn ich grün und blau und nackt bin."

Selbst im schwachen Licht des zur Neige gehenden Tages entging mir nicht das Glänzen, welches über ihre matten Augen huschte. „Hast du sowieso nicht", sagte sie, doch ich konnte die Gier in ihrer Stimme hören.

„Hab ich. Ich kann euch hinbringen."

„Damit du uns wieder hinters Licht führst?" Ben stieß mich mit seinem auseinanderfallenden Schuh an.

„Ich werde euch gewissermaßen *zum* Licht führen." Ich sah Roksi fest in die Augen.

„Ach, halt doch deinen Mund", entgegnete sie.

Der Geruch von Essig biss mir in die Nase, als mich Roksi und Ben regelrecht abführten, als wäre ich ein Gefangener auf dem Weg zum Galgen. Sie liefen links und rechts von mir, ihre Arme umklammerten meine, sodass es für andere aussehen musste, als wären wir gute Freunde, die sich gegenseitig in der kalten Winterluft wärmten. Geske lief hinter uns und stieß immer wieder lang gezogene Seufzer aus. Sie schien nicht gerade zu der fröhlichsten Sorte Mensch zu gehören. Ich deutete nickend auf den Eingang einer schmalen Gasse und wir bogen ein. Kahle Hausrücken drängten sich dicht an dicht und blockierten das ohnehin schon abnehmende Licht des Tages. Aber das machte nichts, ich hatte ja erst kürzlich gelernt, mich in totaler Finsternis zurechtzufinden.

Ich versuchte, die Arme meiner Begleiter abzuschütteln. „Wenn ihr gestattet?"

„Dann läufst du weg", sagte Roksi mit Überzeugung in der Stimme.

„Das hier ist eine Sackgasse", bemerkte ich.

„Geske, versperr den Weg zum Ausgang", befahl Ben.

„Könntet ihr mich dann jetzt loslassen? Es fließt schon kein Blut mehr durch meine Arme."

Zögerlich senkte Roksi ihren Arm und Ben folgte ihrem Beispiel. Ich war frei.

Ich machte ein paar Schritte auf die Wände zu und strich mit den Fingern über die schmutzigen Ziegelsteine, bis ich den Riss im Gemäuer gefunden hatte. Ich griff hinein und zog die Flasche heraus, die ich aus meinem Versteck unter der Erde mitgenommen hatte. Zuerst hatte ich befürchtet, bei der Kälte würde die Flüssigkeit gefrieren und das Glas zerbrechen, doch anscheinend war der Alkohol zu stark dafür.

Die Flasche war bereits zur Hälfte leer, doch sie würde ihren Zweck erfüllen. Ich hielt sie Roksi unter die Nase. Mit Gewalt wurde sie mir aus der Hand gerissen. Sie schraubte den Verschluss auf und roch an der Öffnung.

„Kornbrand", murmelte sie und trank einen Schluck. „Stark", fügte sie hinzu und hustete. Dann hielt sie Ben die Flasche hin. Kaum hatte er die Flasche an seine Lippen gesetzt, hatte Roksi sie ihm schon wieder entrissen. Liebevoll steckte sie diese unter ihren Mantel und umarmte sie wie ein Neugeborenes. „Du hast tatsächlich die Wahrheit gesagt. Hast du mehr davon?"

„Nein", erwiderte ich, um meinem Ruf als Lügner nicht zu sehr zu schaden.

„Bedauerlich", seufzte Roksi.

„Und was ist mit dem Fleisch?" Ben schien noch immer versessen darauf zu sein.

Roksi schlug ihm mit der Faust in den Bauch. „Wen kümmert jetzt noch dein dummes Fleisch?!" Und an mich gewandt: „Kannst gehen, Kleiner. Aber lass dich bei unserer Tonne nicht mehr blicken, hast du gehört?"

Ich verneigte mich. „Klar und deutlich." Dann ließ ich die drei in der Gasse zurück.

Zwei Arten des Schmerzes

Die klirrende Kälte hielt fast zwei Wochen an, dann wurde es schlagartig milder und ein Großteil des Schnees schmolz und verwandelte den Boden in eine einzige große Pfütze. Mit dem Wetterumschwung kehrte auch Derks gute Laune zurück. Nicht, dass ich ihn je als Frohnatur bezeichnet hätte, doch ich konnte deutlich den Unterschied zwischen dem grimmigen Derk erkennen, der hinter dem Gemäuer des Hirtenhauses gefangen war, und dem Derk, der mit einem Leuchten in den Augen Peitsche und Horn zur Hand nahm, um seine Herde in den Wald hinauszuführen.

Mit Missmut musste ich beobachten, wie sich meine Stiefel mehr und mehr mit Schneematsch vollsogen und das Leder ruiniert wurde. Die Schweine hingegen liebten den Schlamm zwischen den Bäumen, in dem sie sich suhlten und ihre rosige Haut mit einem Mantel aus Schmutz überzogen.

Derk atmete in tiefen Zügen die frische Waldluft ein und seine Finger strichen wie beiläufig über die Rinde der Stämme, als wäre sie die Haut einer Geliebten. Er war zu Hause.

Zur Mittagszeit nahmen wir auf einem umgefallenen Baum Platz und Derk zauberte belegte Brote und zwei Flaschen Traubensaft aus seinem Beutel. Er reichte mir von beidem die Hälfte. Gierig fiel ich darüber her.

„Wenn du weiter so isst, kann man dich vielleicht bald ernst nehmen“, sagte Derk und biss herzhaft in sein Brot.

„Vielleicht solltest du mich lieber schon jetzt ernst nehmen“, erwiderte ich mit vollem Mund.

Er grinste. „Dich halbes Portiönchen?“

Ich erwiderte etwas Unverständliches. Aber er hatte recht: Wenn ich weiterhin regelmäßige und nahrhafte Mahlzeiten zu mir nahm, dann würde ich bald an Gewicht zulegen und nicht mehr wie ein ausgehungertes Katzenkind wirken. Vielleicht würde ich sogar mehr Muskeln bekommen, wenn ich weiterhin Holz und Fleischkeulen für Derk umhertragen musste. Der Gedanke gefiel mir. Schon jetzt glaubte ich, kleine Veränderungen an meinem Körper festzustellen. Aber vielleicht lag das auch nur daran, dass mich seit ein paar Tagen jeden Morgen ein sauberes Gesicht aus dem Spiegel anblickte. Das war ungewohnt. Im Waisenhaus hatte es keine Spiegel gegeben.

Ich hatte mich manchmal in Schaufenstern betrachtet oder in der Oberfläche des Wassers. Doch jeden Tag in einen klaren Spiegel und sich selbst fest in die Augen zu sehen, war etwas vollkommen anderes. Beinahe unheimlich. Mein Gegenüber hatte so dunkle Augen, dass man sie fast schon als schwarz bezeichnen mochte. Sie waren kalt und hart, genau wie der Mund, der zu einer schmalen Linie verzogen war. So sah ich also für Fremde aus, denen ich auf der Straße begegnete. Unterkühlt und abweisend.

Doch wenn ich den Spiegel anlächelte, dann änderte sich das ganze Bild: Meine Augen wurden heller und wärmer, mein ganzes Gesicht weicher und einladend, nahezu unwiderstehlich. Plötzlich wirkte ich wie ein ganz anderer Mensch mit einem völlig anderen Gesicht. Ich übte vor dem Spiegel, meinen Gesichtsausdruck zu kontrollieren. Wenn ich schon das Gesicht eines Schauspielers hatte, warum es dann nicht zu meinem Vorteil nutzen?

Ich hatte schon längst aufgegessen, während Derk sein Brot kaum berührt hatte und seinen Blick nachdenklich über den Himmel schweifen ließ.

„Stimmt etwas mit den Wolken nicht?“, fragte ich.

Er schwieg eine Weile, bevor er antwortete. „Ich glaube, es wird noch einmal richtig kalt werden.“

Ich runzelte die Stirn. „Und woher willst du das wissen?“

„Ich weiß es nicht. Aber ich hab es im Gefühl.“

„Und ich hab im Gefühl, dass du dein Brot nicht aufessen wirst.“ Ich sah es gierig an und er warf es mir zu.

„Schling es aber nicht wieder so hinunter. Da wird einem ja schlecht vom Zuschauen.“

Doch da hatte ich es schon zur Hälfte verspeist.

Wir trieben die Herde schon früh zurück, denn die Tage wurden immer kürzer und es würde bald dunkel werden. Noch hatten wir den Waldrand nicht erreicht, als Derk abrupt stehen blieb. Ich schaute ihn an und bemerkte einen beunruhigenden Glanz in seinen Augen. „Was ist los?“

„Schhhhhhht!“, fuhr er mich an. Auch die Schweine wurden unruhig. Es lag etwas in der Luft, das ihnen Angst einflößte.

Angestrengt lauschte ich. Zuerst hörte ich nichts, dann nahm ich ein fernes Rascheln wahr, als würden viele Füße über den laubbedeckten Waldboden laufen.

„Hol dein Messer raus“, flüsterte Derk.

Das Rascheln wurde lauter. Einige Schweine quiekten aufgeregt und mein Herz begann, hart gegen meine Brust zu schlagen, als wäre sie ihm zu eng geworden. Ich wusste nicht, was passierte, und klammerte meine Finger fest um den Griff meines Messers.

Dann brachen sie aus dem Unterholz hervor und griffen uns an: ein Rudel Wölfe. Sie schienen von allen Seiten zu kommen und unsere Schweine rannten kreuz und quer davon. Ein Schwein stieß in seiner Panik gegen mich, ich verlor das Gleichgewicht und ging zu Boden. Ich blickte auf und sah Derk, wie er mit der Peitsche versuchte, die Wölfe von unserer Herde fernzuhalten, doch das Wirrwarr schien zu groß. Ich rappelte mich auf, das Messer immer noch fest in der Hand, und wollte zu ihm, da spürte ich ein Stechen in meiner Schulter und wurde erneut zu Boden gerissen. Ein Knurren und heißer Atem schlugen mir entgegen, dazu der faulige Geruch nach Verrottetem. Mein Herz pochte inzwischen so schnell, dass ich alles viel langsamer wahrnahm. Die Zeit stand still, um dann in zähflüssiger Form weiterzufließen wie Honig von einem Löffel.

Über mir stand ein großes Ungetüm von einem Wolf, seine Lefzen nach hinten gezogen und die langen Zähne gefletscht. Sein silbergraues Nackenhaar war aufgestellt, seine spitzen Ohren angelegt. Seine leuchtenden Augen erzählten Geschichten von Jagd und roher Gewalt, als sich sein Maul weiter öffnete und sich zu meiner Kehle bewegte. Seine Krallen lagen auf meiner Brust und linken Schulter, doch mein rechter Arm war frei und beweglich. Mit aller Kraft zog ich ihn hoch, das Messer fest zwischen meinen Fingern, und rammte dem Tier die Klinge in den Bauch. Es klickte, als seine Kiefer kurz vor meinem Adamsapfel aufeinanderschlugen, dann dröhnte mir ein hohes Jaulen in den Ohren.

Ich hatte ihn verletzt. Und wütend gemacht.

Er schüttelte sich, das Messer steckte in seiner Seite und der Griff glitt mir aus der Hand. Warmes Blut tropfte auf meinen Mantel und der Wolf biss mir ins Handgelenk. Ich schrie auf, Schmerz schoss heiß durch meine Hand, während die andere instinktiv nach seiner Kehle griff. Es war schwierig, diese unter dem Fell zu erreichen. In diesem Moment ließ er meine Hand los, um nach meinem Gesicht zu schnappen, doch er war bereits verwundet und ich war schneller. Mit meiner verletzten Hand, über die jetzt mein eigenes Blut floss, packte ich den Griff des Messers, zog es heraus und stieß es ihm in den Hals. Er schnappte wie wild um sich und mir flogen Speichel und Blut ins Gesicht. Es kostete mich alle Kraft, ihn weit genug von mir wegzudrücken, sodass er meinen Hals nicht zu fassen bekam. Immer mehr Blut rann mir den Arm hinab und durchweichte den Stoff meines Ärmels. Ein metallener, feuchter Geruch erfüllte die Luft zwischen uns. Er versuchte noch einmal, nach mir zu schnappen, dann sackte sein schwerer Körper auf mir zusammen und zuckend starb er, während ich das Messer immer tiefer in sein warmes Fleisch drückte.

Sein Körper presste auf meinen Brustkorb und ich bekam kaum noch Luft unter ihm. Ich hörte noch immer das panische Quieken der Schweine und das Knallen der Peitsche, doch ich konnte außer dem Fell des Wolfes auf mir nichts sehen.

„Derk!“, rief ich. Mit aller Kraft versuchte ich mich zu befreien, konnte jedoch meinen linken Arm unter dem Gewicht des Kadavers nicht hervorziehen. Er war so schwer und es tat weh. Meine Lungen brannten. „Derk!“

Das Knallen der Peitsche erstarb, dann wurde es wieder still im Wald. Die Jagd war vorüber. Ein sachter Wind fuhr durch das Geäst über mir und erfüllte den Wald mit einem leisen Säuseln. Ich konnte noch immer nichts sehen, doch in meinem Kopf spielten sich die schlimmsten Bilder ab: Derk, auf dem Boden liegend, blutbesudelt. Die Peitsche in der kalten, ausgestreckten Hand. Seine leeren, ausdruckslosen Augen starrten gen Himmel. „Sei nicht tot“, dachte ich. „Sei bitte nicht tot.“ Der Luftmangel verstärkte meine Panik. Ich wollte diese schreckliche Szene nicht sehen. Ich wollte nicht sterben, jämmerlich begraben unter einem Berg von blutigem Fell. Mitten im Wald, wo uns niemand finden würde.

Es raschelte wieder und ich hörte Schritte näher kommen. Der Körper des Wolfes über mir bewegte sich, mit einem Ruck rollte er zur Seite und ich war frei. Ich atmete die frische Waldluft in hastigen Zügen ein, wie ein Ertrinkender, der soeben aus dem Wasser gezogen worden war. Es tat so gut, keinen Druck mehr auf dem Brustkorb zu spüren.

„Geht's dir gut, Kleiner?", fragte Derk und reichte mir die Hand, um mich auf die Beine zu ziehen. „Ach, du meine Güte!" Er starrte mich entsetzt an.

Ich blickte an mir hinab und bemerkte, dass ich über und über mit Blut besudelt war. „Das meiste ist seins", erklärte ich schwer atmend und deutete auf den toten Wolf. Es war ein schönes Tier gewesen. Ein Jammer, dass es beschlossen hatte, mich anzugreifen.

„Deine Hand sieht nicht gut aus."

Das sah sie wirklich nicht. Das Gelenk und der Handrücken waren von Zahnabdrücken übersät, die teilweise die Haut durchbrochen hatten. Die Wunden waren nicht tief und hatten bereits aufgehört zu bluten, aber es brannte höllisch und mir taten die darunterliegenden Knochen weh. Und meine Schulter nicht zu vergessen ...

Doch zum Jammern war keine Zeit. Die Wölfe waren fort und mit ihnen ein Dutzend der Schweine. Wir suchten lange nach ihnen, denn das Rudel konnte kaum alle Tiere gerissen haben.

„Es waren mindestens sechzehn Wölfe", murmelte Derk, während wir den Rest der verängstigten Herde wieder zusammentrieben.

Ich war beeindruckt, dass er sich während des Angriffs noch die Zeit genommen hatte, die Mitglieder des Rudels zu zählen. Im Gegensatz zu ihm war ich ein wenig abgelenkt gewesen. „Passiert das oft?", wollte ich wissen.

Er sah zu mir herüber. „Ich habe dir ja gesagt, dass man für diese Arbeit kein Schwächling sein sollte." Für einen Moment war er still. „Hast dich aber gut geschlagen."

„Wurdest du schon oft verletzt?" Über die Schmerzen anderer zu reden, würde mich von meinen eigenen ablenken, so hoffte ich.

„Am Anfang schon. Aber ich habe gelernt, sie mit der Peitsche von mir fernzuhalten. Das sind schlaue Tiere. Meistens haben sie versucht, mich abzulenken, während sich die anderen um die Herde kümmerten. Du hast heute einfach Pech gehabt, dass er dir gleich an die Gurgel wollte."

„Da fühle ich mich gleich viel besser."

„Wir werden das nächste Mal einen anderen Weg durch den Wald nehmen. Ich versuche immer, ihr Jagdgebiet zu vermeiden, aber das ist nicht so einfach. Die Rudel verändern sich und damit auch ihre Gebiete. Und es kommen immer wieder neue dazu."

„Wunderbar." Ich begann zu begreifen, dass es seinen Preis hatte, Schweinehirte mit all den Annehmlichkeiten zu sein.

„Wir werden dir auch eine Peitsche besorgen", versprach Derk. Und plötzlich glaubte ich, so etwas wie Anerkennung in seiner Stimme mitschwingen zu hören.

***

Wir kehrten erst spät nach Felsburg zurück. Lange hatten wir nach den verlorenen Schweinen gesucht und gerufen, doch wir fanden nur drei von ihnen wieder. Auf dem Laub entdeckten wir Blutspuren, die wir eine Zeit lang verfolgten, doch sie verliefen im Nichts. Entweder hatten die Wölfe eines der Schweine verwundet, doch es hatte entkommen können, oder sie hatten es noch eine Weile gejagt und dann tief im Wald erlegt. Doch der Einbruch der Dunkelheit zwang uns zur Umkehr. Die Bauern waren alles andere als erfreut über unseren Bericht, doch sie schienen auch nicht sonderlich überrascht zu sein.

„Im Frühjahr schnapp ich mir meine Flinte und geh auf verdammte Wolfsjagd", grummelte einer von ihnen, während er die Stalltür sorgfältig hinter seinen verbliebenen Tieren verriegelte.

Als wir ins Hirtenhaus zurückkehrten, schickte mich Derk unverzüglich in die Waschkammer, damit ich mir die Wunden ausspülen konnte, während er selbst loszog, um den Arzt zu holen. „Mit Bisswunden ist nicht zu spaßen", hatte er gesagt, bevor ich protestieren konnte.

Ich hatte den alten Stadtdoktor schon das eine oder andere Mal im Waisenhaus gesehen, meist kurz bevor eines der Kinder gestorben war. Er hatte nie viel für seine Patienten tun können, was wohl vor allem daran lag, dass er oft erst von den Aufseherinnen gerufen wurde, wenn es eigentlich schon zu spät war. Dennoch hatte sich in meinem Kopf eingebrannt, dass er ohnehin nichts für einen Kranken tun konnte und seine Dienste überflüssig waren.

Doch den Mann, mit dem Derk zurückkehrte, hatte ich noch nie gesehen. Er war in seinen späten Vierzigern oder frühen Fünfzigern, ich konnte es nicht genau sagen, und sein dunkles Haar begann bereits zu ergrauen.

„Ich bin Erin, der Arztgehilfe“, stellte er sich vor. Der Doktor war sich wohl zu vornehm, einer unwichtigen Person wie mir zu dieser Stunde einen Besuch abzustatten.

„Und ich bin Aron, der Schweinehirtengehilfe“, erwiderte ich.

Erins Blick fiel auf mein blaues Auge. „Das stammt aber nicht von einem Wolfsangriff, oder?“

Derk sah mich rügend an. Ich hatte ihm in groben Zügen berichtet, dass ich in eine Auseinandersetzung mit drei Pennern geraten war. Einzelheiten hatte ich jedoch für mich behalten. „Der Junge weiß einfach nicht, wann man besser seinen Mund hält. Einigen Leuten gefällt das nicht“, erklärte er.

Erin zog seine Augenbrauen leicht nach oben, sagte jedoch nichts dazu. Er bedeutete mir, das Hemd auszuziehen. Auch auf meinem Oberkörper zeichneten sich die Spuren meiner *Unterhaltung* mit Roksi, Ben und Geske ab. Erins Augenbrauen blieben oben. Er begann, die Bisswunde an meiner Schulter mit einer scharfen Tinktur abzutupfen. Es brannte höllisch, aber er versicherte mir, dass es notwendig wäre, wenn sich die Wunde nicht entzünden sollte. Auch meine Hand säuberte er und legte mir dann einen Verband an.

Erin drückte mir das Fläschchen mit der Tinktur in die Hand. „Trage sie jeden Tag eine Woche lang auf. Wenn deine Schmerzen schlimmer werden oder die Wunden nicht heilen, dann kommt zu mir.“ Derk gab ihm einige Silbermünzen als Bezahlung, dann schüttelte Erin erst ihm und dann mir die Hand. „Auf Wiedersehen“, verabschiedete er sich.

„Hoffentlich nicht so bald“, rief ich ihm hinterher.

Einen Tag später kam mich Leana am Abend im Hirtenhaus besuchen. „Du wurdest von einem Wolf gebissen?“ Ihre Stimme klang nahezu hysterisch, als sie mit diesen Worten in die Küche gestürmt kam.

„Verdienst du dein Geld neuerdings mit Hellseherei?“ Ich hatte sie nach dem gestrigen Vorfall weder gehört noch gesprochen. Von mir konnte sie es also nicht wissen.

Sie nahm meine verbundene Hand in die ihre und betrachtete sie wie einen fremdartigen Gegenstand. „Roman muss es der Hausherrin erzählt haben. Sie hat mich gefragt, ob *der freche, dreckige Junge* noch lebt."

Und Derk musste es Roman gestern auf dem Weg zum Arzt brühwarm erzählt haben. Ich hätte nie gedacht, dass er so eine alte Klatschbase war.

„Jag mir ja nicht noch mal einen solchen Schrecken ein!" Sie verpasste mir mit ihrer kleinen Faust einen Schlag gegen die Schulter.

„Au", sagte ich.

Ihre Augen wurden groß. „Hat er dich dort auch gebissen?"

Ich nickte.

„Es tut mir so leid!" Leana schlang ihre Arme um meinen Hals und würgte mich ein paar Minuten. Dann ließ sie mich wieder los und ich schnappte unauffällig nach Luft. „Hat er dir sehr wehgetan?"

„Nicht so sehr, wie ich ihm wehgetan habe."

Einen Moment lang blickte sie mich prüfend an. Dann wurden ihre Augen wieder groß. „Nein! Du hast ihn nicht ..."

Ich grinste sie an. „Doch. Vor dir steht ein waschechter Wolfstöter."

Derk, der mit uns in der Küche saß und Tee trank, verdrehte die Augen.

„Hab ich ihn getötet oder nicht?"

Derks Mundwinkel verzogen sich leicht nach oben. „Ja, ja. Ich lass euch dann mal allein, damit du ungestört deine Heldengeschichte erzählen kannst." In Wirklichkeit war er schlicht und ergreifend müde. Derk ging jeden Abend sehr früh zu Bett, um am nächsten Morgen vor dem Hahnenschrei hellwach wie ein Eichhörnchen zu sein und andere Bewohner des Hirtenhauses in den Wahnsinn zu treiben.

„Ich wusste nicht, dass Schweinehüten so gefährlich ist." Sorge lag in Leanas Blick.

„Ich auch nicht." Es hatte sich schließlich niemand die Mühe gemacht, mich vorher zu warnen. Andererseits hätte ich ohnehin nicht ablehnen können.

„Vielleicht solltest du dir eine andere Arbeit suchen?", schlug sie vor.

„Bist du verrückt?", entfuhr es mir. Entgeistert starrte ich sie an. „So eine gute Bezahlung werde ich nirgendwo anders finden. Wir müssen hier keine Miete zahlen, das übernimmt der Stadtrat. Wir bekommen regelmäßig Fleisch, einfach so. Das gebe ich bestimmt nicht mehr her."

Leanas Gesicht verdüsterte sich.

„Was ist los?"

„Nichts." Sie kratzte mit dem Fingernagel über die Maserung des Holzes. Ich mochte das Geräusch nicht. Es verursachte mir eine Gänsehaut.

„Leana. Wir sind von jetzt an ehrlich zueinander, schon vergessen?"

Sie seufzte. „Na schön. Du magst mit deiner gefährlichen Arbeit zufrieden sein, ich bin es mit meiner aber nicht."

Ich stupste sie mit dem Zeigefinger an. „Den Winter noch, das haben wir doch schon besprochen."

„Du weißt ja nicht, wie es ist. Die anderen Mädchen sind furchtbar zu mir. Sie schieben mir die Schuld in die Schuhe, wenn sie etwas zerbrochen oder heimlich gegessen haben. Sie durchwühlen meine Sachen. Sie ..."

Alarmiert richtete ich mich im Sitzen auf und schnitt ihr das Wort ab. „Was ist mit dem Geld, das ich dir dagelassen habe?"

Ich erntete einen giftigen Blick. „Ich bin nicht dumm, Aron. Ich habe es in der Erde unter der Hecke hinterm Haus vergraben. Sie werden es nicht finden."

Erleichtert atmete ich auf. Wenigstens das Geld würde sie nicht in weitere Schwierigkeiten bringen.

Leana fuhr fort. „Sie tun mir tote Fliegen in meine Suppe. Sie schütten mir Wasser in meine Schuhe, bevor ich aufstehe. Sie stellen mir das Bein, wenn ich mit einem vollbeladenen Tablett zur Hausherrin gehe. Sie haben mich einmal ausgesperrt und ..." Ihre Stimme versagte und ich sah Tränen in ihren Augenwinkeln glitzern. Tapfer schluckte sie diese hinunter und sah verzweifelt zu mir auf. „Es ist schlimmer als im Heim."

Ich hatte gedacht, die anderen Küchenmägde würden sie ein wenig ärgern und sich den ein oder anderen Spaß mit ihr erlauben, aber das war schlimmer, als ich angenommen hatte.

Langsam stand ich auf, beugte mich zu ihr hinunter und nahm sie in den Arm. Nun weinte sie doch ein bisschen und ihre Tränen durchweichten mir das Hemd. Ich gab ihr einen Kuss aufs Haar.

„Soll ich mit Roman reden, damit er deiner Hausherrin davon erzählt?"

Leana schniefte. „Sie weiß es. Aber sie macht nichts dagegen, weil es sie nicht im Geringsten kümmert."

Ich dachte nach. Wie konnte ich ihr nur helfen? Ich besaß weder genug Geld, um sie Tag für Tag versorgen zu können, noch die Hoffnung, dass sie bessere Arbeit finden würde. Vielleicht konnte ich ihr, wenn ich genug sparen würde, ein Zimmer im Wirtshaus mieten. Doch das war auf Dauer teuer und ich war mir nicht sicher, ob das eine angemessene Wohnsituation für ein junges Mädchen war. Ich könnte die Aufseherinnen des Waisenhauses anflehen, sie zurückzunehmen. Doch dort würde sie auch nicht glücklich sein. Ich musste mir etwas einfallen lassen, doch im Moment war ich ratlos.

„Halte noch ein wenig durch, Leana, hörst du? Ich werde schon eine Lösung für dich finden." Zuversicht klang anders.

„Mhm." Sie klammerte sich gedankenverloren an meine verletzte Hand, doch ich sagte nichts. Wenn sie etwas schmerzte, warum sollte es mir dann anders ergehen?

Almosen

Ein eisiger Wind wehte um die Häuser in Felsburg und ich vergrub meine behandschuhten Hände tief in den Manteltaschen, als ich von der Hauptstraße in eine schmale Gasse bog. Der Winter war zurückgekehrt, wie Derk es vorausgesagt hatte, doch geschneit hatte es nicht mehr. Der Waldboden hatte sich in hartes Gestein verwandelt und das Laub war zu einem knisternden Flickenteppich zusammengefroren. Derk und ich hatten in den vergangenen Tagen noch vier Schweine wiedergefunden, sehr zur Freude der Bauern. Wir hatten beide Schnaps bekommen. Doch die letzten fünf blieben verschollen. Mindestens eines war den Wölfen zum Opfer gefallen, die anderen mussten sich irgendwo tief im Wald befinden, falls sie die eisigen Nächte überlebt hatten. Derk bezweifelte, dass wir je wieder etwas von ihnen zu Gesicht bekommen würden.

Leanas verweintes Gesicht wollte mir nicht mehr aus dem Kopf gehen. Ich hatte Derk gefragt, ob wir sie nicht bei uns aufnehmen könnten, um sie aus ihrer misslichen Lage zu befreien.

Derk hatte mich angesehen, als wäre ich nicht ganz bei Trost. „Wir haben doch gar keinen Platz für eine weitere Person."

„Ich kann auf dem Boden schlafen. Wir sind daran gewöhnt, nicht viel Platz für uns zu haben."

Erneut dieser Blick. „Hast du schon mal darüber nachgedacht, dass Leana bald eine junge Frau sein wird und die Leute reden würden, wenn sie ganz allein mit zwei jungen Männern zusammenwohnt?"

„Aber so ist es doch überhaupt nicht. Leana ist Familie für mich und du bist ohnehin viel zu alt für sie", argumentierte ich.

„Vielen Dank auch. *Du* weißt das vielleicht, aber die Leute wissen es nicht. Sie würden reden und ihrem Ruf schaden. Und jetzt wasch die Teller ab."

Und damit war das Gespräch beendet gewesen. Wieder war ich um eine Idee ärmer.

Ich hatte die Gasse durchquert und bog in eine belebtere Straße ein. Zweimal in der Woche hatten Derk und ich frei und heute war einer dieser Tage. Und ich würde ihn nutzen.

Laden an Laden reihten sich aneinander und viele gute Mäntel gingen hier ein und aus, um sich mit neuen Lebensmitteln und anderen Dingen einzudecken. Viel Geld wurde hiergelassen. Nicht umsonst wurde diese Straße das *Goldene Pflaster* genannt. Hierher pilgerten die Straßenkinder und Armen Felsburgs, denn hier war die Hoffnung auf ein gutes Herz und einen Bissen zu essen am größten. Die ein oder andere Familienmutter hatte Mitleid und warf den Kindern etwas zu, wie man es mit ausgehungerten Straßenhunden tat. Die ein oder andere Magd war ungeschickt und ließ ein Brötchen aus ihrem Korb fallen. Man musste nur warten und die Geduld wurde belohnt.

Ja, ich kannte diese Straße. Ich hatte selbst schon vor den Läden gesessen und gebettelt, wenn mich meine Diebeskünste im Stich gelassen hatten. Doch das war im Frühling gewesen und im Sommer. Und ich war jung genug gewesen, dass ich ins Waisenhaus zurückkehren konnte, wann immer mir harte Zeiten bevorstanden. Natürlich hatte ich Prügel bekommen und eine Menge Strafen, doch den Einlass verwehrten sie mir nie.

Ich war ein Narr gewesen zu denken, ich könnte ohne große Schwierigkeiten allein hier draußen im Winter überleben. Selbst damals war ich nicht allein gewesen: Wir waren eine Gruppe von vier bis fünf Kindern und hatten als Taschendiebe zusammengearbeitet. Nachts hatten wir in einem verlassenen Keller geschlafen. So merkwürdig das auch erscheinen mag, ich hatte diese Zeit genossen. Ich hatte mich frei gefühlt und lebendig. Doch der Winter trieb einem solche Flausen aus dem Kopf. Ich konnte es deutlich in den Gesichtern der Jugendlichen sehen, die heute am Rand der Straße herumlungerten. Sie waren blass, abgemagert und ihre Blicke besaßen diese bleierne Gleichgültigkeit, die nach zu viel Angst und Verzweiflung einsetzte.

Zwei Straßenkinder, ein Junge und ein Mädchen, ließen Münzen in einer Blechdose klimpern, wann immer ein gut gekleideter Bürger der Stadt an ihnen vorüberging. Heute schien nicht ihr Glückstag zu sein: Ich hatte noch keine einzige Spende in ihre Dose wandern sehen. Ich trat näher an sie heran, mein Blick sprang zwischen ihren schmalen Gesichtern hin und her. Das Mädchen, vielleicht fünfzehn Jahre, hatte sein Haar unter einer dicken Wollmütze versteckt, nur ein paar Strähnen hingen ihm ins Gesicht. Ein Striemen oder eine Narbe, ich konnte es nicht genau sagen, zierte die linke Wange. Sie trug mehrere Schichten Kleidung übereinander und sah aus wie ein wandelnder Wäschehaufen. Ihre Finger lugten aus aufgeschnittenen Handschuhen heraus und umklammerten die Blechdose.

Der Junge konnte mit einem Wort beschrieben werden: schmutzig. Sein Gesicht war mit Dreck verschmiert, sein langes Haar strohig. Er war eingehüllt in einen bodenlangen, löchrigen Mantel und ein breiter Schal, ebenso schmutzig, war fest um seinen Hals geschnürt, als hätte ihn jemand damit erwürgen wollen. Er war kleiner als das Mädchen und auch jünger.

Ein Junge und ein Mädchen. Ich musste an Leana und mich denken. Die beiden hätten genauso gut wir sein können. Dreckig, hungrig und frierend. Hätten wir nicht so unsagbares Glück gehabt, das uns an Romans Türen geführt hatte, wären wir es gewesen, die hier gestanden hätten. Es war an der Zeit, dass die beiden traurigen Gestalten vor mir auch ein wenig Glück erfuhren.

„Kalt heute“, sagte ich und gesellte mich zu ihnen. Sie warfen mir argwöhnische Blicke zu.

Das Mädchen klapperte mit der Dose direkt vor meiner Nase herum. „Almosen.“ Es war keine Bitte.

Ich bewegte mich nicht.

„Hab ich mir gedacht. Siehst auch nicht besonders reich aus“, sagte der Junge und spuckte auf den Boden vor mir.

„Bin ich auch nicht“, stimmte ich ihm vergnügt zu.

„Was willst du?“, fragte das Mädchen.

„Helfen.“ Ich lächelte die beiden an.

„Tzz“, machte der Junge und das Mädchen begann, mich genauer zu betrachten. Sie hatte unglaublich grüne Augen, die sich von der Blässe und dem Schmutz auf ihrer Haut abhoben und zu leuchten schienen.

Diese Augen kniff sie nun zu Schlitzen zusammen. „Kennen wir uns?“

„Nein.“ Doch in meinem Kopf wirbelten Gedanken und Erinnerungen umher. Wo hatte ich diese Augen schon einmal gesehen?

Sie drückte dem Jungen die Blechdose in die Hand, machte einen

Schritt auf mich zu und blickte mir direkt in die Augen. Es war unheimlich, *wie* grün die ihren leuchteten. Als wären sie giftig.

„Floh?“, fragte sie und plötzlich kannte ich des Rätsels Lösung, denn die bruchstückhaften Erinnerungen fügten sich nun zu einem Ganzen zusammen. Floh war damals mein Spitzname gewesen, als ich mit den anderen auf der Straße gelebt hatte, da ich der Jüngste und Kleinste im Bunde gewesen war. Unsere richtigen Namen hatten wir für uns behalten, denn sie waren das Einzige, das wirklich und wahrhaftig uns selbst gehörte und das wir nicht teilen wollten.

Jetzt entsann ich mich auch wieder, woher ich sie kannte. Sie war damals mit ihrer großen Schwester aus dem Waisenhaus geflohen, da man die beiden hatte trennen wollen. Sie hatten sich für kurze Zeit unserer Gruppe angeschlossen und mit uns im Keller übernachtet. Nur dass ich damals der festen Überzeugung gewesen war, sie wäre ein Junge. Wer konnte bei Kindern mit kurzen Haaren schon einen Unterschied ausmachen? Ja, sie war der Junge mit den grasgrünen Augen! Auch wenn sie nun unverkennbar ein junges Mädchen war.

„Grille?“, fragte ich. Was soll ich sagen, Kinder mögen eben Insekten. Und sie konnte das Geräusch der Grillen perfekt imitieren. Zumindest hatte sie es damals gekonnt und uns einige Male damit zum Lachen gebracht.

Ihre Mundwinkel zuckten leicht. „So werde ich schon lange nicht mehr genannt. Du kannst Tamira zu mir sagen. Wie nennst du dich jetzt?“

Ich überlegte kurz. „Bleiben wir bei Floh.“ Es war nicht der schmeichelhafteste Name, aber darum ging es nicht. „Wie geht es deiner Schwester?“

Ein Schatten legte sich über Grilles Gesicht und ihre Augen schienen eine Spur dunkler zu werden.

„Sie ist tot“, erklärte der Junge nüchtern.

„Oh, das tut mir leid.“ Und nach einer kurzen, angemessenen Pause fragte ich ihn: „Und wer bist du?“

Der Junge zog seine Nase hoch. „Krümel.“ Ein großartiger Name.

Grille schob sich schützend zwischen ihn und mich. „Was willst du wirklich, Floh?“

Ich schenkte ihr ein Lächeln. Zwar hatte ich es nicht ausgeschlossen, auf altbekannte Gesichter zu stoßen, doch mit ihr hatte ich nicht gerechnet. Hätte sie nicht vor mir gestanden, ich hätte mich nicht mehr entsinnen können, sie jemals getroffen zu haben. Es war erstaunlich, dass sie sich an mich erinnern konnte.

„Ich habe nicht gelogen. Ich kann euch helfen."

Das Misstrauen in ihrem Blick war unübersehbar. Ich konnte es ihr nicht verdenken. Hätte ich einen Zwilling, ich würde auch ihm nicht über den Weg trauen.

Sie musterte mich von Kopf bis Fuß. „Wie es aussieht, bist du der Straße entkommen. Glückwunsch. Aber deshalb erwartet niemand von dir, den großen Wohltäter zu spielen. Geh nach Hause und wärm dich auf, es ist in der Tat ein kalter Tag heute."

Erstaunlich, wie man zur selben Zeit als arm *und* reich betrachtet werden konnte.

Ich starrte zurück. Sie mochte unheimliche Augen haben, doch ich selbst hatte kalte schwarze und war ihrem Blick mehr als gewachsen.

„Geh nach Hause", wiederholte Krümel.

Ich richtete meinen Blick auf ihn. Er blinzelte verunsichert.

„Tauben müssen dich lieben", sagte ich zu ihm.

Er wirkte noch verunsicherter. „Was?"

„Lass ihn in Ruhe", zischte Grille.

„Ich kann euch etwas zu essen besorgen. Ihr müsst ausgehungert sein."

Grilles Augen verengten sich wieder. Wenn Blitze aus ihnen herausschießen würden, hätte es mich nicht verwundert. „Warum solltest du uns helfen wollen?"

Ich legte den Kopf schief, ohne unseren Blickkontakt zu unterbrechen. „Du weißt, dass ich weiß, wie die Dinge hier draußen vor sich gehen. Ich will die Welt nur ein klein wenig besser machen."

„Und was willst du dafür?"

Ich grinste. „Als ob ich nie etwas ohne Gegenleistung tun würde."

***

Ich saß am Feuer in der Küche im Hirtenhaus und wärmte meine Füße. Die Kräuter, die Derk neben dem Herd zum Trocknen aufgehängt hatte, verbreiteten einen schwachen Duft nach Wald, den ich in tiefen Zügen einsog. Es war mitten in der Nacht und ich fühlte mich müde und ausgebrannt, doch ich konnte nicht mehr schlafen. Ich hatte wieder von *ihr* geträumt. Mit rasendem Herzen, einem Gefühl der ohnmächtigen Hilflosigkeit und Tränen in den Augen war ich aufgewacht. Danach hatte ich es nicht gewagt, im Bett liegen zu bleiben; viel zu sehr fürchtete ich mich vor dem Schlaf und dem, was am Ende des Traumes auf mich wartete. Ihre hellen Augen spukten mir noch immer im Kopf herum wie Gespenster. Ich zuckte heftig zusammen, als die kleine Uhr an der Wand zwölf schlug.

Manchmal konnte ich ihr Gesicht auch außerhalb meiner Träume sehen. Immer nur für einen flüchtigen Moment, wenn ich am wenigsten damit rechnete. Ihr Haar, das im Wind wehte. Ihre Mundwinkel, die sich zu einem sanften Lächeln verzogen. Ihre Augen, die mich durchschauten. Doch bevor ich sie genauer betrachten konnte, verblasste sie und verschwand.

Manchmal hatte ich auch das Gefühl, ihre Stimme zu hören, die nach mir rief.

Ich hatte nie jemandem davon erzählt. Nicht einmal Leana. So oft war ich kurz davor gewesen. Jedes Mal hatte sich mir die Kehle zusammengeschnürt und ich hätte nicht reden können, selbst wenn ich es gewollt hätte. Sie hütete ihre Geheimnisse und ich hütete die meinen. Vielleicht war es besser so. Vielleicht nicht. Ich wusste es nicht.

Das Ticken der Uhr machte mich nervös. Es klang wie ein mechanischer Herzschlag.

Unheimlich.

Auch jetzt glaubte ich wieder, ihre Stimme zu hören:

„Kalt ist die Welt,
schwarz ist die Nacht,
Schnee auf dem Feld,
Eis auf dem Bach.“

Nein, es war nur Einbildung. Es war meine eigene Gedankenstimme, nur eine Erinnerung, die nicht verblassen wollte und ihr Eigenleben führte. Ich schürte das Feuer und lehnte mich zurück. Es würde noch eine lange, schlaflose Nacht werden.

Die goldene Uhr

Ich atmete aus. Weiße Wölkchen bildeten sich vor meinem Mund und zerstäubten in der klaren Waldluft. Es war kalt, bitterkalt, und ich zitterte wie Espenlaub. Derk und ich trieben die Herde voran und versuchten, uns warm zu halten, indem wir in Bewegung blieben. Meine verbundene Hand schmerzte in der Kälte. In der anderen hielt ich eine Peitsche. Derk hatte sein Versprechen gehalten. Für den nächsten Wolfsangriff war ich gewappnet. „Möge er in ferner Zukunft liegen", dachte ich. Er hatte mir sogar gezeigt, wie man sie zu benutzen hatte. Es war nicht so einfach, sich dabei nicht selbst zu verletzen. Doch im Wald blieb mir genug Zeit zum Üben.

„Wenn Roman dich nicht zu mir geschickt hätte, wo wärst du dann jetzt?", durchbrach Derks Stimme plötzlich das Schweigen des Waldes.

Seit den Wölfen war er deutlich interessierter an meiner Person und redete mehr als zuvor. Ich vermutete, wir waren jetzt offiziell Freunde oder so etwas in der Art. Ausgenommen von Leana hatte ich nie Freunde besessen. Gleichgesinnte, ja, doch mehr waren andere Menschen nie für mich gewesen. Ich wusste nicht so recht, was ich davon halten sollte.

„Ich weiß nicht", log ich. Es gab nur zwei Möglichkeiten, sofern ich Felsburg nicht verlassen hätte. Entweder hätte ich mich Kindern der Straße wie Grille und Krümel angeschlossen. Zu mehreren ließ es sich leichter überleben. Oder die andere Möglichkeit: Ich läge in irgendeiner einsamen Gasse, mein Körper steif gefroren von der Kälte, um nie mehr zu erwachen.

„Meinst du, du hättest andere Arbeit gefunden?", fragte er weiter.

„Nein."

„Was würdest du dann machen, um zu überleben?"

Ich sah ihn scharf von der Seite an. „Was würdest du denn machen?" Ich verpasste einem der Schweine, das sich zu weit von der Herde entfernt hatte, einen Flankenhieb.

Derk hob entschuldigend die Hände. „Das sollte keine Anklage werden. Vergiss einfach, dass ich gefragt habe, Kleiner." Er hob einen trockenen Ast vom Boden auf und warf ihn in den Korb, welchen er stets auf dem Rücken trug, seit ich seinen Respekt verdient hatte. Nun musste ich kein Fallholz mehr mit den Händen tragen.

Ich überlegte kurz, dann blieb ich stehen und blickte ihn fest an. „Nein. Du sollst es ruhig wissen. Ich würde einfach alles tun. Zu glauben, das eigene Leben wäre einem egal oder das Gesetz stehe über allem, ist eine Lüge gegenüber sich selbst. Wenn dir kalt ist, kannst du nur noch daran denken, wieder warm zu werden. Wenn du Hunger und Durst hast, kannst du nur noch an Essen und Wasser denken. Und wenn jemand das besitzt, was du willst, dann gibt es nicht mehr Mein und Dein. Dann heißt es nur noch du oder ich. Es ist nicht ehrenwert, aber es ist menschlich."

Derk sah mich mit etwas wie Betroffenheit in den Augen an. Doch er sagte eine ganze Weile lang nichts. Wir gingen weiter.

„Gut, dass es damit jetzt vorbei ist", brach er schließlich das Schweigen.

Ich starrte ins Leere. „Ja."

***

Es war Abend und Derk war bereits zu Bett gegangen, als es an der Haustür klopfte. Ich öffnete meine Zimmertür und lugte in die Küche, um zu sehen, ob Derk aufstehen würde. Immerhin war er der Schweinehirte und ich nur der Gehilfe. Außerdem hatte ich keine Lust auf menschlichen Kontakt. Es klopfte wieder, nicht sehr laut, aber dringlicher als zuvor.

Ich wartete. Vielleicht sollte ich einfach wieder in mein Zimmer gehen und es ignorieren, so wichtig würde es schon nicht sein.

Noch ein Klopfen, dieses Mal lauter.

„Aron, mach die verdammte Tür auf!", hörte ich Derks verschlafene Stimme aus seinem Raum tönen.

Mist. Widerwillig durchschritt ich die Küche und schloss die Haustür auf. Da stand sie vor mir, klein und zitternd wie ein Häuflein Elend.

„Leana", sagte ich überrascht. „Was machst du denn hier um diese Uhrzeit?"

Ich betrachtete sie genauer. Ihre Augen waren rot verquollen und unter ihrer dicken Mütze lugten nasse Haarsträhnen hervor. Sie hatte sich beide Arme um den Leib geschlungen und bebte regelrecht in der Kälte. „Was ist passiert?“, fragte ich entgeistert.

Sie schniefte. „Darf ich reinkommen?“

„Wer ist es?“, hörte ich Derks Stimme rufen.

Ich zog Leana mit mir ins Haus und schloss die Tür wieder. Ich schaute Leana an und legte den Finger an die Lippen. Dann rief ich: „Nur ein Fremder, der sich im Dunkeln verlaufen hat.“

„Konntest du ihm helfen?“, fragte er.

„Ja, ich habe ihn zum nächsten Wirtshaus geschickt.“

Ich nahm Leana bei der Hand und auf Zehenspitzen folgte sie mir in mein Zimmer. Hinter uns drückte ich die Tür ins Schloss. Ich sah sie fragend an. Sie schniefte wieder und zog sich die Mütze vom Kopf. Ihr Haar war nass und die Spitzen weiß gefroren.

„Bist du verrückt?“, zischte ich mit gedämpfter Stimme. „Mit nassen Haaren bei der Kälte draußen herumzuspazieren! Willst du dir den Tod holen?“

Neue Tränen wallten in ihren Augen auf. „Sie haben mich mit einem Eimer Wasser übergossen, als ich im Bett lag.“

Ich ballte meine Hände zu Fäusten. Das ging nun endgültig zu weit.

„Meine Decke, das Laken und die Matratze sind nass. Ich hab so gefroren und wusste nicht, wo ich schlafen soll. Darf ich heute Nacht hierbleiben?“

Ich musste daran denken, was Derk gesagt hatte. „Natürlich. Aber Derk darf nichts davon wissen. Leg dich ins Bett und wärm dich. Ich hol dir ein Handtuch für die Haare.“

Als ich wiederkam, war schon etwas Farbe in ihre Wangen zurückgekehrt. Ich kniete mich neben das Bett und sah sie an. „Dafür werden sie bezahlen.“ Meine Stimme zitterte vor Wut.

Leanas Augen wurden groß und sie schüttelte heftig den Kopf. „Dann werden sie noch gemeiner zu mir sein.“

Ich schnaubte. „Wie viel gemeiner können sie schon noch werden?“

„Bitte, mach das nicht“, flehte sie mich mit dünner Stimme an.

Mit dem Handtuch rieb ich vorsichtig über ihr Haar. „Ich werde nichts tun, was du nicht willst. Aber so kann das nicht weitergehen.“

„Wieso sind Menschen so grausam?“, flüsterte sie.

Die Wut in mir staute sich zu einem kleinen, harten Knoten zusammen, der zu explodieren drohte. „Weil sie nicht mehr als Tiere sind. Grausame, von ihren Trieben gesteuerte Bestien. Tiere, die das Sprechen gelernt haben, mehr nicht.“ Ich strich ihr über die Wange. Sie war ganz kalt. „Sie sind armselig, Leana. Wertlos. Eines Tages werden sie das bekommen, was sie verdienen.“

„Werden wir auch einmal das bekommen, was wir verdienen?“, fragte sie mich.

Ich lächelte sie an. „Du meinst eine riesige Villa und einen Haufen Geld? Da habe ich keinen Zweifel.“ Sie lächelte zurück und meine Wut löste sich auf. Für den Moment. „Schlaf jetzt, hörst du? Morgen müssen wir früh aufstehen und dich zurückbringen, bevor jemand bemerkt, dass du hier warst.“

Ich legte mich neben sie und sie schmiegte sich an mich. Ich konnte ihren Herzschlag an meiner Seite spüren. Es war wie früher im Waisenhaus, als wir noch klein gewesen waren und Leana Albträume gehabt hatte. Dann war sie auch zu mir unter die Bettdecke gekrochen und ich hatte sie vor allem Bösen der Nacht beschützt. Ich fragte mich, ob ich sie auch vor der Wirklichkeit beschützen konnte.

***

„Hier.“ Ich reichte Grille einen Beutel mit zwei Würsten, Pökelfleisch, einer Flasche Milch und einem Kanten Brot. Sie öffnete diesen kurz und lugte hinein. Einen Teil davon hatte ich gekauft, den anderen aus unserer Vorratskammer entwendet. Grille sah wieder zu mir und nickte.

„Lass mich auch mal sehen!“ Krümel versuchte, den Beutel in die Finger zu bekommen, doch Grille schob ihn beiseite.

„Verkrümel dich“, sagte ich zu ihm.

„Ist es jetzt so weit? Sollen wir dir heute helfen?“, fragte sie.

Ich setzte ein breites Grinsen auf. „Nein. Ich bin wunschlos glücklich. Vor allem jetzt, wo ich weiß, dass ihr heute etwas zu essen habt.“

Sie verdrehte die Augen. „Spar dir dein falsches Gerede.“

„Na gut. Ist der Kleine eigentlich mit dir verwandt?“ Nicht, dass es mich interessierte. Nicht, dass es wahrscheinlich war. Ich wollte nur sicherstellen, wie weit ich mit meinen Beleidigungen gehen durfte.

„Nein." Umso besser.

„Kannst du immer noch wie eine Grille zirpen?"

„Nein. Was soll das? Soll das ein kleines Pläuschchen unter alten Freunden werden? Ich sag dir etwas: Wir sind keine Freunde."

Ich lächelte wieder. „Das würde ich auch nie behaupten. Aber verrate mir etwas, Grille: Wie viele sind es?"

Grille schnaubte. „Du sollst aufhören, mich so zu nennen."

„Gut. Also?"

Sie überlegte. „Vielleicht sieben."

„Woher hast du die Narbe?"

Ich erntete einen entnervten Blick. „Woher hast du dein loses Mundwerk?"

„Prügelei", erwiderte ich und strich mir über den Kiefer. „Wusstest du, dass ich dich früher für einen Jungen gehalten habe?"

Grille warf sich den Beutel über den Rücken und ging mit Krümel davon. „Auf Wiedersehen, Floh."

Ich sah ihr nach und lächelte. „Auf Wiedersehen, Grille."

Das Glöckchen über der Tür klingelte, als ich in die Metzgerei trat. Roman stand hinter der Theke und bediente eine Kundin. Er sah mich und nickte mir lächelnd zu. Ich wartete geduldig, bis die Frau ihre Einkäufe beisammenhatte und den Laden verließ.

„Aron, mein Junge, was kann ich für dich tun?"

„Können Sie mit Ihrer Nachbarin reden?" Ich hatte diesen flehenden Unterton in der Stimme, der mir nicht gefiel. Doch es ging um Leana und sie brauchte dringend Hilfe. Dafür würde ich alles tun.

Romans Gesicht wurde ernst. „Geht es um die Kleine?"

Ich nickte und schilderte ihm dann die grausamen Streiche der anderen Mägde.

Der Metzger seufzte und strich sich gedankenverloren über den kahlen Schädel. „Ich werde mit ihr reden und sie inständig darum bitten, ein Auge auf ihre Mädchen zu haben. Ich fürchte, mehr kann ich nicht für Leana tun."

Das war fürs Erste das, was ich wollte. Zwar bezweifelte ich, dass sich langfristig etwas ändern würde, doch war ich überzeugt, dass

Ernestine Romans Bitte respektieren und sich zumindest für die nächste Zeit jeder davor hüten würde, Leana etwas anzutun.

Ich lächelte den Furcht einflößenden Mann mit ehrlicher Freundlichkeit an. „Danke, Roman. Ich stehe tief in Ihrer Schuld, für alles, was Sie für uns getan haben."

Er wischte mit der Hand durch die Luft, als wollte er eine lästige Fliege verscheuchen. „Ach was, Junge, ich helfe gerne, wo ich kann. Und jetzt nimm dir eine Scheibe Schinken."

Für den Weg nach Hause wählte ich eine belebte Straße. Ich konnte mir nicht helfen, doch in jedem Menschen, an dem ich vorüberging, sah ich Ernestine, die sich nicht um Leanas Wohl scherte, oder eines der Küchenmädchen, die Leanas Leben zur Hölle machten. Und da war sie wieder, die altbekannte Wut, die sich in mir ausbreitete wie ein Lauffeuer und an die Oberfläche zu dringen versuchte, heiß und zerstörerisch. Wie konnten sie es wagen, meiner Leana etwas anzutun? Was gab ihnen das Recht?

Auch wenn Romans Bitte vorerst helfen würde, diese Menschen würden sich doch nicht ändern. Sie hielten sich für etwas Besseres oder redeten es sich zumindest ein. Und eine unschuldige Seele zerbrach an ihnen wie dünnes Glas.

Sie waren alle gleich. Reich wie arm. Ein jeder fand für sich einen Grund, einen anderen Menschen zu erniedrigen. Die Reichen, weil die Armen in ihren Augen erbärmlich waren. Die Armen, weil sie es nicht schlechter haben wollten als ihr Nachbar. Wo ich auch hinkam, ich erlebte immer wieder das Gleiche. Ob es nun im Waisenhaus war, auf der Straße oder in der Küche einer zu reichen Familie. Es lag wohl ganz einfach in der Natur des Menschen. Ich selbst war keine Ausnahme.

Aber warum? Was trieb uns dazu an? Uns Menschen, die wir doch als die klügsten unter den Tieren galten?

Wie hatte ich je glauben können, zu ihnen zu gehören, dass wir alle eine große Gemeinschaft bildeten? Ich wollte es nicht einmal. Nicht mehr.

Ich sah einen jungen, eleganten Mann vor mir, der in einen maßgeschneiderten Mantel gehüllt war. Auf dem Kopf trug er einen hohen Zylinder, sein Rücken war gerade und seine Schultern gestrafft. Ohne Zweifel ein selbstbewusster, erfolgreicher Mann.

Ich lief nun neben ihm. Ein goldenes Kettchen kletterte aus seiner Manteltasche bis zu einem Knopf am Saum. Ich stolperte über einen losen Stein im Pflaster, stieß gegen den jungen Mann, der mich am Arm packte und mich lächelnd vor einem Sturz bewahrte. Ich lächelte dankbar zurück und verfiel in einen langsameren Schritt, um ihn mich überholen zu lassen. Er hatte nicht bemerkt, dass einer seiner Mantelknöpfe abgesprungen und auf den Boden gefallen war.

Meine Hand in meiner Tasche umschloss nun einen runden, glatten Gegenstand, an dem eine schmale Kette befestigt war. Ich blieb stehen und zog diesen weit genug hervor, um einen Blick auf ihn zu erhaschen. Es war eine goldene Taschenuhr mit filigranen Verzierungen auf der Oberfläche. Ich ließ sie zurück in die Tasche gleiten.

Ich musste an Derks Worte denken und schüttelte langsam den Kopf. „Nein, es ist nicht vorbei. Es wird nie vorbei sein. Ein Dieb bleibt ein Dieb. Menschen verändern sich nicht."

Mir wurde schlagartig bewusst, dass es das erste Mal war, dass ich nicht aus bloßem Überlebensinstinkt gestohlen hatte.

Im Stillen korrigierte ich mich. Vielleicht änderte man sich doch, langsam, Stück für Stück, ohne dass es jemand bemerkte, nicht einmal man selbst.

Ich erwartete, ein schlechtes Gewissen zu bekommen, doch da war nichts. Keine Reue.

In meiner Hand konnte ich das feine Uhrwerk ticken spüren.

Drohungen

Tick. Tick. Tick. Ich lag auf dem Bauch auf meinem Bett und klappte den goldenen Deckel der Uhr auf und zu. Er glänzte im Schein der Petroleumlampe. Es war eine wunderschöne Taschenuhr. Ich mochte ihre goldenen Muster und das helle Ziffernblatt. Sie passte genau in meine Faust, als wäre sie nur für mich angefertigt worden. Auf der Innenseite des Deckels waren Worte eingraviert. Ich fuhr mit der Fingerspitze darüber und fragte mich, was sie wohl bedeuten mochten.

So schön sie auch war, sie war doch unbrauchbar für mich. Die Gravierung machte es mir unmöglich, sie zu verkaufen. Sie würde mich als Dieb überführen. Ich würde sie wohl behalten müssen.

Mit den Augen verfolgte ich den Lauf des Zeigers und zählte mit. Kaum zu glauben, dass jede Minute des Lebens gleich lang war, gemessen mit der abgehackten Bewegung eines kleinen schwarzen Fingers. Ich betrachtete die verschnörkelten Zahlen. Im Gegensatz zu Buchstaben konnte ich sie lesen. Zumindest hatte ich bis zur Zwölf keinerlei Probleme.

Ich fragte mich, wie viel Geld ich wohl für die Uhr bekommen hätte. Einige Brocken, so viel stand fest.

Ich überlegte mir, was man wohl für ein Leben führen mochte, wenn man sich eine Uhr wie diese leisten konnte. Die Erinnerung an ihren Besitzer kehrte zurück. Zylinder und teurer Mantel. Jung und selbstbewusst. Ich stellte mir vor, sein Leben zu führen. Würde ich es leben wollen? Würde ich mit ihm tauschen, wenn ich könnte?

Es hätte mir wahrscheinlich viel Schmerz erspart. Viele Erniedrigungen. Das Waisenhaus.

Jedoch hätte ich auch Leana nicht kennengelernt. Sie wäre stumm geblieben. Ich hätte niemanden, der mich daran erinnerte, dass es auch Schönes gab in dieser Welt.

Nein, überlegte ich, ich würde nicht alles tauschen wollen. Sicherlich, auf einige Erfahrungen hätte ich gut und gerne verzichten mögen. Doch ohne gewisse Geschehnisse wäre ich nicht mehr ich. Ob das nun etwas Gutes oder Schlechtes bedeutete.

Ich hörte Schritte vor meiner Tür und mir wurde bewusst, dass es bereits Morgen war. Schnell schob ich die Uhr unter das Kopfkissen.

Die Tür öffnete sich. Derk stand auf der Schwelle und klatschte dreimal laut in die Hände. „Raus aus den Federn, Faulpelz, die Schweine hüten sich nicht von allein!“

„Schön wär's aber“, murmelte ich und rollte aus dem Bett.

***

Winzige Schneeflocken schwebten in einem sachten Tanz gen Boden und setzten sich auf den Stoff meines Mantels, um dort in Sekundenschnelle zu verschwinden. Ich atmete in tiefen Zügen die frische Winterluft ein, die meine Lungen mit Kälte füllte, während ich eiligen Schrittes mit den Händen in den Taschen eine der Hauptstraßen entlanglief, die den Kern teilten wie ein Kreuz.

Ich sah Grille schon von Weitem an der Ecke des Goldenen Pflasters stehen. Sie trug wieder die Mütze und ihre grünen Augen inmitten der stetig mehr werdenden Schneeflocken ließen jeden vom Frühling träumen, der hineinsah. „Wo ist das Essen?“, zischte sie mich an.

„Es ist auch schön, dich zu sehen“, erwiderte ich.

Grille verdrehte ihre Augen. „Wir haben eine Abmachung. Und wir haben Hunger.“

„Dann kauft euch etwas.“

Sie lachte bitter. „Was bist du doch lustig.“ Ich fing wirklich an, sie zu mögen.

„Ihr bekommt euer Essen schon noch. Aber zuerst würde ich gerne mit euch zusammenarbeiten, um eure Fähigkeiten zu testen. Und wer weiß, vielleicht ist die Ausbeute groß genug, dass ihr euch dann wirklich etwas kaufen könnt.“

Ihre Augen verengten sich zu Schlitzen, als wollte sie versuchen, aus mir schlau zu werden. Ich lächelte. Nicht vielen gelang das.

„Warum?“, fragte sie.

„Das spielt keine Rolle.“

„Du bist Schweinehirte, so schlecht kann es dir nicht gehen.“

Meine Maske fiel für einen Moment. Woher wusste sie davon?

Nun war sie es, die lächelte. „Ich weiß so einiges."

Das gefiel mir ganz und gar nicht. Je mehr sie über mich wusste, desto mehr hatte sie gegen mich in der Hand, wenn es hart auf hart kam. Plötzlich zweifelte ich daran, ob mein Vorhaben so eine gute Idee war. Ein Schweinehirte, der sich mit Dieben und anderen Kleinkriminellen einließ ... Ich vertraute ihr nicht und ich war mir sicher, dass sie mich ans Messer liefern würde, sobald ich ihr nicht mehr von Nutzen war. Sie könnte mich anschwärzen und ich könnte meine Stellung verlieren. Und das durfte nicht passieren.

Andererseits brauchte sie mich im Moment. Und ich hatte noch viele andere Ideen, um mich unentbehrlich zu machen. Ich musste auf der Hut sein, doch es war nicht das erste Mal, dass ich mit dem Feuer spielte. „Wer weiß noch davon?"

Sie lächelte wieder, doch ihre Augen blieben kalt. „Niemand. Bisher." Es war eine Warnung.

„Gut. Also, Zusammenarbeit?"

Grille sah mich einen Moment lang eindringlich an. „Folge mir."

Das Nachtquartier der Straßenkinder befand sich in dem Weinkeller des angesehensten Getränkeladens der Stadt. Die Rückseite des Gebäudes zeigte auf eine schmale Gasse; kleine, halbmondförmige Fenster verliefen knapp über dem Boden wie halb geschlossene Augen. Grille sah sich verstohlen nach links und rechts um, dann drückte sie eines der Fenster auf, in dessen Spalt jemand ein Stück Pappe geklemmt hatte, um es auch von außen öffnen zu können. Sie ging in die Hocke und zwängte sich dann mit den Füßen voran durch die schmale Öffnung. Die Erbauer des Gebäudes hatten zweifelsohne nicht beabsichtigt, dass sich eine Person heimlich durch eines der Fenster in den Keller stehlen konnte. Sie hatten wohl nicht die abgemagerten Körper von Straßenkindern bedacht.

Grille verschwand im Gebäude und ich ging selbst in die Hocke. Nun machte sich bemerkbar, dass ich seit einiger Zeit ordentliche Mahlzeiten vorgesetzt bekam, doch noch immer war ich schlank genug, um mich mit einigem Schnaufen und Quetschen durch das Fenster zu zwängen. Der Rahmen streifte meine Schulter, in die der Wolf hineingebissen hatte. Es tat nur kurz weh, die Wunde war fast verheilt. Die Tinktur von Erin hatte wahre Wunder gewirkt.

Auf allen vieren landete ich auf dem feuchten, kalten Boden des Weinkellers. Es war düster und der einzige Grund, weshalb ich überhaupt etwas sehen konnte, war das brennende Streichholz, welches plötzlich in Grilles Hand aufflackerte. Sie entzündete eine Petroleumlampe und es wurde ein wenig heller. Vor uns machte ich Reihen von Holzfässern aus, die in hohen Regalen übereinandergestapelt waren. Das Deckengewölbe über uns war hoch und dunkel.

„Hierher", raunte Grille und deutete in eine Ecke der letzten Reihe von Fässern.

Im Schein der Lampe konnte ich einen Haufen verschiedenfarbiger Decken und Kleidungsstücke ausmachen. Bei Grilles Worten erwachte er zum Leben, bewegte sich und ich erkannte drei Kinder, die in dem Haufen lagen.

Eines davon hob den Kopf. „Tamira?", fragte es verschlafen. Es war Krümel.

„Weck die anderen auf", sagte sie zu ihm und er begann, die beiden Jungen neben sich wach zu rütteln.

„Du hast sieben gesagt", bemerkte ich.

Grille zog sich die Mütze vom Kopf und das erste Mal konnte ich ihr langes Haar sehen, welches ihr als dunkler Vorhang über Rücken und Schultern fiel. Sie sah beinahe schön aus, als sie mir einen giftigen Blick zuwarf. „Erstens: Ich bin nicht ihre Mutter. Sie werden irgendwo in der Stadt unterwegs sein, um etwas zu essen zu finden. Du hast uns ja nichts gebracht. Und zweitens hast du uns nicht vorgewarnt."

Die beiden anderen Jungen richteten sich auf, gähnten und streckten sich. „Wer ist das?", wollte einer der beiden wissen. Er war vielleicht dreizehn. Der andere elf oder zwölf. Für mich sahen sie gleich aus. Schmutzig und voller Misstrauen.

„Das ist Floh, unser *selbstloser* Wohltäter. Er wird heute mit uns auf die Jagd gehen. Floh, das sind ..."

„Spielt keine Rolle", unterbrach ich sie. „Kann ich mir sowieso nicht merken. Ich werde euch beide Brösel nennen. Brösel eins und Brösel zwei. Wie gefällt dir das, Krümel?"

„Lass mich in Ruhe", murmelte Krümel kleinlaut. Ich lächelte amüsiert.

„Als Erstes solltest du dir etwas anderes anziehen, Floh", schlug Grille vor.

„Du willst doch nur, dass ich mich ausziehe."

Brösel zwei kicherte. Grille warf uns nacheinander böse Blicke zu. „Auch wenn du nicht gerade reich aussiehst, bist du doch zu sauber. Du brauchst etwas Zerschlissenes, wenn du unsichtbar werden willst. Du willst doch nicht etwa erkannt werden?"

„Gib deinen Mantel her." Brösel eins streckte fordernd die Hände in meine Richtung aus.

„Und wer garantiert mir, dass er noch da ist, wenn ich wiederkomme?", fragte ich.

Grille grinste. „Du wirst uns wohl vertrauen müssen."

Haha. Vertrauen. Widerwillig zog ich meinen Mantel aus und übergab ihn den schmutzigen Händen des Jungen. Dieser warf ihn lieblos auf den Haufen und überreichte mir stattdessen zwei dünne Jacken, die mehr Löcher besaßen als Stoff. Ich zog sie übereinander an. Krümel reichte mir eine Mütze. Ich setzte sie auf und zog sie mir tief ins Gesicht. Beinahe fühlte ich mich wieder wie mein altes Ich.

„Jetzt noch ein bisschen Schmutz ins Gesicht und es ist perfekt", sagte Grille.

„Mein Gesicht ist immer perfekt." Wieder kicherte der Junge. Ich zeigte mit dem Finger auf ihn. „Klappe halten, Brösel zwei!"

„Wollen wir weiter herumalbern oder anfangen?", fragte Grille.

Draußen war es kalt ohne meinen Mantel. Kaum zu glauben, wie schnell ich vergessen hatte, wie sehr man doch frieren konnte. Die kleinen Bastarde hatten mir bestimmt absichtlich die dünnsten, an Käse erinnernden Jacken gegeben. Grille hatte es sichtlich genossen, mir mit einem Stück Kohle das Gesicht zu bearbeiten.

„Passt zu deiner Seele", hatte sie gesagt, als sie ihr fertiges Kunstwerk betrachtete.

Ich hatte meinen Mund zu einem schiefen Lächeln verzogen und ihr in die Augen geblickt. Verlegen hatte sie fortgeschaut. Ha!

Wir nahmen uns eine der Hauptstraßen vor. Es war Nachmittag, das Licht schwand und die Leute gingen von ihrer Arbeit nach Hause. Mein Herz pochte und das Blut floss mir schneller durch die Adern. Es war wie früher, und so traurig das auch klingen mochte, es war eine mir so vertraute Situation, dass sie mich beinahe glücklich machte. Wir teilten uns auf und tauchten unter zwischen den Menschen. Wir hatten uns bereits zuvor ein Opfer herausgepickt und warteten nur auf den passenden Augenblick.

Ich fühlte mich zu dem Moment des Wolfsangriffs zurückversetzt. Nur dass ich dieses Mal nicht der Hirte war. Ich war der Wolf.

Unser Zielobjekt war eine ältere Dame. Zusammen mit zwei anderen Frauen lief sie die Straße hinab, langsam und plaudernd, in den Händen kleine Täschchen, die verdächtig nach einem Einkauf im Schmuckladen um die Ecke aussahen. Zu dumm, dass sie sich nicht für eine Kutschfahrt entschieden hatten. Dumm für sie, gut für uns.

Krümel war als Erster an der Reihe. Er rannte los, zwischen den Menschen hindurch, an der Zieldame vorbei, griff im Rennen nach ihrem Täschchen, und ehe die gute Frau so recht wusste, wie ihr geschah, hatte Krümel es schon an Brösel zwei weitergegeben und die beiden verschwanden im Gedränge. Sie hatten ihre Sache gut gemacht.

Doch nun waren wir Professionellen an der Reihe. Und Brösel eins.

Die Damen, nun gewahr, was sich soeben ereignet hatte, sahen den beiden Dieben nach, zeigten mit den Fingern in ihre Richtung und riefen wie ein aufgeschreckter Hühnerhaufen: „Haltet die Diebe!“

Brösel eins befand sich bereits in einigem Abstand vor den Damen, während sich Grille ihnen von hinten näherte und eine Unschuldsmiene aufsetzte. „Du meine Güte, was ist denn passiert?“, fragte sie. „Wo lang sind die Diebe gerannt?“

Das war mein Moment. Ich flitzte an den Damen vorbei und entriss einer weiteren ihren Einkauf. Es war ganz einfach.

Noch größeres Geschrei folgte, ich rannte, was das Zeug hielt. Das Täschchen wirbelte mit mir durch die Luft. Vor mir schlossen sich die Lücken zwischen den Menschen. Ich wurde für einen winzigen Moment langsamer und sah mich um. Wo war der verflixte Brösel?

Ich spürte Finger, die sich in meine Schulter gruben und mich nach hinten zerrten. Ich strauchelte.

„Verdammtes Straßenpack!“, hörte ich eine tiefe Stimme dicht hinter mir.

Sosehr ich auch versuchte, mit meinen ausgestreckten Armen meine Schräglage auszugleichen, es gelang mir nicht und ich sah im Bruchteil einer Sekunde, wie die Pflastersteine auf mich zurasten.

Schmerz. Mit den Händen voran schlitterte ich über den Boden,

Haut schürfte auf, dann der Aufprall mit dem Rest meines Körpers. Ich nutzte den Schwung meiner Geschwindigkeit, rollte mich ab, versuchte, wieder auf die Beine zu kommen, und fiel erneut. Meine ausgestreckten Finger streiften die Schuhe einer Frau vor mir, die erschrocken zur Seite sprang.

Ich drehte den Kopf und blickte in das Gesicht eines wütenden, großen Mannes mit Schnurrbart, im Begriff, sich auf mich zu stürzen. Um uns herum Menschen, die mit großen Augen das Spektakel beobachteten.

Gedanken schossen mir blitzschnell durch den Kopf. Bilder. Ich sah mich, wie ich von dem Mann mit Schnurrbart der Stadtwache übergeben wurde. Wie sie mir Fesseln anlegten. Mich abführten. Ich sah mich im Gefängnis. Ich sah Leana allein am Springbrunnen sitzen. Ich sah mich wieder auf der Straße, ohne Geld, Arbeit oder ein Dach über dem Kopf.

Ich bekam Panik.

Meine Gedankengänge wurden von der Faust des Mannes in meinem Gesicht unterbrochen. Au. Es war doch gerade erst verheilt!

Jetzt reichte es.

Ich zog mein rechtes Bein an und trat ihm dann mit voller Wucht ins Gesicht. Jetzt waren wir quitt. Er ließ augenblicklich von mir ab, ich rappelte mich auf, stolperte noch einmal, schubste zwei Passanten zur Seite, die sich mir in den Weg stellen wollten, und rannte. Rannte einfach, so schnell ich konnte, bis da keine Leute mehr waren und keine Männer mit Schnurrbärten.

In einer Nische zwischen zwei Häusern kam ich wieder zu Atem. Kalt war mir ganz bestimmt nicht mehr! Und ich hatte das Täschchen nicht verloren. Mit noch immer pochendem Herzen sah ich hinein.

Zwei funkelnde Ohrringe.

Ich schloss die Augen und ein erleichtertes Lächeln breitete sich auf meinem Gesicht aus. Wenigstens hatte sich die ganze Aufregung gelohnt. Mit dem Ärmel der Jacke wischte ich mir den gröbsten Schmutz von den Wangen.

Ich atmete noch dreimal tief ein und aus, dann richtete ich mich auf. Ich vergewisserte mich, dass die Straße leer war, und machte mich auf den Weg zum Weinkeller.

„Verdammt, wo warst du?“, fuhr ich Brösel eins an. Ich hatte ihn am Kragen gepackt und presste ihn gegen die kalte Wand des Weinkellers.

„Lass ihn los“, zischte Grille.

Ich stieß ihn noch einmal mit dem Rücken gegen das Gemäuer, dann ließ ich von ihm ab. Er hatte Tränen in den Augen. Er musste noch viel lernen, wenn er langfristig auf den Straßen Felsburgs überleben wollte. Das Leben würde ihn nicht mit Samthandschuhen anfassen. Genauso wenig, wie ich es tat.

„Spiel dich nicht so auf. Du gehörst nicht mal zu uns“, muckte Krümel auf.

Ich sah ihn an mit dem finstersten Blick, den ich auf Lager hatte. Ich spürte förmlich, wie meine Augen eine Spur schwärzer wurden und ihn zu verschlingen drohten. Krümel sank in sich zusammen. „Da hast du verdammt noch mal recht. Ein Wunder, dass ihr bisher noch nicht geschnappt worden seid. Die Ratten im Gefängnis würden euch zum Frühstück fressen. Als Vorspeise!“

„Floh, er hat nicht aufgepasst und es tut ihm leid. Und es ist ja alles gut gegangen. Also beruhige dich mal wieder“, sagte Grille. Sie hätte es sicher begrüßt, wenn ich geschnappt worden wäre.

Ich holte tief Luft und stieß sie dann in einem langen Zug wieder aus. „Hast du das dritte Täschchen erwischen können?“, fragte ich sie.

„Ich habe es versucht, aber nach unserem zweiten Angriff war der Tumult zu groß.“

Ich nickte. Natürlich. Ich zeigte ihnen die Ohrringe und Brösel zwei zog ein glitzerndes Armband hervor. Wunderbar.

„Wer verkauft sie?“, wollte Brösel eins wissen. Seine Stimme war noch immer ein wenig zittrig.

Ich sah ihn an. „Erst einmal warten wir, bis der Diebstahl in Vergessenheit geraten ist.“

Grille nickte zustimmend. „Der Laden, aus dem der Schmuck stammt, verkauft keine Einzelstücke, also sollte es nicht allzu verdächtig sein, wenn wir die Ohrringe und das Armband weiterverkaufen. Trotzdem sollten wir sie nacheinander und möglichst an verschiedene Personen verhökern.“

Ich sah zu ihr hinüber. Endlich mal jemand, der so dachte wie ich. „Das Verkaufen werde ich übernehmen. Dafür bekomme ich die Hälfte.“ Vier Augenpaare voller Misstrauen richteten sich auf mich. Ich hob beschwichtigend die Hände. „Wie ihr wollt. Dann macht ihr das, ihr Experten der hohen Diebeskunst.“ Nacheinander sah ich den Brotresten in die Augen. „Oder lieber du, Grille, Fräulein Ich-habe-eine-Narbe-im-Gesicht. Ich dachte, wir wollten unauffällig bleiben.“

Grille schnaufte. „Na gut, du machst das.“ Sie trat näher an mich heran und beugte sich zu meinem Ohr vor. „Ich schwöre dir, wenn du dich mit der Beute aus dem Staub machst, dann werde ich dir einen Besuch abstatten und dich umbringen.“

Ich pustete ihr ins Gesicht und sie kniff die Augen zusammen. „Auf bald“, verabschiedete ich mich, nahm meinen Mantel und zwängte mich so elegant, wie ich eben konnte, durch das schmale Fenster nach draußen.

Am Hirtenhaus angekommen, versuchte ich mich unbemerkt in mein Zimmer zu schleichen, doch Derk erwischte mich, hielt mich am Arm fest und studierte mein Gesicht. „Woher hast du schon wieder ein blaues Auge?“, fragte er streng.

„Ich habe zwei linke Füße und stolpere viel“, antwortete ich.

„Ach ja? In die Fäuste anderer Leute hinein?“

Ich versuchte, seine Hand abzuschütteln und an ihm vorbei in mein Zimmer zu gehen. Es gelang mir nicht.

„Wie schaffst du es immer wieder, die Leute gegen dich aufzubringen? Was zum Henker erzählst du ihnen?“

Ich setzte meine Unschuldsmiene auf und breitete die Hände vor mir aus. „Ich mache gar nichts.“

„Das glaubst du dir doch nicht einmal selbst, Aron. Du musst wirklich langsam lernen, deine verdammte Klappe zu halten. Du bist jetzt Schweinehirte und hast einen Ruf zu wahren. Da kannst du dich nicht ständig verprügeln lassen.“

Ich grinste ihn an. „Schweinehirte, ja? Ich dachte Gehilfe.“

Daraufhin erntete ich einen Klaps auf den Hinterkopf. „Geh dir lieber das Gesicht waschen. Du siehst aus, als wärst du in einen Kohlehaufen gefallen.“

***

Leana war krank. Als ich davon hörte, kochte wieder die Wut in mir hoch. Sie hatte sich erkältet, weil diese Biester sie mit Wasser übergossen hatten. Das Gespräch zwischen Ernestine und Roman musste wahrhaftig Früchte getragen haben, denn ich durfte sie augenblicklich besuchen.

Sie lag in ihrem Bett, klein, zerbrechlich und in ihre dünne Decke gewickelt, wie eine Porzellanpuppe, ein Tuch um ihren schmalen Hals gebunden. Sie sah blass aus, blasser als sonst, und hustete immer wieder, sodass ihr ganzer Körper geschüttelt wurde.

Sie putzte sich die Nase und blickte mich aus müden Augen an. „Du hättest nicht kommen sollen."

Ich strich ihr eine Haarsträhne aus der verschwitzten Stirn. „Wieso nicht?"

„Ich will dich nicht anstecken."

„Das würde mich nicht stören. Dann könnte ich zu Hause bleiben, während Derk allein mit den Schweinen in den Wald geht." Ich lächelte sie an.

Leana streckte ihre Hand nach meinem Gesicht aus. Ihre Fingerspitzen berührten mein geschwollenes Auge, ganz sanft nur, wie der Flügelschlag eines Schmetterlings. „Was ist passiert?"

Ich nahm ihre Hand in die meine und beugte mich zu ihr vor. „Leana, ich habe ein wenig Schmuck. Ohrringe und ein Armband. Ich werde beides bald verkaufen und dann habe ich genug Geld, um dich hier rauszuholen."

Streng sah sie mich an. Sie wusste genau, wie ich an den Schmuck gekommen war. „Ich mag es nicht, wenn du so etwas tust", flüsterte sie. „Und ich werde ganz bestimmt nichts von dem Geld nehmen."

„Leana, du willst doch fort von hier ..."

Sie schüttelte langsam ihren Kopf und unter ihrem Haar raschelte das Kissen. „Seit ich krank bin, sind sie ein bisschen netter geworden. Ich glaube, sie haben ein schlechtes Gewissen."

„Das sollten sie auch", presste ich wütend hervor.

Ihre Finger drückten meine Hand und ihre nussbraunen Augen fixierten mich. „Den Winter über werde ich es schon noch hier aushalten. Und dann werden wir andere Arbeit für mich finden."

„Aber ich habe den Schmuck nun schon einmal. Warum sollten wir das Geld dann nicht auch nutzen?"

„Nein", sagte Leana bestimmt. „Versprichst du mir etwas?"

„Ich mache keine Versprechungen, das weißt du genau."

„Jedenfalls keine, die du hältst", warf sie ein und wir grinsten uns an. Dann hustete sie. „Kannst du mir trotzdem etwas versprechen? Nur dieses eine Mal?" Abermals hustete sie, doch nun eher, um ihrer Bitte mehr Dramatik zu verleihen, wie mir schien.

„Was denn?"

Sie biss sich auf die Unterlippe.

„Leana, ich werde nichts versprechen, bevor ich nicht weiß, was es ist."

„Bitte hör auf damit." Ich wusste, dass sie das Stehlen meinte. „Du hast doch jetzt Arbeit und verdienst Geld. Du musst das nicht mehr machen."

„Aber ich habe es für dich getan. Ich werde nicht ewig Schweinehirte bleiben. Ich bin nur der Ersatz, so lange, bis die Knochen meines Vorgängers geheilt sind. Und wenn es so weit ist und ich gehen muss, dann will ich vorbereitet sein. Für uns beide."

„Bitte versprich es." Als hätte sie mir eben nicht zugehört. „Bitte."

„Leana, ich ...", begann ich.

„Wenn du es nicht versprichst, dann will ich nichts mehr mit dir zu tun haben."

Obwohl ich wusste, dass sie es nicht ernst meinte, versetzten mir ihre Worte einen Stich. Ich seufzte. „Na schön. Solange ich Arbeit habe und du sicher bist, werde ich nicht mehr ... stehlen." Das letzte Wort hatte ich nur stumm mit den Lippen geformt. Die Wände des Gebäudes waren dünn und ich wollte nicht riskieren, dass jemand unser Gespräch mit anhörte.

Leana lächelte glücklich und gähnte dann. „Gut. Dann kannst du jetzt gehen. Ich bin wahnsinnig müde." Ich lächelte zurück und drückte ihr einen Kuss auf die Stirn.

Gerade als ich das Bedienstetenhaus verlassen wollte, kam mir eine Angestellte entgegen. Ihre Schürze war schmutzig und einige Strähnen hatten sich aus ihrem Pferdeschwanz gelöst. Wäre ich ihr auf der Straße begegnet, hätte ich sie wohl für ein nettes, schüchternes Mädchen gehalten. Jetzt aber sah ich nur den Teufel in ihr. Sie grüßte leise im Vorübergehen.

Mein Gesicht verzog sich zu einer wütenden Maske. Ich packte sie und drückte sie gegen die Wand. Meine linke Hand legte ich auf ihren Mund, meine rechte schraubte sich um ihre Kehle und ich drückte leicht zu. Sie versuchte zu schreien und ihre Augen weiteten sich in panischer Angst.

„Jetzt hör mir mal zu“, sagte ich leise und brachte mein Gesicht dicht an das ihre heran. „Wenn Leana noch einmal etwas passiert, wenn ihr ihr einen noch so kleinen Streich spielen solltet, werde ich wiederkommen und dann werde ich mir nicht die Mühe machen, ein nettes Gespräch mit dir anzufangen so wie jetzt. Dann werde ich einfach zudrücken.“ Um dem Gesagten Nachdruck zu verleihen, verstärkte ich den Druck um ihren Hals ein wenig. Ihre Augen wurden größer. „Mir ist es egal, ob du an den Gemeinheiten gegen Leana beteiligt warst oder nicht. Mir ist es egal, ob du beim nächsten Streich beteiligt sein wirst oder nicht. Wenn ihr etwas passiert, dann mache ich dich dafür verantwortlich. Hast du mich verstanden?“

Sie nickte, so gut es eben in meinem Würgegriff ging.

„Einen wundervollen Tag noch“, wünschte ich ihr und ließ sie los.

Verängstigt rannte sie in eines der Zimmer. Von nun an würde sie auf Leana achtgeben, da war ich mir sicher.

Arnim, das Muttersöhnchen

„Wie geht es Leana?", fragte Derk und zerschnitt seinen Apfel in zwei Hälften.

Es war ein schöner Tag, die Sonne zeigte sich seit langer Zeit wieder einmal. Es war beinahe warm. Ich hatte fast schon vergessen, wie es sich anfühlte, Sonnenstrahlen im Gesicht zu spüren.

Ich klaubte einen Ast vom Boden auf und schaute zu der Herde hinüber. „Besser. Sie arbeitet wieder."

„Schon?"

„Mhm." Ich war froh, sie wieder auf den Beinen zu wissen. Sie hatte noch ein wenig gehustet, als ich sie das letzte Mal gesehen hatte, doch sie sah wieder gesünder aus und musste nicht länger das Bett hüten.

Doch meine Gedanken waren an diesem Tag nicht bei Leana. Es ging ihr gut und ich musste mir vorerst keine Sorgen mehr um sie machen.

Ich blickte mich um, in den friedlichen Wald hinein. Die Sonne hatte den Reif des Morgens in glänzende Wassertropfen verwandelt. Sie glitzerten wie kleine Diamanten. Wie die Ohrringe, die ich gestohlen hatte.

Es war so absurd, hier zwischen den Bäumen zu stehen, gierig die Waldluft einzuatmen, die nach Moos und Erde und Wild roch, und am Ende des Tages dafür großzügig entlohnt zu werden.

Es war so anders als die Hektik der Straße, zusammen mit den anderen Kindern, die Aufregung, die Furcht, das klopfende Herz und die Erleichterung, entkommen zu sein. Wie ein Rausch.

„Aron, ja oder nein?" Derk schaute mich fragend an und ein bisschen so, als wäre ich nicht ganz richtig im Kopf. Offensichtlich hatte er mir eine Frage gestellt.

„Was?"

„Ob du die Hälfte vom Apfel willst?" Er hielt sie mir hin und ich griff danach, bevor er es sich anders überlegen konnte. Ich biss hinein und Derk beobachtete mich dabei, wie ich ihn hinunterschlang. Er lachte. „Du bist wie ein Hund. Schnell alles aufessen, bevor es einem wieder weggenommen werden kann."

Ich zuckte gleichgültig mit den Schultern und wischte mir mit dem Ärmel meines Mantels über den Mund. „Wuff", machte ich.

Derk warf einen Apfelkern nach mir und ich grinste.

Am Abend, nachdem wir die Herde zurück in das Dorf geführt hatten, lief ich durch Felsburg, ein Brecheisen unter meinem Mantel verborgen. „Wie ein klassischer Einbrecher", dachte ich und lächelte leicht.

Ich bog in eine einsame Gasse ein, an deren Rand eine niedrige Hecke wuchs. In meiner Hand hielt ich eine Petroleumlampe. Ich hatte sie ausgedreht, bevor ich einen Fuß in die Gasse gesetzt hatte. Es war schwierig, die richtige Stelle zu finden ohne Licht, doch ich bevorzugte es, nicht gesehen zu werden.

Ich blieb stehen, ging in die Hocke und tastete mit den Fingern über den kalten Boden. Ja, es war die richtige Stelle. Vorsichtig zog ich das Eisen unter dem Stoff meines Mantels hervor, steckte das Ende in den Spalt im Boden und hebelte den Kanalisationsdeckel auf. Er war schwer und ich schnaufte, doch es gelang mir. Ich verstaute das Brecheisen in der Hecke, nahm die Lampe und kletterte die Sprossen hinunter. Unten stank es bestialisch und ich entzündete den Docht. Dann kletterte ich noch einmal die Sprossen hinauf, um den Deckel wieder an seinen Platz zu schieben.

Mit der Petroleumlampe in der ausgestreckten Hand lief ich den hohen Tunnel entlang. Schatten krochen bei jeder meiner Bewegungen über das Gemäuer. Neben mir befand sich der übel riechende Fluss und am Rand meines Lichtkegels sah ich Ratten fliehen.

Ich zwängte mich durch das schmale Loch in der Mauer und war wieder da: in meinem einstigen Gefängnis. Die Angst von damals hing noch immer in der kühlen Luft wie ein unangenehmer Geruch, doch sie konnte mir nun nichts mehr anhaben. Im Schein meiner Lampe konnte ich die Überreste der verkohlten Holzkiste ausmachen, die mich vor dem Erfrieren bewahrt hatte. Ich musste dringend Ordnung schaffen und die Spuren meines Sturzes beseitigen. Es sollte mich nicht jeder Besuch an diesen unglückseligen Vorfall erinnern.

Später.

Ich ging zu den Kisten an der Wand hinüber, meinem ehemaligen Krankenlager. Auf den Brettern lag der gestohlene Schmuck: Ohrringe, Armband und Golduhr. Ich mochte ihren Glanz im Licht. Daneben, ordentlich zusammengefaltet, lagen teure Kleidungsstücke. Hemd, Hose, Jacke. Das Hemd war blütenweiß, Letztere silbergrau. Ich strich mit den Fingern darüber. Etwas klamm, doch das täuschte nicht über den guten Zustand des Stoffes hinweg. Ich hatte mehr als die Hälfte meines bisherigen Gehalts dafür investieren müssen. Zehn Silbermünzen waren mir noch geblieben. Mit der Stiefelspitze schob ich den Deckel einer der Kisten zur Seite und stellte die Petroleumlampe auf den Boden. Meine Finger tasteten im Stroh umher und fanden einen Flaschenhals. Es schüttelte mich, als ich mir einen kräftigen Schluck genehmigte. Mehr nicht. Ich hatte ganz vergessen, wie stark das Zeug war. Mein Hals stand in Flammen und in meinem Bauch breitete sich eine wohlige Wärme aus. Ich schob die Flasche zurück an ihren Platz. Sie würde mich nicht in Versuchung bringen, wie sie es mit so vielen anderen Menschen tat. Ich würde ihr nicht verfallen wie ein wütendes Tier ...

Ich setzte mich zwischen Diebesgut und teure Kleidung und erlaubte mir ein einsames Lächeln. Dieses Loch unter der Stadt gehörte mir. Mir ganz allein. Bis vor Kurzem hatte ich noch nicht einmal ein eigenes Zimmer besessen. Nun besaß ich ein Geheimversteck, in dem ich ganz für mich sein konnte. Den Gedanken, der Stadt hier unten entfliehen zu können, und wenn es nur für wenige Minuten war, empfand ich als unglaublich wohltuend. Hier war ich kein Waisenkind. Kein Schweinehirte. Kein Dieb. Kein Beschützer. Hier unten war ich einfach nur Aron. Es fühlte sich an, als fiele mir eine große Last von den Schultern.

Ich lachte und meine Stimme hallte unheimlich von den Wänden wider. Mein Gefängnis war also zum Ort der Freiheit für mich geworden. Welche Ironie. Es wurde spät und ich müde, ohnehin war ich schon länger geblieben, als ich geplant hatte. Ich klaubte meine Sachen zusammen und machte mich auf den Weg zurück nach oben in die Stadt. Für den nächsten Tag musste ich ausgeruht sein und dafür brauchte ich meinen Schlaf.

***

Der nächste Tag kam und ich schaffte das Unmögliche: Ich erwachte noch vor dem König der Frühaufsteher. Ich wusch mich gründlich und streifte mir die teuren Sachen über, die ich am Abend zuvor aus meinem Versteck geholt hatte. Zu meinem Glück hatten sie nicht den widerlichen Gestank der Kanalisation angenommen, vorsichtshalber hatte ich sie aber doch am geöffneten Fenster aufgehängt.

Das erste Mal seit Langem bearbeitete ich mein dunkles Haar mit einem Kamm vor dem Spiegel. Es kostete mich all meine Willenskraft, bei meinem Anblick nicht in lautes Gelächter auszubrechen. In der Tat sah ich nun aus wie ein verwöhntes Muttersöhnchen, wenn man die dunklen Augen außer Acht ließ, die eindeutig schon zu viel dafür gesehen hatten. Ich fragte mich, was Leana wohl zu meinem Aufzug sagen würde. Falls sie vor lauter Lachen überhaupt ein Wort zustande brächte.

Ich richtete noch einmal mein Haar und warf mir die graue Jacke über. Dann verließ ich das Hirtenhaus.

Der Tag war noch jung und nicht viele Leute begegneten mir. Ich vertrieb mir die Zeit damit, durch die reichen Viertel zu spazieren und jedes Mal die Nase zu rümpfen, wenn mir jemand ins Gesicht blickte. Es musste wirklich Spaß machen, reich zu sein.

Ich war nicht mehr Aron, ich war nun Arnim, der gemeinsam mit seiner verwitweten Mutter in einer riesigen Villa lebte und für den *Hunger* ein Fremdwort war. Er hatte noch nie wahrhaftig frieren müssen und ihm war noch nie ein Leid zugefügt worden. Niemand verachtete ihn. Niemand verwehrte ihm einen Wunsch.

Ich wartete, bis die Sonne in sanften Rottönen am kalten Winterhimmel erschien und die von Reif überzogene Stadt in warmes Licht tauchte. Dann machte ich mich auf den Weg.

„Guten Morgen“, sagte ich mit näselnder Stimme und strich mir in einer eleganten Handbewegung das gescheitelte Haar aus der Stirn.

„Guten Morgen“, grüßte der kleine Mann hinter der Verkaufstheke zurück. Sein Haar war bereits ergraut und auf seiner krummen Nase saß eine kleine Brille, über deren Rand er blinzelnd hinweglinste. Er nickte mir freundlich, aber verhalten zu. „Wie kann ich Ihnen behilflich sein?“

„Hach!“, seufzte ich und zog die beiden glitzernden Ohrringe hervor. Ich legte sie vor ihn auf die Theke. „Wissen Sie eigentlich, wie schwer es ist, seiner Mutter heutzutage eine Freude zu machen? Ich wollte sie mit diesen Ohrringen überraschen, doch stellen Sie sich vor, sie besitzt bereits ein Paar von genau der gleichen Sorte. Sie kauft sich eindeutig zu oft neuen Schmuck.“

„Also wollen Sie die Ohrringe umtauschen?“, fragte mich der Mann.

Wieder seufzte ich. In meiner Vorstellung taten das reiche Leute ununterbrochen. „Sie hat mir von diesem Porzellangeschirr erzählt, das sie sich wünscht, und aus diesem Grund würde ich die Ohrringe am liebsten an Sie zurückverkaufen. Ist das möglich?“

Der Mann runzelte seine ohnehin schon zerfurchte Stirn. „Schon, aber dann erhalten Sie weniger Geld, als Sie zu Anfang dafür ausgegeben haben.“

Mehr als nichts war mehr als genug für mich. „Wie viel also?“

Er nahm einen der Ohrringe in die Hand und begutachtete diesen. „Der Verkaufswert liegt bei achtunddreißig Goldmünzen. Ich würde sie für dreißig kaufen.“

Dreißig Brocken für ein Paar winziger Ohrringe! Das war dreimal so viel, wie ich im Monat verdiente.

„Vierunddreißig“, sagte ich bestimmt.

Wieder runzelte er die Stirn.

„Ich bitte Sie!“, rief ich empört. „Meine Mutter hat sie noch nicht einmal getragen, sie sind so gut wie neu.“

„Ich habe gewisse Vorschriften, was den Kauf von bereits verkaufter Ware anbelangt, und auf die eine Münze mehr oder weniger kommt es Ihnen doch sicher auch nicht an.“

Ich hielt meinen ausgestreckten Zeigefinger direkt unter die krumme Nase. „Meine Mutter“, begann ich mit lauter Stimme, „hat mich zur Sparsamkeit erzogen. Von nichts kommt nichts. Und Sie wissen genauso gut wie ich, dass sich die Ohrringe noch immer in einem ausgezeichneten Zustand befinden. Wenn Sie diese nicht für vierunddreißig Goldmünzen kaufen wollen, dann muss ich Ihnen wohl einen guten Tag wünschen.“ Die Tür war während meiner Ansprache aufgegangen, ein neuer Kunde, der jedoch, durch die Lautstärke und Festigkeit meiner Stimme verschreckt, Zuflucht außerhalb des Schmuckladens suchte.

Der kleine Mann hob beschwichtigend die Hände in die Höhe. „Ist ja gut, ist ja gut, ich kaufe sie Ihnen für vierunddreißig ab."

Ein zufriedenes Lächeln breitete sich auf meinem Gesicht aus.

***

Vor der Tür des Hirtenhauses blieb ich stehen und presste mein Ohr gegen das Holz. Alles schien ruhig zu sein, also drückte ich die Klinke langsam herunter. Ich lugte in die Küche. Sie war leer, das einzige Geräusch kam von dem stetig wandernden Zeiger der Uhr an der Wand.

Ich schob mich hinein und zog lautlos hinter mir die Tür ins Schloss. Vorsichtig streifte ich mir die Stiefel von den Füßen. Auf Zehenspitzen durchquerte ich die Küche. Ich streckte die Hand nach meiner Zimmertür aus.

In diesem Moment sprang die Tür der Waschkammer auf und Derk trat in die Küche. Sein Blick fiel auf mich und seine Augenbrauen zogen sich zusammen. „Was zum ..."

„Guten Morgen. Gut geschlafen?" Ich lächelte und klimperte mit den Wimpern.

„Was ist mit dir passiert?", fragte Derk entgeistert und musterte mich von Kopf bis Fuß.

Ich grinste und strich über den weichen Stoff der grauen Jacke. „Gefällt es dir?"

„Nein! Deine Haare sehen furchtbar aus. Wie abgeleckt."

„Danke."

„Woher hast du die Sachen? Gibst du *dafür* etwa dein Geld aus?"

„Ich wollte auch einmal schön sein. Außerdem kann ich mein Geld ausgeben, wofür ich will", erwiderte ich.

„Und wo warst du überhaupt so früh? Normalerweise schläfst du bis zum Mittag an den freien Tagen."

„Ich war spazieren. Es hat heute einen wunderschönen Sonnenaufgang gegeben. Vielleicht täte es dir auch mal ganz gut, dich ohne Schweine in der Stadt blicken zu lassen."

Er verschränkte die Arme vor der Brust. „Da steckt doch ein Mädchen dahinter."

Wieso war ich da nicht selbst drauf gekommen? Ich musste im Hinterkopf behalten, mein Alter in Zukunft mehr in meine Ausreden mit einzubeziehen. „Und wenn schon“, sagte ich daher gereizt und ging in mein Zimmer.

„Wusste ich's doch“, hörte ich Derk noch hinter mir murmeln und schmunzelte. Man musste den Leuten nur das geben, was sie wollten.

Ich zog mir die lächerlichen Klamotten aus und fuhr mir mit den Fingern durch das Haar, bis es sich wieder normal anfühlte. Dann griff ich nach dem kleinen Lederbeutel, den mir der Schmuckverkäufer überreicht hatte. Ich nahm eine Münze heraus. Sie war klein und golden und wunderschön. Und ich war froh.

***

Mit fünfzehn Goldmünzen in der Manteltasche und einem Beutel voll Essen durchquerte ich die schlafende Stadt. Die Kälte hatte ihre Schärfe verloren und es war nahezu angenehm, sich des Nachts im Freien aufzuhalten. Beinahe. Der Winter war noch nicht vorüber und ich war noch immer mehr als dankbar dafür, nachher in mein warmes Bett zurückkriechen zu können. Doch zuerst musste ich meinen neuen Freunden einen Besuch abstatten.

Ich zog den Bauch ein, als ich mich durch das schmale Fenster des Weinkellers zwängte. Als ich auf beiden Beinen landete, wurde ich bereits herzlich empfangen. Die hintere Reihe der Weinfässer war in warmes Kerzenlicht getaucht und vier Messerklingen waren auf mich gerichtet.

„Überraschung!“, rief ich.

Grille verdrehte die Augen und nahm ihr Messer herunter. „Ach, du bist es nur.“

Die anderen Messer, gehalten von Krümel und zwei anderen Jungen, die ich nicht kannte, wurden ebenfalls gesenkt. Hinter ihnen konnte ich die beiden Brösel erkennen.

„Jemand anderen erwartet?“, fragte ich.

„Man kann nie vorsichtig genug sein“, erwiderte Grille.

„Eine andere Bande versucht, uns den Keller wegzunehmen“, erklärte Krümel.

„Ich hab euch was zu essen mitgebracht.“ Ich warf den Beutel vor mir auf den Boden und die Jungen stürzten sich darauf wie ausgehungerte Wölfe.

„Lasst mir was übrig“, sagte Grille zu ihnen. Dann wandte sie sich wieder mir zu. Im Kerzenlicht hatten ihre sonst so harten Augen einen warmen Glanz. Sie strich sich eine dunkle Haarsträhne aus dem Gesicht. „Ist das alles?“

Ich grinste. „Nein.“

„Du hast das Geld?“ Die Ablehnung verschwand aus ihrem Gesicht und machte der Gier Platz.

Ich nickte. „Für die Ohrringe.“ Das Geld war für Leana gewesen, doch nachdem sie es klar und deutlich von sich gewiesen hatte, hatten sich meine Pläne geändert. Vielleicht war es besser so. Ich durfte Grille nicht unterschätzen. Sie konnte gefährlich für mich werden, wenn ich sie nicht unter Kontrolle hielt.

„Wie viel?“, wollte sie wissen.

„Fünfzehn. Die Hälfte wie versprochen“, log ich. Wen kümmerten schon zwei mickrige Brocken mehr? Mich.

„Du hast nur dreißig Brocken dafür bekommen? Die waren doch sicher mehr wert.“ Schlaues Mädchen.

Ich hob entschuldigend die Hände in die Höhe. „Das war alles, was mir der Verkäufer geben wollte. Er hat irgendetwas von Vorschriften gemurmelt. Ich habe es versucht, aber er hat nicht mit sich verhandeln lassen. Dreißig war alles, was er mir geben wollte.“ Ich griff in meine Tasche und zog den Lederbeutel hervor. „Hier.“

Grille hatte ihn mir schneller aus den Händen gerissen, als ich blinzeln konnte. „Ich hätte nicht gedacht, dass du wirklich mit dem Geld zurückkommst“, sagte sie mit einem entschuldigenden Lächeln.

Nun ... ich auch nicht. „Bekomme ich jetzt ein bisschen Wein oder was?“

Grille und ich saßen mit dem Rücken gegen das Holz eines Fasses gelehnt. Die Jungen schliefen bereits, während wir den vierten Becher Wein in den Händen hielten. Dieser war rot und fruchtig und fühlte sich warm und weich auf der Zunge an. Mir war angenehm warm und ich genoss jeden einzelnen Schluck.

„Und du hast mich wirklich für einen Jungen gehalten?“, fragte Grille mit einem Schmunzeln in der Stimme.

Ich drehte meinen Kopf in ihre Richtung und betrachtete ihr langes Haar. „Wird nicht wieder vorkommen.“

„Das klingt vielleicht komisch … aber ich habe die Zeit in eurer Bande damals genossen."

„Geht mir genauso", gab ich ehrlich zu.

„Aber vielleicht liegt das auch daran, dass meine Schwester noch gelebt hat."

Ich nippte an meinem Becher. „Wie ist sie …" Ich unterbrach mich. „Vergiss es, das geht mich nichts an."

Grille sah mich an. „Wie sie gestorben ist?"

Ich nickte langsam. Sie holte tief Luft. „Du kanntest Betsi. Du hast ein Recht darauf, es zu erfahren."

„Du musst das wirklich nicht, wenn du nicht …"

„Schon gut, es ist lange her." Und nach kurzem Zögern begann sie zu erzählen. „Es war im Frühling. Am Abend. Betsi hat mich bei der Hand gehalten und mir eine Geschichte erzählt, um mich von der Kälte abzulenken. Wir waren auf dem Weg in unseren Unterschlupf, einen zerfallenen Schuppen nahe der Stadtmauer. Nein, es war gar keine Geschichte. Ich glaube, sie hat mir von unseren Eltern erzählt. Ich habe sie nie wirklich kennengelernt, aber sie konnte sich noch an die beiden erinnern. Wir waren fast angekommen, da stellte sich uns plötzlich ein sturzbetrunkener Mann in den Weg. Er hat furchtbar gerochen, das weiß ich noch. Er muss übersehen haben, dass wir in Lumpen gekleidet und schmutzig waren. Der Alkohol muss ihm den Kopf vernebelt haben. Er hat gesagt, dass er unser Geld haben will. Betsi hat sich schützend vor mich geschoben und erwidert, dass wir keines hätten. Sie hat meine Hand ganz fest gedrückt und wollte mich weiterziehen. Aber der Mann hat sie festgehalten. Er hatte ein Messer … Ich habe versucht, ihr zu helfen, aber …" Sie trank ihren Becher in großen Schlucken leer.

Ich berührte sie an der Wange. „Hast du daher die Narbe?"

„Mhm. Er hat wie ein Verrückter um sich gestochen und dann ist er einfach davongerannt. Ich habe noch nie so viel Blut gesehen. Die Nachtwächter haben uns schließlich gefunden. Aber für meine Schwester war es zu spät."

Ich ließ meinen Hinterkopf gegen das Holz sinken. Die Straßen waren voll von solchen Geschichten. Voll von solchen Leuten, die sie durchlebt hatten. Und von denen, die sie geschrieben hatten.

„Das tut mir leid", sagte ich und meinte es so. Ich wusste, wie sie sich fühlen musste.

„Lass uns noch ein bisschen trinken." Ihre Stimme leierte bereits, doch ich hatte keine Einwände.

Sie füllte uns aus dem Fass nach, das sie bereits angezapft hatte. Es stand in der letzten Reihe der Regale, und bevor jemand bemerkte, dass es angebrochen war, würde Grille mit den Jungen einen neuen Unterschlupf gefunden haben. Sie reichte mir meinen Becher und wir tranken schweigend. Auch mir stieg der Wein zu Kopf. Und ich versuchte ebenfalls, ungebetene Bilder zu verdrängen, die sich in meinem Gedächtnis breitmachten.

Ich begann, eine leise Melodie zu summen. Die Worte rollten wie von selbst über meine Zunge. „... kalt ist die Welt, schwarz ist die Nacht ..." Es tat weh. Meine Stimme versagte.

„Was singst du da?"

Ich schob die Erinnerung beiseite und grinste sie an. „Gar nichts." Meine Finger strichen über ihre Narbe und sie erstarrte. „Du bist schön, Tamira", murmelte ich und küsste sie.

***

„Verdammt!", rief ich und rieb mir das Bein. Es war Abend, Derk und ich hatten die Schweine bereits zurück zu ihren Bauern geführt und waren nun auf dem Heimweg. Doch die Straßen in Felsburg waren spiegelglatt. Es hatte geregnet, dann war die Temperatur schlagartig gefallen und das Pflaster war nun mit einer hauchdünnen Eisschicht überzogen. Ich lag mit schmerzendem Oberschenkel auf ebendiesem Boden. Derk lachte laut und ich schenkte ihm einen vor Wut Funken sprühenden Blick.

„Ach, komm schon. So oft, wie du verprügelt wirst, merkst du den Schmerz doch gar nicht mehr", sagte Derk lachend und reichte mir die Hand.

Ich ergriff sie und ließ mich von ihm auf die Beine ziehen. Das würde sicher einen gewaltigen blauen Fleck geben.

„Wann nimmt dieser verfluchte Winter endlich ein Ende?"

Derk lachte immer noch. „Im Frühling."

Haha. Da hielt sich aber jemand für lustig. Vielleicht konnte er sich in Zukunft als Straßenkomiker etwas dazuverdienen.

Ich wischte mir meine schmutzigen Hände an der Hose ab. „Lass uns bloß nach Hause gehen."

Nach einem Tag im Wald war ich jedes Mal bis auf die Knochen durchgefroren und sehnte mich nur noch nach der wohligen Wärme meines Bettes. Derk hingegen schien die Kälte nicht im Geringsten etwas auszumachen. Ich hatte ihn nie zittern sehen oder sich beklagen hören, und ginge es nach ihm, würde er den Wald wahrscheinlich gar nicht mehr verlassen. Er war genauso ein Teil von ihm wie die alten Eichenbäume und das Moos zwischen ihren Wurzeln.

Es dauerte länger als sonst, bis wir endlich vor dem Hirtenhaus standen, denn wir schlitterten mehr, als dass wir uns wie zivilisierte Bürger der Stadt fortbewegten. An einer besonders glatten Stelle riss es auch Derk beinahe von den Füßen, doch er fing sich wieder und der Genuss der Schadenfreude blieb mir verwehrt.

„Und für wen hast du dich letztens so herausgeputzt?“, fragte Derk beiläufig, als er die Haustür aufschloss.

Er war schlimmer als ein altes Tratschweib! Doch einem Mann, der seine Zeit von allen anderen abgeschirmt einzig in der Gesellschaft von Schweinen verbrachte, konnte man es wohl kaum verdenken.

„Was meinst du?“, fragte ich unschuldig. Ich wusste, wie es ihn zur Weißglut trieb, wenn ich mich dumm stellte.

„Das weißt du ganz genau. Als du den Anzug anhattest und dir dein Haar gestriegelt hast.“

Die Tür schwang auf und wir traten ein.

„Zu Hause“, dachte ich erleichtert. Es war der erste Ort seit vielen Jahren, den ich so nannte. Müde schälte ich mich aus meinem Mantel und ließ mich auf einen der Küchenstühle plumpsen. „Warum interessiert dich das so sehr?“

Derk entzündete ein Feuer im Herd und setzte Wasser auf. „Für Leana?“

Ich schnaubte. „Warum sollte ich mir für Leana die Haare kämmen und saubere Sachen anziehen? Sie hat mich bereits unzählige Male schmutzig und in Lumpen gesehen, da bringt es wohl kaum was, ihr etwas anderes vorzugaukeln.“

„Man kann sich ja trotzdem Mühe geben. Und du magst sie doch?“

„Ich habe dir schon einmal gesagt, dass sie wie Familie für mich ist“, erwiderte ich gereizt.

Derk stellte eine Tasse mit getrockneten Kräutern vor mich auf den Tisch. „So etwas kann sich mit der Zeit ändern“, sagte er und zwinkerte mir zu.

Ich verdrehte die Augen. „Wieso reden wir eigentlich die ganze Zeit über mich? Was ist mit dir? Warum bist du noch nicht verheiratet, so alt wie du bist? Werden die Damen etwa von den Schweinen abgeschreckt?“

„Halt den Mund“, murmelte Derk und konzentrierte sich voll und ganz auf den Tee.

Anscheinend hatte ich ein empfindliches Thema angeschnitten. Ich tippte auf einen abgelehnten Heiratsantrag. Doch im Gegensatz zu ihm war ich nicht interessiert an Klatsch und Tratsch und ich bohrte nicht weiter nach.

Derk goss den Tee auf und ich wärmte meine Hände an dem heißen Becher.

„Die Sau von Bauer Hendrik wird bald werfen“, sagte Derk.

„Viele kleine Schinken.“

„Hast du schon wieder Hunger?“, fragte er lachend.

Ich lehnte mich vor. „Natürlich, was denkst du ...“

In diesem Moment klopfte jemand energisch gegen das Holz der Tür, sodass unser Haus erzitterte. Derk und ich sahen uns fragend an.

„Erwartest du jemanden?“, wollte er wissen.

Ich schüttelte den Kopf, Unheil ahnend. Dann stand er auf und öffnete. Ich hörte jemanden schwer atmen und beugte mich vor, um zu sehen, wer an der Tür stand, doch Derks Rücken versperrte mir die Sicht.

„Was ist denn los?“, fragte mein Mitbewohner entgeistert, doch erneut war nur ein Keuchen zu hören.

Ich stand auf und lugte ihm über die Schulter. Draußen stand Roman, die Hände auf die Knie gestützt, um Atem ringend. Er sah mich an. „Ich bin so schnell gekommen, wie ich konnte ...“, presste er hervor, ohne den Blick von mir zu nehmen.

„Was ist passiert?“, rief ich.

Der Metzger packte mich fest am Arm. „Du musst schnell mitkommen.“

Warten

Wenn man inständig darauf hofft, dass jemand etwas sagt, dann kann sich jede Sekunde wie eine Stunde anfühlen. Man wartet auf eine Erklärung, auf eine Antwort, während man sich im Kopf die tollsten Dinge ausmalt. So erging es mir, als ich mit Roman die eisglatten Straßen entlanglief und ihn immer wieder fragte, was denn um Himmels willen geschehen wäre.

Und so war es mir ergangen, als ich darauf gewartet hatte, dass Leana einen Ton von sich gab. Ich konnte mich noch genau an den Tag erinnern, als sie es das erste Mal getan hatte. Es war Sommer gewesen und die Kinder des Waisenhauses spielten auf dem Hof hinter dem großen grauen Gebäude. Leana saß gegen den Zaun gelehnt und blickte durch die Sprossen nach draußen. Ein Sonnenstrahl fiel durch das Holz und tauchte ihre linke Gesichtshälfte in warmes Gold. Sie war erst ein halbes Jahr bei uns und hatte seither weder gesprochen, noch auf andere Weise versucht, sich mit uns zu verständigen. Klein und dünn war sie, nicht älter als sieben oder sechs. Sie saß dort im Gras, verträumt und unschuldig, als ein pausbackiger Junge auf sie zutrat. Sein Name war Willi und auch er war erst kürzlich Waise geworden. Doch er gab niemandem großen Anlass dazu, Mitleid mit ihm zu empfinden.

„He, du! Was machst du da?“, wollte er von Leana wissen. Er wusste genau, dass sie nicht sprach.

Sie sah ihn ausdruckslos an.

Willi beugte sich zu ihr hinunter. „Ich habe dich etwas gefragt, hörst du schwer?“

Leana blinzelte.

Er zog an ihrem Haar. Sie erstarrte.

Wann immer ihr jemand Schmerzen zufügte, ob dies nun mit Worten oder mit Gewalt geschah, zog sie sich zurück aus der Welt. Ich hatte es schon mehrmals beobachten können: Ihr Körper spannte sich an und ihr Blick verlor jeglichen Bezug zur Wirklichkeit. Es war, als würde sie ganz einfach ihren Körper verlassen, wenn die Welt um sie herum zu schrecklich wurde, um sie weiterhin zu ertragen.

Willi umklammerte ihren zarten Arm und zerrte sie vom Zaun fort. Wie eine ungeliebte Puppe schleifte er sie über den Rasen. Zwei andere Kinder lachten bei dem skurrilen Anblick.

Ich saß auf der Treppe des Waisenhauses und beobachtete alles. Als mich ihr toter Blick streifte, passierte etwas mit mir und ich stand auf, um zu den beiden hinüberzugehen. Mein Schritt war gemächlich, mein Gesicht entspannt. Willi wurde erst richtig auf mich aufmerksam, als ich ihm mit voller Wucht ins Gesicht schlug. Meine Faust traf ihn an der Nase, aus der augenblicklich das Blut schoss. Meine Handknöchel schmerzten.

„Bist du verrückt?", schrie er mich an und hielt sich mit beiden Händen die Nase. Leana hatte er losgelassen. Regungslos lag sie da und starrte ins Nichts. Es war unheimlich, wie ein kleines Kind so leblos wirken konnte.

Willi begann zu weinen, seine Hände waren blutüberströmt. Ich hatte ihm die Nase gebrochen.

„Aron, komm sofort hierher!", hörte ich die schrille Stimme der Aufseherin.

Ich ging in die Knie und hob Leana auf. Sie war ganz leicht. Ihr Kopf kippte gegen meine Schulter, als ich mich mit ihr im Arm erhob.

Die Aufseherin stürmte auf mich zu. „Was fällt dir ein, Willi zu schlagen?"

„Er hat sie angegriffen. Ich bringe sie jetzt in ihr Bett", sagte ich mit fester Stimme. Ich weiß bis heute nicht, weshalb ich nicht bestraft wurde. Vielleicht glaubte sie mir, dass Willi es nicht anders verdient hatte, oder sie war zu sehr damit beschäftigt, ebenjenen zu versorgen, dass sie mich darüber ganz vergaß, doch am Ende des Tages ließ sie mich in Frieden.

Ich trug Leana die Treppe hinauf, auf der ich eben noch gesessen hatte, den hohen Gang entlang und dann durch die Reihen der vielen schmalen Betten im Schlafsaal der Mädchen. Ich wusste nicht, welches ihres war, und so legte ich sie auf dem nächstbesten ab. Ihr Zustand hatte sich nicht verändert und plötzlich befürchtete ich, dass er es nie mehr tun würde. Ich drückte sie an mich, meine warme Wange lag an ihrer kalten, und ich wiegte sie sacht vor und zurück. Vor langer Zeit hatte man mit mir dasselbe getan, wenn ich traurig gewesen war, und ich konnte mich daran erinnern, dass es mir Trost gespendet hatte.

„Er wird dir von jetzt an nichts mehr tun, das verspreche ich dir", flüsterte ich ihr ins Ohr. „Alles wird wieder gut werden, hörst du?"

Ich hielt sie lange so, bis ich etwas Feuchtes an meiner Wange spürte und mir klar wurde, dass sie weinte. Sie hielt sich an meinem Hemd fest, schmiegte ihren Kopf an meine Brust und begann, heftig zu schluchzen. Zuvor hatte sie nie eine solche Reaktion gezeigt. Doch zuvor hatte sie auch kein einziges liebes Wort erhalten.

Sie weinte und weinte und ich hielt sie und strich ihr über den Rücken.

Als sie sich beruhigt hatte, war sie völlig erschöpft. Ich bettete ihren Kopf auf dem Kissen und zog die Decke über sie. Vorsichtig wischte ich ihr die Tränen aus dem geröteten Gesicht.

Leana blickte mich direkt an. Sie sah nicht wie sonst durch mich *hindurch*, sie sah *mich*. „Aron", flüsterte sie.

Seitdem hatten wir jede freie Minute zusammen verbracht. Mit jedem Tag kam sie mehr und mehr zurück ins Leben, doch jedes Mal, wenn ich wieder diesen starren Ausdruck in ihren Augen sah, wurde ich von Panik ergriffen. Ich versuchte alles, sie bei mir zu behalten und sie nicht wieder an diesen mir unbekannten Ort in ihrem Kopf zu verlieren, an dem sie so oft Zuflucht gesucht hatte.

Ich war allein gewesen, seit ich in das Waisenhaus gekommen war. Natürlich waren immer andere Kinder um mich herum, doch ich war für mich selbst, allein mit meinen Gedanken und Erinnerungen. Mit meinen Schmerzen und Ängsten. Mit meinen Albträumen. Tag und Nacht.

Dann hatte ich Willi die Nase gebrochen und plötzlich war ich nicht mehr allein. *Ich* hatte Leana zurückgeholt. Während die Aufseherinnen das stumme Mädchen längst aufgegeben hatten, war mir das scheinbar Unmögliche gelungen.

Dieser Tag, an dem ich sie rettete, hatte eine besondere Verbindung zwischen uns geschaffen. Wir waren mehr als Freunde, wir waren Verbündete gegen den Rest der Welt. Wir waren aus demselben Holz geschnitzt, und wenn es dem einen nicht gut ging, konnte es dem anderen auch nicht besser gehen. Aus diesem Grund hatte ich sofort gewusst, dass etwas mit Leana nicht stimmte, noch bevor ich in Romans sorgenvolles Gesicht geblickt hatte.

„Was ist passiert, Roman?“, fragte ich zum dritten Mal, während ich über den Boden schlitterte.

„Ich weiß es selbst nicht genau. Aber Eckart möchte deine kleine Freundin auf die Straße setzen.“ Auch er hatte sichtlich mit der spiegelglatten Straße zu kämpfen.

Ich runzelte die Stirn. „Wer zum Teufel ist Eckart?“

„Ernestines Mann. Er ist vor ein paar Tagen von einer Reise zurückgekehrt.“

„Warum sollte er so etwas tun wollen?“

Roman verlor beinahe das Gleichgewicht. „Verfluchtes Eis! Ich weiß es nicht, Aron, doch du solltest sie schnell dort wegholen, er ist wütend wie ein wilder Stier.“

Als wir endlich das Grundstück erreichten, führte mich Roman durch das geöffnete Gartentor direkt in das Gebäude. Bereits in der Eingangshalle hörten wir eine tiefe, aufgebrachte Stimme donnern. Das musste Eckart sein.

„... eine Frechheit! So etwas lasse ich mir nicht bieten! Diese Göre verspottet mich! Ich kann nicht glauben, dass du so etwas unter unserem Dach duldest!“

„Woher sollte ich das bitte schön wissen? Kann ich Gedanken lesen?“ Ernestine. Ihre Stimme hatte mir gefehlt.

Bevor das Ehepaar ein weiteres liebevolles Wort miteinander wechseln konnte, stürmten Roman und ich in den Speisesaal, vor dessen langer Tafel die beiden standen.

„Oh, gut, ist das ihr Bruder? Sag ihm, er soll sie unverzüglich von hier fortschaffen“, sagte Eckart zu Roman. Er ließ sich nicht dazu herab, seine Worte direkt an mich zu richten. Es musste wohl unter seiner Würde sein.

Ich kniff die Augen zusammen. Irgendwie kam er mir bekannt vor, doch vielleicht verwechselte ich ihn auch nur mit jemandem. Sein Haar war dunkel und sein Gesicht schmal. Er hatte wasserblaue Augen und einen Schnurrbart, dessen Enden elegant nach oben gezwirbelt waren. Ein echter Edelmann.

Ich starrte ihn an. „Warum?“

Sein Blick wanderte zu mir, als würde er mich erst jetzt als eigenständiges menschliches Wesen wahrnehmen. „Weil ich hier in meinem Haus keine Diebe dulde!"

Leana eine Diebin? Wohl kaum. Sie war das einzige Waisenkind, das ich kannte, welches Diebstahl auf den Tod verabscheute. Bis auf den Tag, als sie mir zu essen gebracht hatte, hatte sie sicher nichts in diesem Hause angerührt. Davon hätte sie mir erzählt. Oder hatten sie womöglich das Geld unter der Hecke gefunden? Aber dann wüssten sie noch immer nicht, dass Leana es dort vergraben hatte.

„Das muss ein Missverständnis sein. Leana klaut nicht", sagte ich.

Eckart schnaubte und sah mich verächtlich an. „Ich möchte, dass du sie nimmst und gehst, bevor ich die Stadtwache rufe."

Roman hob beschwichtigend die Hände und trat auf Eckart zu. „Aber, aber, hier wird doch niemand gleich die Stadtwache rufen. Ich bin mir sicher, dass die Kleine nichts Böses im Sinn hatte."

„Nichts Böses im Sinn? Das kleine Biest hat meinen Mann bestohlen. Und eine geübte Schauspielerin ist sie auch. Drückt sich schon wieder vor der Arbeit ...", schaltete sich Ernestine ein.

„Das glaube ich nicht, Leana ...", begann ich, doch Eckart unterbrach mich.

„Ich vergesse kein einziges Gesicht, das mir je unter die Augen gekommen ist."

„Herzlichen Glückwunsch, Sie haben ein gutes Gedächtnis. Und was hat das mit Leana zu tun?", erwiderte ich.

„Jetzt werd mal nicht frech, Bürschchen!" Eckart zeigte mit dem Finger auf mich. „Sie hat mich vor einiger Zeit auf der Straße beklaut. Ist vor mir auf den Boden gestürzt, um mich abzulenken. Ich habe ihr aufgeholfen und danach war mein Geldbeutel zusammen mit ihr verschwunden."

Ich schluckte. Jetzt wusste ich, weshalb mir sein Gesicht bekannt vorkam. Eckart war der Mann, den wir an unserem ersten Tag im Stadtkern bestohlen hatten.

Das war allein meine Schuld. Sie konnte nichts dafür. *Ich* hatte sie dazu angestiftet. Niemals hätte ich sie mitnehmen dürfen. Hätte ich sie doch am Springbrunnen zurückgelassen. „Das muss ein Missverständnis sein ...", wiederholte ich hilflos.

Eine kleine Ader an der Schläfe von Eckart trat hervor, als er sich zu mir vorbeugte. „Hol sie und geh oder ich rufe die Stadtwache."

Er hatte leise und bedrohlich gesprochen. Sein ausgestreckter Arm deutete zur Tür.

Eiligen Schrittes lief ich um das Hauptgebäude herum und steuerte auf das Haus der Bediensteten zu. Die Fenster waren hell erleuchtet und die Tür war nicht verschlossen. Ich ging hinein. Leanas Zimmertür stand offen. Licht flutete auf den Flur. Ich trat ein.

Leana saß in ihrem Nachthemd auf der Bettkante und starrte ins Leere. Als sie mich bemerkte, sah sie auf und blickte mich aus geröteten Augen an. Ich ging auf sie zu und sie erhob sich. Wir fielen uns in die Arme wie zwei alte Freunde, die sich seit langen Jahren nicht mehr gesehen hatten, und hielten uns fest. Meine Wange lag an ihrer und ich bemerkte, dass sie glühte. Ich schob sie ein Stück von mir fort, um sie besser betrachten zu können. Sie war blass, ihre Augen trüb und Schweißperlen standen ihr auf der Stirn.

„Was ist los mit dir?", fragte ich besorgt.

Sie versuchte zu lächeln. „Es geht mir heute nicht so gut ..." Sie setzte sich wieder auf das Bett.

„Wegen Eckart?"

Leana schüttelte den Kopf. „Es ging mir schon davor nicht gut. Ich bin heute Morgen umgefallen ... Du weißt ja, dass ich im Winter oft krank bin. Aber dieses Mal ist es mir wohl zum Verhängnis geworden." Angespannt hörte ich zu. „Die Mädchen haben mich ins Bett gebracht und haben den Hausherrn geholt. Er ist schon seit ein paar Tagen hier und ich habe ihn zuerst nicht wiedererkannt. Aber als er an meinem Bett stand und mich genau angesehen hat, da hab ich mich erinnert. Und er sich auch. Er ist der Mann, den wir bestohlen haben, Aron. Es ist sein eigenes Geld, das unter der Hecke liegt."

Ich setzte mich neben sie und legte einen Arm um ihre schmalen Schultern. „Es tut mir so leid, Leana. Das ist alles meine Schuld."

Sie lehnte sich an mich. „Du kannst nichts dafür."

Ich legte meine Wange an ihr Haar und strich ihr über den Arm. Sie hustete leise. Plötzlich stiegen mir Tränen in die Augen. Ich blinzelte sie fort. „Ich hätte dich da nicht mit reinziehen sollen. Du warst von Anfang an gegen das Stehlen. Ich sollte dafür bestraft werden, nicht du." Ich stand auf. „Leg dich ein wenig hin und ruh dich aus. Ich bin gleich wieder da."

„Aron …“, hörte ich sie noch sagen, doch da war ich schon aus ihrem Zimmer hinaus.

Mein Herz raste. Ich hatte Angst um Leana. Sie war der einzige Mensch auf Erden, der mir wirklich etwas bedeutete, und ausgerechnet sie hatte ich in diese missliche Lage gebracht. Noch dazu war sie krank. Schon wieder. Ich ertrug es kaum, sie so schwach und blass zu sehen. Und so traurig.

Ich würde alles tun, um ihr zu helfen. Und das machte ich jetzt auch. Ich hatte lange nicht mehr gebettelt. Heute würde sich das ändern.

Bevor ich das Hauptgebäude betrat, schluckte ich meinen ganzen Stolz hinunter und lief zurück in den Speisesaal, wo Roman noch immer versuchte, ein gutes Wort für uns einzulegen. Als ich den Raum betrat, verstummte er und alle Augen waren auf mich gerichtet.

„Welchen Teil von *Verschwindet hier* hast du nicht verstanden?“, knurrte Eckart.

Ich holte tief Luft. „Ich bitte Sie inständig, Ihre Entscheidung zu überdenken. Ich war es, der Leana zu diesem Diebstahl angestiftet hat. Sie war von Anfang an dagegen. Aber es war so kalt da draußen und wir hatten solchen Hunger. Ich wusste uns nicht anders zu helfen. Bitte, ich flehe Sie an, behalten Sie sie hier. Sie ist krank und ein Arzt sollte ein Auge auf sie werfen. Sie ist noch nie ohnmächtig geworden. Bitte schicken Sie sie jetzt nicht fort.“

Die drei Erwachsenen sahen mich etwas schockiert an. Das hatten sie wohl nicht von mir erwartet. Doch das Betteln verlernte man nie, Stolz hin oder her. Roman blickte fragend zu Eckart hinüber.

Dessen Miene verhärtete sich. „Das ändert nichts. Und jetzt raus. Du auch, Roman, ich habe genug für heute.“

Ich half Leana dabei, ihre Kleider überzuziehen, dann nahm sie Roman in seine großen Bärenarme und trug sie zum Hirtenhaus. Zuerst wollte sie protestieren und sagte, dass es ihr schon besser ginge, doch nachdem sie beinahe das Gleichgewicht verloren hatte, noch bevor sie auf die glatte Straße trat, ließ sie sich von uns überzeugen. Wir gingen langsam, um nicht zu stürzen, und wir schwiegen, da niemand etwas zu sagen hatte.

Derk wartete schon in der Küche auf uns. Er sprang auf, als er Roman mit Leana sah. „Was ist denn los?“, fragte er verwirrt.

Der Metzger ging wortlos an ihm vorbei, um Leana in mein Bett zu legen.

Seufzend erzählte ich ihm in groben Zügen von den Geschehnissen, die sich soeben ereignet hatten. Als ich geendet hatte, fuhr ich mir erschöpft über das Gesicht.

„Das ist übel", bemerkte Derk.

„Da kannst du Gift drauf nehmen."

Roman kehrte aus meinem Zimmer zurück und zog die Tür leise hinter sich ins Schloss. „Sie schläft", sagte er.

Ich setzte mich an den Küchentisch und vergrub das Gesicht in den Händen. Welch bösen Streich hatte uns das Schicksal gespielt? Welch böser Zufall hatte Leana ausgerechnet in Eckarts Haus geführt?

Es war verdächtig ruhig und ich blickte erwartungsvoll auf. „Keine Standpauke? Kein verächtlicher Blick? Es sitzt ein Dieb vor euch, wollt ihr gar nichts dagegen unternehmen?"

Roman räusperte sich. „Ich verurteile euch nicht, Kleiner. Das Leben auf der Straße ist hart. Ich kann verstehen, warum ihr es getan habt."

Derk nahm mir gegenüber Platz. „Und mal ganz ehrlich: dass du keine blütenreine Weste hast, das war mir schon von Anfang an klar."

„Und was geschieht jetzt?", fragte ich.

Roman nickte in Richtung meines Zimmers. „Die Kleine braucht einen Arzt. Lasst sie heute schlafen, aber morgen sollte sie sich ein Arzt anschauen. Du solltest dich um sie kümmern und bei ihr bleiben, Aron. Derk, kannst du die nächsten Tage allein die Schweine hüten?"

Derk nickte. „Ist ja nicht das erste Mal."

„Also können wir hierbleiben?", fragte ich vorsichtig.

Romans Gesicht verzog sich zu einem freundlichen Lächeln. „Wo sollt ihr denn sonst hin?"

***

„Und wieso nicht, wenn ich fragen darf?" Ich versuchte erst gar nicht, die Wut in meiner Stimme zu ersticken.

Der alte Mann starrte mich an, um eine Antwort verlegen. Er

stand in der Tür seines Hauses, ich auf der Treppe davor. Die Klinke ruhte in seiner Hand, wohl um die Tür augenblicklich schließen zu können, sollte ich unangenehm werden. „Ganz recht, alter Mann, nimm dich lieber in Acht vor mir."

„Ich bin im Moment sehr beschäftigt. Sehr viele Patienten", stammelte er.

Ich kniff die Augen zusammen. „Ist das ein Schlafanzug, den Sie da tragen?"

„Du solltest jetzt gehen, junger Mann", erwiderte er nur.

„Sie ist krank. Wollen Sie es auf Ihre Kappe nehmen, wenn ihr etwas zustößt?", rief ich, doch da hatte er mir schon die Tür vor der Nase zugeschlagen. Fassungslos stand ich da. Ich konnte nicht glauben, was soeben geschehen war. Als er geöffnet und ich ihm Leanas Krankheitsbild geschildert hatte, war er noch aufmerksam gewesen und hatte eifrig genickt. Doch dann waren seine Augenbrauen in die Höhe gegangen und er hatte mich gefragt, ob es sich bei Leana um das Küchenmädchen von Herrn Eckart handelte. Sein Blick hatte sich schlagartig verändert und dann war er ablehnend geworden. Eckart musste also mit ihm gesprochen und dafür gesorgt haben, dass er uns nicht half. Aber weshalb? Natürlich, er war wütend, aber *das* war grausam. Und wieso ließ sich ein Arzt davon abbringen, einen Kranken zu versorgen? Verstieß das nicht gegen jegliche Moral? Was war nur los mit dieser Stadt?

„Das werden Sie noch bereuen, Herr Doktor", murmelte ich, bevor ich seinen Garten verließ.

Mir blieb nichts anderes übrig, als nach Hause zurückzugehen.

Leana war wach und blickte mich an, als ich die Tür einen Spalt öffnete, um nach ihr zu sehen. „Setzt du dich zu mir?", fragte sie leise und ich ging hinein, um mich auf der Bettkante niederzulassen.

„Der Doktor kann heute leider nicht kommen", sagte ich und berührte ihre Stirn. Glühend heiß. Sie sah erschöpft aus.

Schwach lächelte sie mich an. „Das ist nicht schlimm. Ich bin nur ein wenig erkältet. Das geht von allein vorüber. Du wirst schon sehen, in ein paar Tagen bin ich wieder gesund."

Im Waisenhaus war sie jeden Winter die Erste gewesen, die gehustet hatte. Zweimal hatte der Arzt kommen müssen. Es war nicht ungewöhnlich für Leana, sich eine Erkältung einzufangen, doch ohnmächtig geworden war sie zuvor noch nie. Mir wäre wohler zumute gewesen, wäre der Arzt mit mir gekommen und hätte sie untersucht. Doch der störrische, alte Mann hatte sich von Eckart beeinflussen lassen. Dieser miese, kleine ...

„Was ist los mit dir?“, fragte Leana und entwirrte sanft meine Finger, die sich zur Faust geballt hatten.

Ich öffnete meinen Mund, um eine Lüge entweichen zu lassen, doch dann rief ich mir in Erinnerung, dass es sich um Leana handelte und es nichts weniger als der Wahrheit bedurfte. „Ich bin wütend, dass der Arzt keine Zeit für dich hat.“ Im Gegensatz zu ihrer Stirn waren ihre Hände eiskalt.

„Mach dir keine Sorgen um mich. Weißt du, eigentlich bin ich froh, dass ich aus diesem Haus fort bin. Jetzt sind wir endlich wieder zusammen und ich darf hier wohnen.“ Doch nur, weil es keine andere Möglichkeit gab. Sie hustete.

Ich hatte sie auch vermisst. Meine Finger berührten ihr Handgelenk und ich konnte ihren Puls fühlen. Er raste wie der eines jungen Vogels. Ich stand auf und holte einen kalten Lappen, um ihren Kopf zu kühlen.

Sie lächelte, als ich ihr die Stirn abtupfte. „Das hast du im Waisenhaus auch immer gemacht, wenn ich krank war.“

Ich pikste ihr in die Wange. „Sei froh, das mache ich nicht für jeden.“

„Außer für Fred“, sagte sie und wir grinsten uns an.

Fred war für wenige Monate mit uns im Waisenhaus gewesen. Einmal hatte ich ihm einen nassen Lappen ins Gesicht geschlagen. Dafür hatte ich Prügel bezogen, doch sein dummes Gesicht war es allemal wert gewesen.

„Nur für dich und Fred“, bestätigte ich.

Leana streckte ein Bein unter der Bettdecke hervor. Ich schob es wieder darunter. „Aber mir ist so heiß“, protestierte sie.

„Du musst die Krankheit ausschwitzen“, sagte ich, als wüsste ich, wovon ich redete.

„Ja, Herr Doktor.“

„Ich mache uns was zu essen“, entschied ich und stand auf.

„Mach nur für dich was. Ich habe keinen Hunger.“

„Das interessiert mich absolut gar nicht.“ Ich zwinkerte ihr zu und ging in die Küche.

Ich machte uns Tee und Brote, und als ich ins Zimmer zurückkam, war Leana eingeschlafen. Für einen Moment betrachtete ich die Schlafende. Sie wirkte noch kleiner und zerbrechlicher als sonst. Ich ging hinaus und schloss die Tür vorsichtig hinter mir.

Allein setzte ich mich an den Tisch, aß mein Brot und trank meinen Tee. Es war unangenehm still im Hirtenhaus, nur das Ticken der Wanduhr war zu hören. Ich begann, die Sekunden zu zählen. Die Minuten. Seufzend lehnte ich mich zurück und fragte mich, was die reichen Leute wohl mit all ihrer freien Zeit anstellten. Hatte ich mich zuvor noch nach mehr Freizeit gesehnt, so sehnte ich mich jetzt nach einer Beschäftigung. Stattdessen blieb mir nur das unerträgliche Warten. Warten darauf, dass Leana wieder erwachte. Warten darauf, dass Derk zurückkehrte. Warten darauf, dass Leana gesund wurde. Ich hasste es zu warten.

Ich blickte aus dem Fenster und beobachtete, wie es langsam dunkel wurde. Schließlich entzündete ich die Kerzen auf dem Tisch und spielte mit den kleinen Flämmchen. Ich verbrannte mir die Fingerkuppe.

Und wie es so geschah, wenn man allein mit seinen Gedanken war, kamen mir Fragen in den Sinn, auf die ich keine Antworten wusste. Konnte Leana hier wohnen bleiben, wo sie doch jetzt sowieso schon hier war? Wenn nicht, würden wir woanders Arbeit und einen Platz zum Schlafen für sie finden, wenn sie wieder gesund war? Ich hatte noch immer das Geld für die Ohrringe und könnte ihr ein Zimmer mieten, wenn sie nicht so verdammt stur wäre. Doch vielleicht würde ich sie noch dazu bewegen können, das Geld zu nehmen. Nicht zu vergessen, dass ich außerdem das Armband hatte. Das letzte Treffen mit Grille hatte bewiesen, dass ich sie um den kleinen Finger wickeln konnte. Ein Kuss, ein Kompliment und schon wurde sie weich. Jeder Mensch hatte eine Schwachstelle. Vielleicht würde es mir sogar gelingen, das gesamte Geld für das Armband zu behalten, ohne dass Grille mich anschwärzte. Mir würde schon etwas einfallen.

So hoffte ich zumindest.

Ich fragte mich, wo sich Derk gerade mit der Herde aufhielt. Hatte er die Waldgrenze bereits überschritten? War das Dorf schon in Sicht?

Ich vermisste die beruhigende Stille des Waldes. Das Ticken der Uhr dagegen trieb mich in den Wahnsinn und die Wände des Zimmers schienen mit der Dunkelheit näher und näher zu rücken. Sogar das Grunzen der Schweine hätte ich nun willkommen geheißen.

Ich dachte an meine eigene Erkältung unten in meiner Grube. „Man braucht keinen Arzt, um gesund zu werden. Ich bin der lebendige Beweis. Auch Leana wird von ganz allein wieder gesund. Sie braucht diesen grausamen Alten nicht.“ Und doch wäre es mir lieber gewesen, er hätte sie untersucht. Es war nicht das erste Mal, dass ich mich um die kranke Leana kümmerte, doch zum ersten Mal war ich dabei allein. Keine Aufseherin, die mich schalt, wenn ich etwas falsch machte. Kein Doktor, der mir sagte, wann sie welche Medizin einzunehmen hatte.

Ich war nur ein elternloser Junge, der nicht wusste, was er tat.

Ein Junge, der das Mädchen, welches er über alles liebte, überhaupt erst in diese Situation gebracht hatte.

„Ich werde von nun an öfter auf Leana hören“, nahm ich mir vor. Sie war so viel klüger als ich selbst.

Mein Rücken schmerzte vom vielen Sitzen und ich streckte mich. Knochen knackten und ich fühlte mich für einen kurzen Augenblick etwas besser. Dann kehrte die Langeweile zurück. Ich legte die Arme vor mich auf den Tisch und bettete meinen Kopf darauf. Das Ticken der Uhr schien lauter zu werden und sich in mein Gehirn einzugraben. Eins, zwei, drei, vier ...

Ich erwachte davon, dass Derk mit einem energischen Schwung die Haustür aufriss. Kalte Luft schlug mir entgegen und eine Kerze auf dem Tisch erlosch.

„Du schläfst am helllichten Tage?“, fragte er und schloss die Tür hinter sich.

Verschlafen schaute ich zu der Dunkelheit hinüber, die schwer gegen die Fensterscheibe drückte. Ganz genau, helllicht. Ich gähnte.

„Wie geht es unserer kleinen Patientin?“

„Sie schläft“, antwortete ich.

„Was hat der Arzt gesagt?“

„Dass er lieber seine Zeit zu Hause im Schlafanzug verbringt, als Leana zu behandeln.“

Derk hängte seine Jacke an den Haken neben der Tür. „Was?“, fragte er ungläubig.

Ich erzählte ihm von meiner heutigen Begegnung mit dem alten

Herrn Doktor Gilbert, während Derk mir gegenüber Platz nahm. Als ich geendet hatte, schüttelte er verständnislos den Kopf. „Das kann er doch nicht machen. Er ist Arzt, verdammt noch eins!“ Beim letzten Satz hatte er mit der Faust auf den Tisch gehauen, dass die Teetassen hüpften.

Meine Miene wurde grimmig. „Ich bin mir sicher, dass Eckart hinter all dem steckt.“

„Aber wieso sollte er das tun? Er hat Leana krank auf die Straße gesetzt, ist das nicht Bestrafung genug?“

Ich fuhr mir mit der Hand über das Gesicht und versuchte, den Schlaf fortzuwischen. Es gelang mir nicht ganz. „Frag mich etwas Leichteres.“

Derk stöhnte über so viel Unsinn. „Und nun?“

Meine Hände sanken auf den Tisch zurück. „Darauf hoffen, dass andere Menschen weniger engstirnig sind.“

Ich brachte Leana Abendbrot, stellte es auf der Kommode neben dem Bett ab und entzündete eine Petroleumlampe. Sie war wach.

„Wie spät ist es?“, fragte sie mich.

„Abendbrotzeit“, erwiderte ich und reichte ihr den Teller mit dem Brot. Lustlos biss sie hinein. „Wie geht es dir?“, wollte ich wissen.

Sie zuckte mit den Schultern. „Mein Hals tut weh.“

„Vielleicht hättest du nicht so schnell wieder anfangen sollen zu arbeiten.“

Leana kaute und nahm einen Schluck Tee. „Es ist nur eine Erkältung, Aron. Es war ein böser Zufall, dass Eckart dadurch auf mich aufmerksam geworden ist.“ Sie begann zu husten und ihre Hand legte sich auf ihren Brustkorb.

„Das klingt aber gar nicht gut“, bemerkte ich besorgt.

Leana schob den Teller zurück auf die Kommode. Das Brot war nur zur Hälfte gegessen.

„Und du bist ohnmächtig geworden ...“

Sie lächelte schwach. „Ich habe mich einfach überanstrengt und war wahrscheinlich noch nicht wieder ganz gesund, so wie du es gesagt hast.“

Ich nahm ihre Hand und strich über ihre Finger. „Ich mag es nicht, wenn du krank bist“, gestand ich leise, ohne sie anzusehen. Sie wusste gar nicht, wie wichtig sie mir war.

Jeder Mensch hatte eine Schwachstelle.

„Mach dir keine Sorgen, Aron. Wir haben schon Schlimmeres überstanden, richtig?“

Wir grinsten uns an. Dann hustete sie wieder und für einige Minuten war sie nicht mehr in der Lage, auch nur ein einziges Wort zu sagen. Dabei verzog sie ihr Gesicht und ich konnte sehen, dass sie Schmerzen hatte.

„Leana“, entfuhr es mir erschrocken.

Sie räusperte sich und lächelte wieder. Es war ein falsches Lächeln. „Es geht schon wieder.“ Sosehr sie das Lügen hasste, sie wollte nicht, dass ich mir Sorgen machte.

„Gut“, antwortete ich und strich ihr über die Wange. Heute hatten wir beide gelogen.

Das große Wort mit L

Ich klopfte dreimal mit meinen Fingerknöcheln gegen das Holz. Es sollte mehr Türklopfer in Felsburg geben. Meine Haut war schon ganz wund. Geräusche hinter der Tür verrieten mir, dass jemand die Treppe im Haus hinunterlief. Es war früher Morgen und mein Atem malte weiße Wölkchen in die Luft.

Es wurde geöffnet.

„Guten Morgen“, sagte der Mann auf der Türschwelle vor mir.

„Hallo. Ich brauche dringend Ihre Hilfe“, erwiderte ich.

Er nickte. „Das habe ich mir schon gedacht. Komm herein.“

Ich saß auf einem kleinen Sofa im Flur des fremden Hauses, während ich durch die geöffnete Tür eines angrenzenden Zimmers beobachten konnte, wie Erin seinen Arztkoffer packte.

„Hättest du nicht eben vor meiner Tür gestanden, wäre ich ohnehin zum Hirtenhaus gekommen“, sagte der Arztgehilfe und warf mir einen Blick zu.

„Hat Eckart mit Ihnen gesprochen?“, fragte ich, meine Wut unterdrückend.

„Nein. Aber Gilbert, der Arzt.“

„Was hat er gesagt?“, wollte ich wissen.

„Dass ich das kleine Mädchen im Hirtenhaus nicht behandeln soll. Er hat mir erzählt, dass sie eine Kriminelle ist und wir im Moment genug rechtschaffene Leute zu behandeln haben.“

„Das ist Unsinn.“

„Tatsächlich“, wandte er ein, „gibt es das unausgesprochene Gesetz, dass wir zuerst die Personen behandeln, die sich nichts zuschulden haben kommen lassen, und die Reichen natürlich, dann erst den Rest, wenn große Not herrscht.“

„Wieso helfen Sie uns dann?“

„Weil ich Arzt werden will und kranken Kindern helfen möchte. Und weil das Mädchen wohl kaum eine Schwerverbrecherin sein kann. Ich finde es lächerlich, was der gute Doktor im Moment tut, und wenn er mir meine Stellung entziehen möchte, dann soll er das nur machen. Ich werde mich nicht davon abbringen lassen, anderen Menschen zu helfen."

Die erste vernünftige Person seit Tagen. Er würde einmal ein guter Arzt werden.

Eine Sache interessierte mich noch. „Ist der Doktor mit Eckart befreundet?"

„Ja", antwortete Erin. Da hatte ich einen Teil meiner Antwort.

Eiligen Schrittes führte ich ihn zum Hirtenhaus. Es war einige Grad wärmer geworden und das Glatteis hatte sich in Wasser verwandelt, wofür ich sehr dankbar war. Mir taten noch immer die Knochen vom letzten Sturz weh. Aber das spielte keine Rolle. Das Wichtigste war, dass Leana endlich untersucht wurde. Ich lief so schnell, dass Erin neben mir ins Schnaufen geriet, doch ich konnte mich nicht bremsen. Je schneller Leana behandelt werden würde, desto besser. Und wenn es sich nur um einige Minuten handelte.

Mit zittrigen Händen schloss ich die Haustür auf und ließ Erin eintreten. Derk wartete bereits am Küchentisch auf uns und erhob sich. Er hatte Leana nicht allein lassen wollen, solange ich fort war. Ihr Husten war in der Nacht schlimmer geworden, sie hatte kaum geschlafen. In so kurzer Zeit hatte sich ihr Zustand so sehr verschlechtert, dass ich mir immer größere Sorgen um sie machte. Ich war Derk dankbar für seine Hilfe. Noch nie hatten Menschen so viel für uns getan wie Roman und er.

Erin und Derk schüttelten sich die Hände. „Dort entlang." Derk wies auf meine Zimmertür und Erin verschwand dahinter.

Ich war nervös und sah Derk an, der sich wieder an den Tisch setzte. „Hast du nicht eine Verabredung mit den Schweinen?", fragte ich ihn.

Derk blickte zurück. Auch er schien angespannt zu sein. „Ich gehe, wenn Erin geht."

Aha, also wollte auch er Gewissheit haben. Ich setzte mich ihm gegenüber hin. Im Grunde genommen war ich froh, dass er hier war. Dieses einsame Warten am Küchentisch war nicht gerade meine Lieblingsbeschäftigung. Aus meinem Zimmer drang Erins freundliche Stimme. Er fragte etwas.

Leana hustete. „Meine Brust tut beim Atmen weh“, hörte ich sie mit belegter Stimme sagen.

„Sie wird schon wieder“, meinte Derk plötzlich.

Mein Gesichtsausdruck musste wohl Bände sprechen. „Natürlich“, antwortete ich. Schon oft hatte ich sie krank erlebt und jedes Mal hatte ich mir ganz unnötige Sorgen gemacht. Es war nur so, dass ich es nicht ertrug, sie leiden zu sehen. Leider hatte ich das schon viel zu oft tun müssen.

„Ich hasse den Winter“, erklärte ich. Die Kälte, die leeren Bäume, der graue Himmel, das Eis und der trügerische Schnee, der immer vorgab, wattig und weich zu sein, doch in Wahrheit kalt und schneidend war. Und die Krankheiten. Es hatte einen Grund, weshalb besonders viele Kinder im Winter zu Waisen wurden.

Erin trat aus dem Zimmer heraus und zog die Tür hinter sich ins Schloss. Er stellte sich vor uns an den Tisch, als wollte er eine wichtige Rede halten, und blickte uns nacheinander mitfühlend an. Er spannte uns nicht lange auf die Folter. „Es sind die Lungen“, sagte er und mein Herz schnürte sich zusammen. „Damit ist, wie ihr sicherlich wisst, nicht zu spaßen. Die Krankheit schreitet sehr schnell voran und man muss sie sogleich behandeln. Ich möchte, dass ihr Leana das hier gebt.“ Er stellte zwei Fläschchen auf den Tisch, ein grünes und ein blaues. Ich fragte mich, wie oft er schon genau dieses Gespräch geführt hatte. „Die grüne Flasche ist gegen das Fieber. Die blaue gegen den Husten und die Schmerzen. Von der grünen nicht mehr als einen Löffel am Tag. Sie muss ausreichend Flüssigkeit zu sich nehmen, achtet darauf. Und wenn das Fieber ganz besonders hoch ist, macht ihr Wadenwickel. Wenn es schlimmer wird, könnt ihr mich jederzeit holen. Ansonsten komme ich in zwei Tagen noch einmal.“

Ich holte meinen Geldbeutel. „Wie teuer ist die Medizin?“

Erin lächelte und winkte ab. „Behalte dein Geld mal, Kleiner. Betrachten wir Leana als meine Sonderpatientin. Ich wünsche euch alles Gute.“ Er schüttelte uns die Hände und nahm seinen Koffer. Derk geleitete ihn zur Tür.

Ich starrte auf die Maserung des Holzes vor mir. Der Tisch war schon alt und das Holz bereits ergraut. So wie das Haar des Arztgehilfen. Ich blinzelte. Das, was ich bei jeder Erkältung befürchtet hatte, war nun zur Wirklichkeit geworden. Ich musste an die kleinen Holzsärge denken, die sie ins Waisenhaus gebracht hatten, wann immer der Doktor zuvor von den Lungen gesprochen hatte. Ich schluckte. Nein, nicht jedes Mal. Sehr oft, aber man konnte die Krankheit überleben. Leana konnte die Krankheit überleben. Wie seltsam, hatte ich zuerst geglaubt, der Rauswurf aus Eckarts Haus wäre das Schlimmste, was ihr widerfahren könnte, so hätte es mich nun nicht weniger kümmern können. Ich fuhr mit den Fingern über das Holz.

Plötzlich spürte ich eine Hand auf meiner Schulter. Derk stand hinter mir. „Nicht den Mut verlieren, Kleiner."

„Nein", antwortete ich tapfer.

„Du solltest zu ihr gehen."

Gehorsam stand ich auf, nahm die Fläschchen und ging zu meiner Zimmertür hinüber. Meine Hand ruhte auf der Klinke, doch ich bewegte mich nicht. Ich schluckte noch einmal schwer und kontrollierte meine Gesichtszüge. Was auch immer Derk in ihnen gelesen hatte, Leana sollte es nicht sehen. Ich drückte die Klinke hinunter und ging hinein.

Leana lag ganz gerade im Bett, ihre Hände über dem Bauch gefaltet. Sie sah mich nicht an, stattdessen starrte sie an die Decke über sich, als gäbe es dort etwas Interessantes zu entdecken. Ich trat langsam näher und setzte mich dann auf die Bettkante neben sie. Ihre Augen schimmerten feucht.

Ich stellte die Medizin auf der Kommode neben dem Bett ab und griff nach ihrer rechten Hand, um sie mit meiner zu umschließen. „Wie geht es dir?", fragte ich leise.

Endlich bewegte sie sich und sah mich mit Schmerzen in den Augen an. Tränen kullerten ihr die Wangen hinunter. „Ich werde sterben, Aron. Es geht mir ganz und gar nicht gut, was glaubst du denn?!"

Auch ich hatte einen Kloß im Hals, doch ich schluckte ihn hinunter. Einer von uns musste stark bleiben. Ich strich ihr die Tränen fort. „Das wirst du nicht, weil ich dich nämlich nicht von hier fortlasse, hörst du? Du wirst schön brav deine Medizin nehmen und ich werde dir Wadenwickel machen, dann wirst du wieder gesund."

„Ich wollte Bäckerin werden", erzählte sie mir, so als hätte sie mich gar nicht gehört. „So wie die nette Frau, bei der ich die Brötchen für

Ernestine gekauft habe. Sie hat mir immer Kuchen gegeben. Es ist so gemütlich in der Bäckerei und warm. Und es duftet himmlisch nach frischem Brot und einem Zuhause."

„Dann wirst du Bäckerin."

„Ich wollte eine richtige Familie haben, wenn ich groß bin. Eine Hochzeit. Einen Mann und Kinder."

Ich drückte ihre Hand. „Und das wirst du auch."

„Und dabei habe ich noch nicht einmal einen Jungen geküsst. Und nun werde ich sterben." Sie begann, kläglich zu schluchzen.

Ich ließ ihre Hand los und legte meine Hände um ihr Gesicht. Tränen tropften heiß auf meine Finger. Ich beugte mich vor und drückte ihr sanft einen Kuss auf die blutleeren Lippen. Dann bewegte ich mein Gesicht nur wenige Millimeter fort, um direkt in ihre geröteten Mausaugen zu schauen. „Na siehst du, eine Sache kannst du jetzt von deiner Liste streichen. Und den Rest deiner Pläne wirst du dir auch noch erfüllen."

Leana schniefte. „Du könntest dich anstecken."

Ich lächelte und strich ihr über das Gesicht. „Weißt du, wie wenig mich das kümmert?"

Sie begann zu husten und hielt sich die Brust.

Ich griff nach der blauen Flasche. „Dann wollen wir mal."

Am Abend kam Roman zu Besuch. Er brachte Leana einen Stoffbären und Schokolade. Die Medizin hatte sie schläfrig gemacht und so ließen wir sie ruhen. Für uns hatte der Metzger Bier mitgebracht und nun saßen wir zu dritt am Küchentisch und tranken auf Leanas Genesung.

„Ich kann noch immer nicht glauben, dass der Doktor sie nicht untersuchen wollte. Ohne Medizin ..." Derk ließ unser aller Gedanken unausgesprochen.

„Was meinst du?", fragte Roman und so erzählte Derk ihm von dem merkwürdigen Verhalten Gilberts und unserem Verdacht, dass Eckart dahintersteckte.

Roman wischte sich Bierschaum vom Bart und nickte langsam. „Ich glaube auch, dass das auf Eckarts Kappe geht."

„Aber wieso?", fragte Derk. Nicht zum ersten Mal an diesem Tage.

Der Metzger setzte seinen Bierkrug ab und schaute uns an. „Eckart reagiert sehr empfindlich auf Diebe. Als er jung war, wurde er überfallen, ausgeraubt und es wurde mehrmals auf ihn eingestochen. Er hätte beinahe nicht überlebt. Seitdem hegt er einen gewaltigen Groll gegen den Stadtring und das Diebesgesindel, wie er es nennt. Wenn es nach ihm ginge, sollten die Straßen Felsburgs davon gereinigt und die Verbrecher zurück in den Ring abgeschoben werden. Und die Stadttore sollten genauer kontrolliert werden. Er hat sogar schon einen Antrag beim Stadtrat gestellt, dieser wurde aber natürlich abgelehnt. Gilbert, unser guter Doktor, ist sein Freund und teilt allem Anschein nach seine Meinung."

„Das ist der größte Haufen Mist, den ich je gehört habe. Eckart hat doch Geld, das er in den Stadtring stecken und mit dem er das Leben dort verbessern könnte. Wenn es weniger Not gibt, gibt es auch weniger Verbrechen. Es bringt doch nichts, die Auswirkungen eines Problems zu bekämpfen, man muss es bei der Wurzel packen", ereiferte sich Derk und griff dabei demonstrierend in die Luft, als befände sich dort ebenjene Wurzel.

Roman hob die Hände. „Sag das nicht mir, ich weiß, dass das grober Unfug ist. Da würde er lieber ein kleines Mädchen ..." Er verstummte und plötzlich waren beide Augenpaare auf mich gerichtet. Es war ihnen wohl aufgefallen, dass ich schon seit einer Weile nichts mehr gesagt hatte.

„Schmeckt das Bier, Kleiner?", fragte Roman.

Ich nickte und trank einen Schluck wie zur Bestätigung.

Derk öffnete den Mund, um mir etwas zu sagen, doch er klappte ihn wortlos wieder zu. Ganz offensichtlich waren die beiden heillos mit meiner Schweigsamkeit überfordert. Nie konnte man es ihnen recht machen.

Weiterhin schweigsam trank ich meinen Krug leer, während Derk und Roman ihr Gespräch aufgriffen und sich über Eckart und Gilbert ausließen. Ich starrte auf den Boden meines Kruges und blendete ihre Stimmen aus. Ich blendete die Küche um mich herum mit dem Blick zu meiner Zimmertür aus. Ich blendete die Stimme in meinem Kopf aus, die mir meine Gedanken vorlas. Ich blendete alles aus, um keine Angst mehr zu empfinden. Ich fragte mich, ob auch ich in diesem Moment tote Augen bekam.

***

Ich erwachte von Leanas Husten, das durch die angelehnte Tür meines Zimmers drang. Seit Leana ihr Krankenlager in meinem Zimmer hatte, schlief ich auf einer Matratze in der Küche neben dem Kamin. Es war nicht sehr bequem, doch wenigstens hielt mich das Feuer warm und säuselte mich mit seinem Knistern und Knacken in den Schlaf.

Die Nächte waren besonders schlimm für Leana. Ich stand auf, noch nicht ganz wach, und schleppte mich in das Zimmer. Ich entzündete die Petroleumlampe neben dem Bett und betrachtete Leana, bleich und schweißnass, die sich hustend die Brust hielt. Ihr Gesicht war von Schmerz gezeichnet.

Es brach mir das Herz.

Ich setzte mich zu ihr und flößte ihr Flüssigkeit aus beiden Fläschchen ein.

Es dauerte eine Weile, bis die Medizin Wirkung zeigte und Leana schläfrig wurde. Ich hielt sie in meinen Armen und wiegte sie langsam vor und zurück, wie ich es getan hatte, als sie das erste Mal zu mir gesprochen hatte.

Sie hob den Kopf und sah mich aus halb geschlossenen Augen an, sodass ich nicht sicher war, ob sie bei vollem Bewusstsein war. Ihre zitternden Finger strichen sanft über meine verhärteten Züge. „Du bist unglücklich", flüsterte sie.

Ich nahm ihre Hand, hielt sie ganz fest und versuchte mich an einem Lächeln. „Nein, bin ich nicht. Solange du bei mir bist, kann ich das gar nicht sein."

Ihr linker Mundwinkel zuckte leicht. „Ich hab dich lieb, Aron."

Ich sah sie einen langen Moment an. „Ich hab dich auch lieb, Leana." Dann drückte ich sie an mich und ihr Kopf fiel gegen meine Brust. Ich lauschte ihrer rasselnden Atmung, bis diese ruhig und gleichmäßig wurde und sie eingeschlafen war, dann legte ich sie auf dem Kissen ab und deckte sie gut zu. Der Schlaf hatte ihre Züge entspannt und ihre Stirnfalten geglättet. Sie sah friedlich aus und ich hoffte inständig, dass sie in der Traumwelt von allen Sorgen und Schmerzen befreit war, die sie geplagt hatten.

Ich hielt ihre schmale Hand und lauschte weiterhin ihrer Atmung. Wenn ich sie festhielt und sie bewachte, konnte man sie mir auch nicht wegnehmen, davon war ich fest überzeugt.

Die Müdigkeit packte mich und immer wieder nickte ich kurz

ein, doch ich erwachte, sobald mein Kopf zur Seite rollte. Ich saß neben ihr, bis der Morgen draußen vor dem Fenster graute und ich die Flamme der Lampe ausdrehen konnte. Erst dann gönnte ich mir selbst ein wenig Schlaf.

Keine Geheimnisse

Erin kam, wie versprochen, nach zwei Tagen zu uns in das Hirtenhaus. Wieder untersuchte er Leana allein und sprach dann sehr lange und eindringlich mit ihr. Ich hörte durch die Tür hindurch überwiegend seine Stimme, Leana sprach nur wenig und hustete dafür viel.

Ich stand am Fenster und beobachtete die Leute, die den Morgen nutzten und geschäftig die Straße entlangliefen. Zwei junge Männer unterhielten sich im Gehen angeregt miteinander und gestikulierten wild mit den Händen. Als sie mein Fenster passierten, konnte ich sie lachen sehen. Wie konnten sie jetzt fröhlich sein? Wie konnte irgendjemand fröhlich sein, wenn Menschen, nicht weit von ihnen entfernt, todkrank waren und litten? Hatten sie denn gar kein Mitgefühl? War ihnen nicht bewusst, wie viel Leid es in der Welt gab?

Mein Kopf schmerzte und ich rieb mir die Stirn. Der Schlafmangel machte mir zu schaffen. Doch ich wagte es nicht, Leana in der Nacht unbewacht zu lassen. Ich hätte ohnehin nicht schlafen können.

Ich war so tief in düstere Gedanken versunken, dass ich zusammenfuhr, als sich endlich die Zimmertür öffnete und Erin mit seinem Koffer in der Hand heraustrat. Er sah mich mit einer Mischung aus Sorge und Mitleid an. „So schlimm?“, fragte ich leise.

Er trat auf mich zu. „Zumindest ist es nicht besser geworden. Sie klagt noch immer über starke Schmerzen.“ Erin stellte den Koffer auf den Esstisch und zog ein weiteres Fläschchen heraus. Noch mehr Medizin. Die Flüssigkeit darin war ebenfalls blau, nur viel dunkler, wie Tinte. „Das hier ist stärker als das Schmerzmittel, das ich euch bereits gegeben habe. Ein Löffel alle zwölf Stunden. Sie wird keine Schmerzen mehr haben, jedoch wird sie dann auch kaum mehr bei vollem Bewusstsein sein.“

Ich nahm es in die Hand und betrachtete den dunklen Farbton. Leana war schon jetzt kaum noch wach. Der Gedanke daran, sie unter Drogen zu setzen und noch weniger mit ihr reden zu können, anstatt sie tatsächlich bei mir zu haben, versetzte mir einen Stich.

Erin musste wohl am Ausdruck meines Gesichtes meine Gedanken erraten haben, denn er sagte: „Es ist besser, als sie leiden zu lassen."

Ich nickte. Da waren noch so viele Fragen in meinem Kopf. Wie schätzte er ihren Gesundheitszustand ein? War er normal? Würde sie wieder gesund werden? Gab es Hoffnung? Oder nicht? Oder war dies keine Medizin zur Genesung, sondern nur für ein schmerzfreies Ende?

Doch ich brachte nicht eine einzige dieser Fragen zustande. Mein Mund war wie versiegelt. Ich wollte Antworten, doch gleichzeitig fürchtete ich nichts mehr, als sie zu erhalten. Solange nicht laut ausgesprochen wurde, was ich befürchtete, war es auch nicht Wirklichkeit für mich. So lange würde ich noch hoffen können.

Erin klopfte mir mit tröstendem Blick auf die Schulter. „Bist ein guter Junge. Sie weiß, was du alles für sie tust, und sie ist dir sehr dankbar dafür."

Ich nickte tapfer, das Fläschchen in meiner verkrampften Hand.

„Bis in zwei Tagen." Er nahm seinen Koffer und trat aus dem Haus.

Ich musste Leana die Medizin verabreichen. Jetzt. Um sie von ihren Schmerzen zu befreien. Doch es war so unsagbar schwer, meine Beine in Bewegung zu setzen. Als wären sie aus Blei. Es war selbstsüchtig von mir, doch ich wollte ihr die Medizin nicht geben. Sie würde wieder verschwinden, in ihr Land ohne Schmerzen, und mich hier allein zurücklassen. Und ich wollte nicht mehr allein sein. Nie wieder. Schon der Gedanke daran tat weh.

Doch ich wollte sie auch nicht leiden sehen. Langsam setzte ich einen Fuß vor den anderen. Vor ihrer Tür blieb ich stehen. Ich gönnte mir einige Minuten, um alle Gefühle und Gedanken aus meinem Gesicht zu wischen. Dann erst ging ich hinein.

Leana hustete. Sie war mager geworden in den letzten Tagen. Ich reichte ihr einen Becher Tee und sie trank gierig. Ihr fiebriger Blick glitt von meinem Gesicht zu dem Fläschchen.

„Ist das die Medizin?", fragte sie mit dünner Stimme.

Ich nickte und setzte mich auf die Bettkante. „Sie wird dich betäuben. Du wirst kaum noch etwas mitbekommen."

„Erin hat es mir schon erzählt. Ich will es so.“

Ich nickte wieder. Das tat ich häufig in letzter Zeit. Es war ungewohnt. „Du wirst lange schlafen. Aber wenn du wieder aufwachst, bist du gesund.“ So hoffte ich. Inständig und von ganzem Herzen.

Wir sahen uns an. Es kam mir vor wie ein Abschied von jemandem, der auf eine lange Reise ging. Sie streckte die Arme nach mir aus und ich drückte sie vorsichtig an mich.

„Aron“, flüsterte sie. Ich drückte ihr einen Kuss auf die Wange. Wir hielten uns fest und spendeten uns gegenseitig Trost.

Dann, bevor mir Tränen in die Augen steigen konnten, nahm ich einen Löffel zur Hand. „Bist du bereit?“

Leana holte tief Luft und nickte.

Es war sehr schnell gegangen. Jetzt lag sie da wie tot, nur das Heben und Senken ihres Brustkorbes verriet, dass noch immer ein lebendiger Geist in ihrem Körper wohnte. Es war ein merkwürdiges Gefühl, hier neben ihr zu sitzen und doch allein zu sein in dem plötzlich viel zu großen Haus.

Eine rasende Angst ergriff mich, dass Leana nicht wieder aus ihrem Schlaf erwachen würde. Es gab noch so viel, das sie erleben musste. So viel, was sie sehen sollte. Und noch viel mehr, was ich ihr sagen wollte. Es gab Dinge, die ich ihr nie erzählt hatte, weil ich geglaubt hatte, ich könnte sie aufschieben. Ich hatte gedacht, ich hätte alle Zeit der Welt. Doch nun schien jeder Augenblick so kostbar. Jeder ihrer Atemzüge erfüllte mich mit Erleichterung. Sie war noch da.

Doch ich fürchtete, dass mir die Zeit davonlief. Ich hatte ihr versprochen, ehrlich zu ihr zu sein und keine Geheimnisse vor ihr zu hegen. Eines gab es da aber noch, über das wir nie geredet hatten und das immer unausgesprochen im Raum gestanden hatte. Ich wollte es ihr erzählen, solange es mir noch möglich war, auch wenn sie mich nicht hören konnte.

„Ich habe dir nie erzählt, wie meine Mutter gestorben ist“, begann ich. Es war seltsam, wie meine Stimme den Raum erfüllte, ohne dass eine Antwort zu erwarten war. „Wie ich Waise geworden bin. Du hast mir deine Geschichte nie erzählt und ich wollte nicht mit meiner anfangen, bevor du nicht so weit bist. Aber ich will, dass du sie kennst. Es ist keine schöne Geschichte und keine lange, weil ich mich nur an wenig erinnern kann. Alles ist verschwommen außer bestimmte Bilder, die ich noch immer ganz klar vor mir sehen kann. Das Gesicht meiner Mutter. Ich träume oft von ihr. Träumst du auch von deinen Eltern? Das ist wohl normal, wenn man einen Menschen sterben sehen hat. Ich glaube, es war Winter, so wie jetzt gerade, denn sie hat mir immer dieses Lied von Schnee und Eis vorgesungen. An die Strophen kann ich mich kaum noch erinnern, außer an die eine. Sie war das Letzte, was ich aus dem Mund meiner Mutter gehört habe. Ich glaube, sie war ein fröhlicher Mensch, und ich weiß, dass sie mich geliebt hat. Du hättest ihr Lächeln sehen sollen. Sie war wunderschön. An diesem einen Abend hat sie mir das Lied vorgesungen und wir waren glücklich. Dann kam mein Stiefvater nach Hause. Er war ein Trinker, haben mir die Aufseherinnen erzählt. Ich kann mich daran erinnern, dass er mich manchmal verprügelt hat, obwohl ich noch sehr klein war. Meine Mutter auch, meistens nachdem er sie lange angeschrien hatte. Aber an diesem Abend war es anders. Sie ist auf ihn zugelaufen, vielleicht um ihm den Mantel abzunehmen, ich weiß es nicht mehr, und er ist wütend geworden, einfach so. Er hat sie erwürgt, weißt du. Er hat die Finger um ihren Hals gelegt und einfach zugedrückt. Ich werde dir die Einzelheiten ersparen, aber ich kann dir sagen, dass es einige Minuten gedauert hat und ich nichts dagegen tun konnte. Meine Füße waren wie festgewachsen und ich konnte mich nicht bewegen. Ich habe sie sterben sehen. In dem einen Moment war sie noch ganz lebendig und fröhlich und hat gesungen und im nächsten lag sie auf dem Boden und war einfach fort. Ich habe es damals nicht begriffen und ich begreife es immer noch nicht, aber ich vermisse sie und denke jeden Tag an diesen Abend. Das war das Schlimmste, was mir je passiert ist." Ich schluckte schwer. „Bitte ändere das nicht. Du darfst mich nicht auch noch verlassen, hörst du? Lass mich bitte nicht allein, Leana." Meine Kehle brannte und Tränen stiegen mir in die Augen. Ich blinzelte. Was sollte ich nur ohne sie tun?

***

Derk rüttelte mich wach. Ich musste wohl gegen die Bettkante gelehnt eingenickt sein. Als Erstes fiel mein Blick auf Leana. Sie atmete noch. Erleichterung erfüllte mich.

Dann schaute ich zu Derk. Es dämmerte gerade vor dem Fenster und ich hatte ihn nicht vor Einbruch der Dunkelheit erwartet. Seine Hand ruhte auf meiner Schulter. „Wann hast du das letzte Mal geschlafen?“

Ich rieb mir die Augen. „Anscheinend gerade eben.“

Derk verdrehte die Augen. „Ich meine *richtig* geschlafen.“

Mein Arm war unter dem Gewicht meines Kopfes eingeschlafen und ich schüttelte ihn, um die vielen kleinen Nadelstiche zu vertreiben. „Weiß nicht.“

„Na los, steh auf.“ Er stieß mich mit dem Zeh an, als wäre ich ein ungehorsames Ferkel, das sich zu weit von der Herde entfernt hatte.

„Mhm.“ Ich schaute wieder zu Leana. Ihre Augen bewegten sich unter ihren Lidern. Sie träumte. Ich fragte mich, was sie wohl gerade sehen mochte.

„Aron, ich meine es ernst. Steh auf und beweg deinen Hintern hier raus. Iss etwas und leg dich verdammt noch mal schlafen. Ich werde hier so lange auf sie achtgeben und dich rufen, wenn sich ihr Zustand verändern sollte.“

Bei dem Wort „iss“ lief mir das Wasser im Mund zusammen. Essen. Daran hatte ich heute noch gar nicht gedacht. Nun gut. Wenn Derk bei ihr blieb, konnte ich wohl tatsächlich etwas essen und ein wenig schlafen. „Und du gehst nicht weg?“, fragte ich.

„Nein.“ Derk machte eine scheuchende Bewegung mit seinen Händen.

„Um acht braucht sie ihre Medizin.“

Derk nickte.

„Die dunkelblaue.“

„Ich krieg das schon hin, Aron.“

Ich stand auf. In der Küche wartete eine Schüssel Suppe auf mich. Sie war noch warm und ich stürzte mich darauf wie ein Verhungernder. Ich hatte ganz vergessen, wie gut sich eine warme Mahlzeit doch anfühlen konnte. Und wie gut, dass meine Matratze gleich neben dem Tisch auf dem Boden für mich bereitlag. Ich rutschte vom Stuhl und ließ mich fallen. Dann wickelte ich meine Decke um mich und mir wurde wohlig warm. Ich schlief sofort ein.

Es war Morgen, als ich erwachte. Verdammt, so lange hatte ich nicht schlafen wollen! Ich fuhr hoch, taumelte kurz, weil sich das

Zimmer vor meinen Augen drehte, blinzelte dreimal und stürzte dann in das Krankenzimmer. Derk war noch immer da. Er saß auf dem Stuhl neben Leana, sein Kopf war auf die Schulter gekippt. Er hätte mich wecken sollen.

Mit einem Stein auf der Brust trat ich an das Bett. Sie atmete noch. Erleichtert atmete ich aus, denn ich hatte die Luft angehalten.

Derk bewegte den Kopf, streckte sich, fluchte leise und öffnete die Augen. „Meine Knochen", stöhnte er. Auch Leana bewegte sich im Schlaf. Sie brauchte ihre Medizin. Doch zuerst Tee und Suppe. Ihr Körper musste zu Kräften kommen.

Ich ging in die Küche und begann, beides für sie zu kochen, während sich Derk kaltes Wasser ins Gesicht spritzte und über die Ungemütlichkeit von manchen Stühlen schimpfte.

Nie hätte ich es zugegeben, doch tatsächlich tat es gut, seine meckernde Stimme aus der Waschkammer zu hören. Eine andere Stimme außer der meinen, während ich mir Sorgen machen musste. Jemanden, der das Haus mit Leben füllte und die Düsternis ein wenig verdrängte.

Obwohl es erst ein paar Tage waren, fühlte ich mich doch schrecklich allein. Es war anders, als allein auf der Straße zu sein. Anders, als in einen Schacht zu fallen und gefangen zu sein. Hier war ich auf andere Art gefangen und das viele Herumsitzen und Warten zerriss mir die Nerven. Noch nie in meinem Leben hatte ich so viel Zeit zum Grübeln gehabt. Noch nie eine solche Furcht, die immer unter der Oberfläche lauerte, um sie beim kleinsten Anlass zu durchbrechen, um mir den Atem zu nehmen. Es zehrte an mir.

„Machst du mir auch einen Tee?", rief Derks Stimme aus der Kammer.

„Ja."

„Einen schwarzen, ja?"

„Jawohl", rief ich zurück und goss den Tee auf.

Derk trat mit nassem Haar aus der Waschkammer und setzte sich an den Tisch.

Ich schaute auf die Uhr. „Musst du nicht langsam los?"

Er blickte mich verständnislos an. „Wohin denn? Willst du mich loswerden?"

Nein, ganz im Gegenteil, ich sehnte mich nach Gesellschaft! Doch ich verstand nicht. „Was ist mit den Schweinen?"

„Ich habe heute frei, schon vergessen?" Derk warf mir einen seiner Du-bist-wohl-nicht-ganz-bei-Trost-Blicke zu.

Ich lächelte müde. Genau das, was ich jetzt brauchte. Ich hatte jegliches Gefühl für den Strom der Zeit verloren. Für mich gab es nur noch Stunden und Minuten, doch die Tage selbst gingen nahtlos ineinander über und unterschieden sich nicht wesentlich voneinander. Nur dass es mit jedem einzelnen unerträglicher wurde.

Ich bereitete die Suppe zu und füllte sie für Leana in eine Schale. Derk trug hinter mir ihren Tee in das Zimmer. Ich brachte sie in eine aufrechte Position und ihre Lider flatterten. Sie öffnete ihre Augen, doch sie blieben orientierungslos. Leise hustete sie. Derk half mir dabei, sie in die Waschkammer zu tragen, wo wir sie wuschen und ihr das Haar kämmten. Dann trugen wir sie zurück und flößten ihr Suppe und Tee ein. Sie ließ alles über sich ergehen, nickte, wenn wir mit ihr sprachen, blieb ansonsten jedoch stumm.

Als sie aufgegessen hatte, verabreichte ich ihr die Medizin und ließ sie zurück auf das Kissen sinken. „Schlaf schön, Leana." Sie schloss ihre Augen und schmiegte ihren Kopf an das Kissen.

„Jetzt bist du dran", sagte Derk.

Ich starrte ihn an. „Willst du mich etwa auch waschen und füttern? Ich habe es geahnt."

„Nein, das mach mal schön selbst. Aber mach es, sonst wirst du auch noch krank."

Mein Magen knurrte und ich widersprach nicht.

Wir saßen am Tisch und ich löffelte schlürfend die Suppe in mich hinein. Ich hatte solchen Hunger gehabt, dass ich Bauchschmerzen bekommen hatte. Nun hatte ich Bauchschmerzen vom zu schnellen Essen.

Derk beobachtete mich dabei und trank seinen zweiten Tee. „Weißt du", sagte er, „das hätte ich wirklich nicht gedacht."

„Was?", fragte ich und erwartete den hundertsten Spruch über meine Essgewohnheiten.

„Dass du im Grunde genommen ein guter Mensch bist. Als ich dich das erste Mal getroffen habe, dachte ich, du wärst ein frecher Rotzbengel, der sich um nichts und niemanden in der Welt schert außer um sich selbst. Aber dass du dich so rührend um Leana kümmerst beweist, dass du gar nicht so übel sein kannst."

Ich stieß ein humorloses Lachen aus. „Du irrst dich. Ich bin kein guter Mensch und ich schere mich wirklich um nichts und niemanden außer um mich selbst. Leana ist eben die große Ausnahme.“ Ich schlürfte weiter, nun langsamer, und Derk blieb still. Ich sagte nicht oft die Wahrheit, doch wenn ich es tat, verschlug es den anderen die Sprache. Warum nahmen sie es mir dann also übel, wenn ich es nicht tat?

Der Tag verging, wir fütterten Leana und gaben ihr abermals die Medizin. Sie war währenddessen genauso abwesend wie zuvor. Als es Nacht wurde, setzte ich mich auf den Stuhl neben Leanas Bett und hielt schweigsam Wache. Derk fragte, ob wir uns nicht abwechseln wollten, doch nachdem er das letzte Mal eingeschlafen war, vertraute ich ihm nicht mehr und lehnte ab. Er ging ins Bett und ich blieb, um Leanas rasselnden Atemzügen zu lauschen, als wären sie die schönste Musik.

Nach zwei Stunden taten mir alle Knochen vom vielen Sitzen weh und ich fluchte leise. „Entschuldige“, sagte ich zu Leanas Porzellangesicht. Ich seufzte. Ich war so müde, dass mir die Augen zuzufallen drohten. Doch ich würde Leana nicht allein lassen.

Ich holte meine Decke und trat an ihr Bett. „Du hast doch sicher nichts dagegen?“, fragte ich.

Sie antwortete nicht, also fasste ich das als Zustimmung auf. Ich legte mich neben sie und wickelte meine Decke um mich. Meine Hand tastete nach der ihren und mein Ohr lag neben ihrem Gesicht, sodass ich ihre Atmung laut und deutlich hören konnte. Wenn sich ihr Zustand verschlechterte, würde ich erwachen. Ich strich mit dem Daumen über ihre dünnen Finger und schloss die Augen.

Die zweite Strophe

In meinem Traum war es kalt. Es war Nacht und ein Schneesturm wütete. Ich lief über ein schneebedecktes Feld. Eis knirschte unter den Sohlen meiner Stiefel. Ich schlang meinen Mantel fester um mich. Es war so kalt. Flocken wirbelten um mich herum und über mir brach die Wolkendecke auf, um den vollen Mond zu entblößen. Dann sah ich sie.

Meine Mutter, so wie ich sie in Erinnerung hatte. Sie stand auf dem Feld vor mir, barfuß im Schnee, nur das weiße Nachthemd am Leib, das von einer sanften Brise bewegt wurde. Dort, wo sie stand, fiel kein Schnee, während ich weiterhin in weiß wirbelnden Flocken gefangen war. Sie sah mich an. Ihr Haar tanzte zu einer langsamen Melodie im Wind, als wäre sie unter Wasser.

Ein heftiger Windstoß zerrte am Saum meines Mantels und ich hob den Arm, um meine Augen vor den Schneeflocken zu schützen, die nun wie Hagel auf mich niederprasselten.

Der Wind legte sich wieder und ich ließ den Arm sinken, um nach vorn zu der Gestalt auf dem Feld zu blicken. Doch nicht mehr meine Mutter stand dort barfuß im Schnee, sondern Leana, blass und klein, in demselben Nachthemd. Eindringlich sah sie mich an mit ihren großen mausbraunen Augen. Sie öffnete den Mund.

„Wieso können wir nicht einfach zurückgehen?“, fragte sie.

Ich erwachte noch vor Sonnenaufgang und fühlte mich zum ersten Mal seit Langem ausgeschlafen, denn es war das erste Mal seit Tagen, dass ich nicht alle paar Minuten aus dem Schlaf hochgeschreckt war. Leanas Hand lag noch immer in meiner. Kalt wie immer. Ich ließ sie los und krabbelte vorsichtig aus dem Bett, um die Petroleumlampe zu entzünden.

Ich erstarrte. Es war so still.

Nur das Ticken aus der Küche war gedämpft durch das Holz der Tür zu hören.

Nein.

Meine Kehle schnürte sich zusammen, während ich im Dunkeln zur Kommode trat und nach den Streichhölzern tastete. Meine Finger fanden sie, doch Hast machte ungeschickt und ich brauchte mehrere Versuche, bis das Hölzchen brannte. Ich entzündete die Lampe und starrte auf das Bett.

Nein.

Die menschengleiche Puppe, die dort reglos im Bett lag, war nicht Leana. Sie sah ihr vielleicht sehr ähnlich, aber das dort war sie nicht. Sie hatte nicht den typischen Ausdruck im Gesicht, den Leana immer hatte, wenn sie schlief. Das Haar war glanzloser. Und ihre Hautfarbe stimmte auch nicht. Das dort im Bett war eine Puppe aus Wachs, aus einem leblosen Material, die jemand mit meiner Leana ausgetauscht hatte. Nein, das war sie nicht.

Mechanisch trat ich näher an das Bett heran und nahm ihre Hand. Ich fühlte ihren Puls. Nichts. Ich beugte mich vor und legte meine Hand auf ihren Brustkorb. Nichts.

Ich hielt einen Finger vor ihren leicht geöffneten Mund. Nichts.

Die Puppe vor mir war tot.

Ich hatte mich so lange vor genau diesem Moment gefürchtet, den ich im Stillen jeden Tag erwartet hatte. Doch jetzt fühlte es sich so unwirklich an. Nein, das konnte nicht sein. Ich hatte doch neben ihr gelegen. Ich hatte auf sie aufgepasst. Sie hatte geatmet und gelebt, als ich eingeschlafen war, es konnte jetzt nicht anders sein. Sie war doch am Tag zuvor noch da gewesen. Ich hatte sie gefüttert und, verdammt noch mal, ich hatte ihr die Medizin gegeben, genauso wie es mir gesagt worden war. Ich hätte nicht einschlafen dürfen.

Sie hatte doch Bäckerin werden wollen.

Ich sank neben dem Bett zusammen und vergrub mein Gesicht an ihrer Seite. „Warum?“, fragte ich und Tränen rannen mir die Wangen hinunter. Ich griff nach ihrem Arm, der sich seltsam starr anfühlte. Als wäre er aus Holz. Als gehörte er nicht zu einem kleinen Mädchen aus Fleisch und Blut. Einem Menschen. Ich begann, heftig zu schluchzen, und meine Tränen durchweichten ihren Ärmel. Durch einen Schleier aus Tränen blickte ich wieder auf, in das furchtbar leblose Gesicht der Puppe, das sich vor das Bild meiner Erinnerung schieben wollte. Ich kniff die Augen zusammen und konzentrierte mich auf Leanas lächelndes Gesicht, das ich nun vor mir sah und niemals vergessen wollte. Auf jede noch so winzige Kleinigkeit, die sich in mein Gedächtnis einbrennen sollte. Ihre leuchtenden Augen, ihr wehendes Haar und ihren schmalen Mund, aus dem die Stimme drang, die ich immer so gerne gehört hatte. Die ich nie wieder hören würde ...

„Warum? Warum? Warum?“, fragte ich sie. Warum hatte ich in meinem eisigen Gefängnis unter der Stadt meine Krankheit überlebt, während sie es nicht hatte? Warum hatte ich nicht auch sterben können? Warum hatte nicht ich an ihrer Stelle sterben können? Warum hatte ich mich nicht bei ihr angesteckt, um mit ihr gemeinsam gehen zu können? Warum musste ich geliebte Menschen immer wieder verlieren? Warum tat man mir das an?

Warum hatte sie mich allein gelassen?

Sie antwortete nicht.

„Warum? Warum? Warum?“

Derk zog mich schließlich von ihr fort und hielt mich fest. „Ist ja gut, Junge, ist ja gut“, murmelte er immer wieder, ohne mich loszulassen. Ich hatte aufgehört zu schluchzen, während weiterhin Tränen aus meinen Augen strömten und mir die Sicht nahmen. Über Derks Schulter hinweg starrte ich zum Fenster. Die Sonne ging auf.

***

Ich saß am Tisch in der Küche und starrte ins Leere. Meine Tränen waren längst versiegt, doch meine Augen brannten noch immer. Erin war gekommen und gegangen. Roman war da.

Derk hatte mir ein Brot gemacht. Unberührt lag es auf dem Teller vor mir.

Roman kam und sagte etwas. Ich antwortete.

Derk machte mir Suppe. Ich aß einige Löffel. Ich wusste nicht, wonach sie schmeckte. Er redete viel und ich nickte.

Roman klopfte mir auf die Schulter und hielt eine kurze Rede. Ich sagte auch etwas. Dann ging er und ich schlief auf meiner Matratze in der Küche.

Am nächsten Tag kam Roman abermals zu Besuch. Dann kamen andere Männer. Sie hatten eine große Holzkiste bei sich, die sie in Leanas Zimmer trugen. „Willst du dich verabschieden?", fragte Roman.

„Nein", antwortete ich. In dem Zimmer lag nicht mehr Leana. Nur noch die fürchterliche Puppe. Leana war längst fort. Wir hatten uns bereits verabschiedet.

Die Männer trugen die Kiste, nun mit deutlich mehr Gewicht darin, aus dem Hirtenhaus.

„Es ist vorbei", dachte ich.

Man ließ mich tagsüber nicht mehr allein. Ich ging wieder mit Derk in den Wald, um die Schweine zu hüten. Es war wärmer geworden und die Sonne schien wieder öfter. Der Waldboden war weich und die Schweine suhlten sich freudig in der Erde, als gäbe es nichts Schöneres auf der Welt. Wie dumm sie doch waren.

Derk versuchte immer wieder, mich in ein Gespräch zu verwickeln. Er versagte kläglich.

An den Abenden kam Roman zu Besuch und wir tranken Bier oder Wein.

Es gab eine kleine Beerdigung für Leana auf dem Armenfriedhof im Ring. Roman hatte sie wohl organisiert, wen sonst hätte der Tod eines elternlosen Küchenmädchens gekümmert? Niemanden.

Derk und Roman sagten etwas an ihrem Grab. Ich nicht. Ich warf nur meine Handvoll Erde auf den Sarg und ging.

Seitdem ich neben ihrem Bett zusammengebrochen war, hatte ich keine Träne mehr vergossen. Ich fühlte mich merkwürdig betäubt oder vielleicht spielte sich das Leben auch nur gedämpfter um mich herum ab. Nachts lag ich lange wach und starrte in die Dunkelheit, und wenn der Schlaf doch kam, dann war meine Nacht traumlos und leer. Warum konnte ich nicht noch einmal von ihr träumen? Ihr Gesicht noch einmal sehen? Ihre Stimme noch einmal hören?

Meine Mutter hatte mich mein Leben lang wie ein Geist begleitet, am Tag und in der Nacht. Würde Leana auch zu mir zurückkehren?

Bei allem, was ich in den letzten Jahren getan hatte, war Leana immer in meinen Gedanken gewesen. Immer hatte ich daran gedacht, wann ich sie das nächste Mal sehen würde, was ich ihr erzählen und was sie dazu sagen würde. Nun war da nur noch eine schmerzende Leere.

Ich war allein. Es gab nur noch mich.

Wie hatte ich mich zuvor je allein fühlen können? All die langen Tage im Hirtenhaus? Ich hatte geglaubt zu wissen, wie es sich anfühlte, doch ich hatte mich geirrt. Was würde ich jetzt dafür geben, sie im Zimmer nebenan zu wissen, und wenn sie nur schlief. Ihr Atmen zu hören. Ihren Herzschlag zu spüren. Was gäbe ich dafür! Nur noch ein einziges Mal.

Doch sie war fort. Verstaut in einer Kiste unter der Erde. Nie wieder würde sie jemand zu Gesicht bekommen.

Nein, erinnerte ich mich, das war sie nicht.

Nichtsdestotrotz war sie fort, für immer, und ich wusste nicht, wie ich jemals diese Leere füllen sollte, die sie hinterlassen hatte.

Jede Erinnerung, die ich an sie hatte, spielte ich in Gedanken immer wieder vor meinem geistigen Auge ab aus Angst, auch nur die kleinste Einzelheit zu vergessen, denn jede von ihnen war mir kostbar und unersetzlich. Wie sie am Zaun gesessen hatte, die Sonne im Gesicht. Wie sie ausgesehen hatte, wenn sie besorgt war. Wenn sie glücklich war. Wenn sie gelacht hatte. Wie es sich angefühlt hatte, wenn sie mich umarmte. Ihr Haar an meiner Wange.

Ich hatte versagt. Ich hätte sie beschützen müssen, doch ich hatte versagt. Als sie mir das erste Mal von den Schikanen der Küchenmädchen erzählt hatte, hätte ich handeln müssen. Sie von diesen Monstern fortbringen müssen. Dann wäre sie nicht so furchtbar krank geworden.

Nein, vielleicht hatte es schon früher angefangen. Ich hätte sie nicht in den Taschendiebstahl mit Eckart verwickeln dürfen. Dann wäre sie nicht hinausgeworfen worden. Dann hätte sie der Doktor sogleich untersucht und sie sich vielleicht wieder erholt.

Es war meine Schuld. Allein meine Schuld.

„Ist das in Ordnung für dich?“, fragte Derk.

Ich blickte auf. Wir saßen am Küchentisch. Derk sah mich an.

„Was?“, fragte ich zurück.

„Wenn du mitkommst. Zu Roman. Das Fleisch für die nächste Woche abholen.“

„Ja. Ist in Ordnung.“

Wir zogen unsere Jacken an und machten uns auf den Weg.

Es war nicht warm draußen, doch auch nicht kalt. Die Sonne schien. Es war früher Nachmittag und viele Leute waren unterwegs. Kaum wurde es wärmer, kamen sie unter ihren Steinen hervorgekrochen wie die Eidechsen. Hoffentlich würde es noch einmal richtig kalt werden.

Das Glöckchen bimmelte, als wir in den Verkaufsraum der Metzgerei traten. Roman begrüßte uns mit einem Lächeln. Als seine Augen die meinen trafen, befiel ihn Mitleid. Unser Fleischpaket lag schon auf der Theke bereit. Roman und Derk redeten, während ich meinen Blick schweifen ließ. Es war alles wie am ersten Tag, an dem ich meinen Fuß in den Laden gesetzt hatte. Die Würste, der Schinken, das Glas der Theke, die halb geöffnete Tür zum Nachbarraum, in dem Roman seine Schweine zerlegte. Nur sie war eben nicht mehr da so wie am ersten Tag.

„He, Junge, willst du es dir auch ansehen?"

„Hm?" Ich hatte nicht aufgepasst. Es war schwer, Gesprächen zu folgen, die mir so gleichgültig waren.

„Mein Schuppen im Hinterhof ist gestern zusammengebrochen. Wir wollen ihn uns ansehen. Kommst du mit?"

Ich schüttelte den Kopf. Was interessierte mich schon ein kaputter Schuppen?

„Passt du kurz auf den Laden auf? Dann brauche ich nicht abzuschließen." Roman sah mich fragend an. Ich nickte. „Danke, Kleiner."

„Bis gleich", sagte Derk.

Die beiden verließen die Metzgerei. Ich setzte mich auf den Schemel in der Ecke. Es war warm im Laden, doch es kümmerte mich zu wenig, um mir den Mantel aufzuknöpfen.

Ob Roman seinen Nachbarn noch in die Augen sehen konnte? Der guten Ernestine und ihrem ach so herrschaftlichen Gatten Eckart? Schon bei dem Gedanken an die beiden spürte ich die Wut in mir aufwallen. Sie waren jene wohlhabenden Leute, die ich verachtete, die sich für etwas Besseres hielten. Die mit dem Leben anderer spielten, als handelte es sich um Karten. Sie hätten Leana auf die Straße gesetzt, hätte Roman mich nicht geholt. Sie war krank gewesen und sie hätten sie einfach auf die Straße gesetzt.

„Nein", korrigierte ich meinen Gedanken von vorhin, „es ist nicht meine Schuld. Es ist ihre, ganz allein ihre!" Mein Blick wanderte wieder zu der halb geöffneten Tür des Hinterzimmers.

Derk und Roman hatten in den letzten Tagen so sehr darauf geachtet, mich nicht allein zu lassen, damit ich ja nichts Dummes anstellte. Sie hätten mich auch weiterhin nicht aus den Augen lassen sollen.

Ich stand auf.

Es war ganz einfach, in den Garten vorzudringen. Das hohe Tor war nicht abgeschlossen und die Wachhunde nirgendwo zu sehen. Als ich die Haustür öffnete und in den Flur trat, kam mir ein Bediensteter entgegen, doch als er die lange Axt in meinen Händen sah, wurden seine Augen groß und er lief davon.

Ich fand mich im Esszimmer wieder, in dem wir gestanden hatten, als Leana eingestellt worden war. Der Tisch war gedeckt. Elegante Teetassen und kleine Teller standen auf einer Tischdecke. Ein Dienstmädchen trat mit einer Kanne Tee in den Raum. Ein Blick von mir genügte und sie schrie auf, die Kanne fiel zu Boden und auch sie rannte davon.

Mein hasserfüllter Blick wanderte wieder zu der gedeckten Tafel. Ich holte mit Schwung aus und ließ das Beil durch die Luft sausen. Es krachte und klirrte, als es auf dem Tisch einschlug. Ich holte wieder aus. Holz- und Porzellansplitter flogen durch die Luft. Ein großes Loch klaffte im Tisch. Oh, wie fühlte sich das gut an!

Ich ging zu einem Schrank mit Glastüren hinüber, der an der Wand stand und in dem sich noch mehr vornehmes Geschirr befand. Ich holte aus. Scherben trafen mich, durchschnitten meine Haut, doch ich spürte keinen Schmerz. Über den Lärm hinweg konnte ich Stimmen hören, Schreie und Rufe, doch ich hörte nicht auf damit, den Schrank zu zerlegen.

Als Nächstes musste eine große, wahrscheinlich unverschämt teure Vase dran glauben. Dann eines der hohen Fenster. Die Wand mit der hässlichen Tapete. Ich war wie in einem Rausch und seit Tagen fühlte ich mich das erste Mal wieder lebendig. Mein Herz schlug fest in meiner Brust und ich konnte spüren, wie es warmes Blut durch meine Adern pumpte, durch meine Arme, die wieder und wieder ausholten, bis mich Hände packten, schüttelten und mir die Axt entrissen. Sie riefen etwas, doch ich konnte nicht hören, was sie sagten. Ich konnte nur sehen: die Verwüstung um mich herum, die ich angerichtet hatte.

Es waren die Hände von Stadtwächtern, die mich gepackt hatten und mich durch die Stadt zerrten. Sie hatten mir die Hände auf dem

Rücken gefesselt und ich hatte es zugelassen, ohne Widerstand zu leisten, denn es spielte keine Rolle mehr. Ich war nun bereit dafür.

Sie sperrten mich in eine kleine, vergitterte Zelle mit einem Klappbett an der Wand. Durch ein schmales Fenster unter der Decke fiel ein wenig Licht von der Nachmittagssonne. Der Boden war staubig und irgendwie erwartete ich, dass Ratten aus den Ecken hervorkriechen würden, doch ich konnte keine entdecken.

Ich setzte mich auf das harte Bett mit der löchrigen Decke und starrte auf den Schmutz vor mir. Es war das erste Mal, dass ich im Gefängnis saß, und mein erster Gedanke war, dass ich Leana davon berichten musste. „Nein", sagte eine grausame Stimme in meinem Kopf, „sie ist tot, begreif das doch endlich." Niemanden interessierte es mehr, was mir widerfuhr. Niemand war mehr da, für den ich mir Mühe geben musste. Für den ich gut sein musste. Ich war allein.

„He, du", sagte in diesem Moment eine Stimme und ich fuhr zusammen.

Ich blickte in die Richtung, aus der sie gekommen war. Zwischen den Gittern zu meiner Linken hindurch konnte ich in die Nachbarzelle sehen. Ein Junge, nicht viel älter als ich selbst, stand an den Stäben und schaute auf mich herab. Sein Gesicht und seine Kleidung waren schmutzig, ebenso sein strohblondes Haar, das verfilzt von seinem Kopf abstand. Ein Kind von der Straße.

„Wie heißt du?", fragte er mich.

„Henri", antwortete ich.

„Ich bin Kalle. Was hast du angestellt?", wollte er wissen.

„Ein Zimmer mit einer Axt zerlegt."

„Sauber. Ich habe einer vornehmen Dame die Ohrringe herausgerissen. Ich dachte, es wären welche zum Anstecken. Na ja, nun sitze ich wegen Diebstahls und Körperverletzung. Bin schon zwei Wochen hier und es gibt nicht viele zum Reden. Nur den da drüben und der starrt lieber an die Wand und kratzt Wörter hinein. Ist wohl ein Gelehrter. Keine Ahnung, warum er sitzt. Warum hast du das Zimmer zerlegt?"

Der Junge ging mir jetzt schon auf die Nerven. Warum konnte ich nicht den Gelehrten als direkten Nachbarn haben?

„Mir hat die Einrichtung nicht gefallen", erwiderte ich und legte mich mit dem Rücken auf das Bett. Es war bequemer als eine Parkbank, aber das war es dann auch schon.

„Bist du müde?“, fragte er enttäuscht.

Ich starrte an die Decke. „Ja, tut mir leid. Ich bin das Holzhacken nicht gewöhnt.“ Ich schloss die Augen.

Am Abend brachte man mir Essen. Haferschleim in einer Schüssel und einen Becher abgekochtes Wasser. Es war düster geworden und man hatte Fackeln an den Wänden im Gang entzündet. Für Petroleumlampen hatte es wohl nicht gereicht. Ich aß schweigend und zu meiner Erleichterung ließ mich Kalle in Frieden.

In der Nacht fand ich nur wenig Schlaf. Mein Rücken schmerzte und mein Kopf war voller Gedanken. Kalle murmelte etwas im Schlaf. Jemand hustete am Ende des Ganges. „Wie im Waisenhaus“, dachte ich und hätte beinahe gelächelt.

***

Man machte sich nicht die Mühe, mir mitzuteilen, wie lange ich im Gefängnis bleiben musste, und es kümmerte mich auch nicht. Es würde schon nicht allzu lange sein, ich hatte ein Dach über dem Kopf, bekam Essen und war Schlimmeres gewohnt. Ich nutzte die kommenden Tage dazu, meine Gedanken zu ordnen. Ein Plan formte sich in meinem Kopf und nahm Gestalt an. Kalle hatte schnell begriffen, dass auch ich kein guter Gesprächspartner war, doch als ich mich an die Gitterstäbe stellte und ihn zu mir winkte, leuchtete neue Hoffnung in seinen Augen auf.

„Was gibt’s, mein Freund?“

„Tust du mir einen Gefallen?“, fragte ich mit freundlicher Stimme.

„Na klar, was denn?“ Er wischte sich eine Haarsträhne aus dem Gesicht und musterte mich neugierig. Ich hatte seit meiner Ankunft nur wenig von mir gegeben und nun erwartete er Großes. Doch ich würde seine Hoffnungen gleich zerstäuben.

„Du hast gesagt, dein Zellennachbar kann schreiben?“

„Ja, klar, ist ein feiner Pinkel. Siehst du nicht seine gute Kleidung? Der ist bestimmt studiert.“

Ich sah ihn eindringlich an. „Du musst ihn dazu bringen, etwas für mich in den Staub zu schreiben. Dann kommst du zu mir herüber und schreibst es genauso hier vor mir in den Dreck, damit ich es sehen kann. Machst du das für mich?"

Enttäuschung spülte über sein Gesicht hinweg. Doch die Langeweile spielte mir in die Hände. „Na schön, ich versuche es. Falls ich ihn überhaupt dazu kriege. Was soll er schreiben?"

Ich lehnte mich näher an die Stäbe heran und flüsterte ihm etwas ins Ohr.

Er öffnete den Mund. „Was bedeutet ..."

„Keine Fragen!", schnitt ich ihm das Wort ab. „Und nun geh hinüber."

Er tat wie geheißen und ich beobachtete ihn dabei, wie er sich an die gegenüberliegenden Gitterstäbe hockte und leise auf den Mann dahinter einredete. Der Gelehrte sah zu mir herüber. Er zögerte und ich befürchtete, dass er sich nicht darauf einlassen würde. Doch dann sah ich, wie er sich vorbeugte und mit dem Finger über den Staub fuhr. Ich lächelte leise.

Kalle besah sich die Zeichen genau. Ich konnte sehen, wie er nach jedem Buchstaben mit dem Kopf nickte. Dann kam er wieder zu mir herüber und begann zu schreiben.

„Bist du dir sicher?", fragte ich. „Geh lieber noch einmal rüber und überprüfe es. Es ist wichtig, dass es richtig ist."

Ich schickte den Jungen noch zweimal zurück. Dann starrte ich auf den Boden und prägte mir die Buchstaben und ihre Reihenfolge ein. Es war nicht ganz einfach, doch ich hatte alle Zeit der Welt.

***

Nach einer Woche ließ man mich zu Kalles großem Bedauern gehen. Roman wartete vor den Toren auf mich. Mit einer Mischung aus Mitleid und Unbehagen sah er mich an. „Na, Junge?", begrüßte er mich.

„Roman", sagte ich überrascht, „was machen Sie denn hier?"

„Ich habe mit der Stadtwache gesprochen und konnte sie davon überzeugen, dich früher gehen zu lassen. Ein klein wenig Geld und die Schilderung deiner ... momentanen Situation konnten sie überzeugen." Er zwinkerte mir zu.

„Danke. Das ist ... sehr nett."

„Du hast viel durchgemacht und warst nicht ganz bei dir. Und du wirst so etwas Dummes doch nicht noch einmal tun, oder?" Rügend blickte er auf mich hinab.

„Nein. So etwas werde ich nicht noch einmal tun", versprach ich.

Roman führte mich zum Hirtenhaus und ich genoss es, mich endlich wieder im Freien bewegen zu können und die frische Luft einzuatmen.

Derk wartete schon auf uns. „Du machst Sachen", murmelte er, als ich eintrat.

Noch bevor ich meinen Mantel ablegte, entdeckte ich einen Stapel Sachen auf dem Tisch. Es war meine Kleidung, ordentlich zusammengefaltet, darauf lagen mein Geldbeutel und der Stoffbär, den Roman für Leana mitgebracht hatte. Mein Blick blieb einen Moment lang an dem Bären haften, dann wanderte er hinüber zu der verschlossenen Tür, die einmal zu meinem Zimmer gehört hatte. In dieses hatte ich keinen Fuß mehr gesetzt, seit ... seit alles anders geworden war.

„Setz dich", sagte Roman.

Wie wir es schon so oft getan hatten, setzten wir uns zu dritt an den Küchentisch, Roman schenkte uns Bier ein und ich wusste, dass es das letzte Mal sein würde. Ich würde es vermissen.

„War es schlimm?", wollte Derk wissen und sah mich über den Rand seines Kruges hinweg an.

„Nein. Ich hatte viel Zeit zum Nachdenken."

„Und zum Bereuen", fügte Roman mit hochgezogenen Augenbrauen hinzu.

Ich nickte. Ja, ich bereute, dass ich nicht mehr als nur das Esszimmer zerlegt hatte. Doch die Zeit der Reue würde bald vorbei sein.

Eine unangenehme Stille breitete sich in der Küche aus. Derk räusperte sich. Ich wusste, was jetzt kommen würde. „Du kannst nicht mehr im Hirtenhaus wohnen."

„Diese Nacht kannst du natürlich noch bleiben", ergänzte Roman eifrig.

„Es waren Vertreter vom Stadtrat hier, als du ... fort warst. Sie haben gesagt, dass Schweinehirte ein angesehener Beruf ist und jemand, der ... dass *du* als solcher nicht mehr arbeiten solltest. Dein Nachfolger zieht bereits übermorgen hier ein", fuhr Derk fort.

„Aber wir finden etwas anderes für dich", versprach Roman.

Ich setzte mein Bier, das ich bis dahin kaum angerührt hatte, an meine Lippen und trank in großen Schlucken. Eckart hatte ganze Arbeit geleistet. Wie musste er Diebesgesindel wie mich hassen. Sogar an den Stadtrat hatte er sich gewandt. Eines musste man ihm lassen, er war hartnäckig.

Ich setzte den nun leeren Krug auf der Tischplatte ab. „Nein, danke", sagte ich.

Zwei verständnislos dreinblickende Augenpaare waren auf mich gerichtet.

„Was?", fragte Roman.

Ich wischte mir mit dem Hemdsärmel den Bierschaum von den Lippen. „Ich bin euch wirklich sehr dankbar für alles, was ihr für mich und ... und Leana getan habt. Glaubt mir, so viel hat noch nie irgendjemand in meinem ganzen Leben für mich getan. Roman, ohne dich hätten wir nie Arbeit gefunden, schon gar nicht so gute, und du hast Leana und mir mehr als einmal geholfen. Derk, auch du hast eine Menge für uns getan und es hat Spaß gemacht, mit dir die Schweine zu hüten und zusammenzuwohnen. Wirklich, ich weiß das zu schätzen. Aber ich komme schon alleine zurecht. Ich werde etwas für mich finden." Ich stand auf und griff nach meinen Sachen.

„Aber, Junge", rief Roman, „schlaf doch wenigstens noch eine Nacht darüber."

In dem Zimmer, in dem sie gestorben war?

„Du hast viel durchgestanden in der letzten Zeit und wir können dir auch in Zukunft helfen."

Freunde machten das so. Freunde waren füreinander da, besonders in schwierigen Zeiten. Doch ich hatte keine Freunde. Ich war besser dran ohne sie.

„Ich komme schon zurecht", wiederholte ich und lächelte dem Metzger zu.

„Warte", sagte Derk und ging in sein Zimmer. Er kam mit einem Lederbeutel wieder. „Dein Gehalt für den letzten Monat", meinte er und drückte ihn mir in die Hand.

Der Monat war noch nicht einmal vorüber und den größten Teil davon hatte ich an Leanas Seite und im Gefängnis zugebracht. Ich öffnete den Mund, um etwas zu entgegnen, doch Derk schnitt mir mit einer Handbewegung das Wort ab. „Es gehört dir. Keine Widerrede.“ Und nach kurzem Zögern: „Ich werde unsere tiefgründigen Gespräche im Wald vermissen.“

Wir grinsten uns an.

Roman stand ebenfalls auf und umrundete den Tisch, um neben uns stehen zu bleiben. „Wo willst du denn jetzt hin?“

„Einen Freund besuchen.“

Er nickte, sichtlich erleichtert. „Aber bevor du wieder draußen schläfst, kommst du zu mir, ist das klar?“

Ich lächelte. „Glasklar.“

Er umarmte mich und ich spürte, wie meine Knochen ächzten.

Derk boxte mir leicht gegen die Schulter. „Kannst jederzeit zu Besuch kommen.“

Ich nickte beiden zu, plötzlich traurig, dass die gemeinsame Zeit vorüber war. Oh, wie ich Abschiede hasste! Also nahm ich schnell meine Sachen, klemmte mir Leanas Bär unter den Arm und nickte den beiden ein letztes Mal zu.

„Mach's gut“, sagte Roman.

„Ihr auch.“ Ich öffnete die Tür und ging.

Die Sonne schien mir warm auf den Kopf, als ich die Straßen Felsburgs entlanglief. Es war ernüchternd zu wissen, dass es nun endgültig vorbei war mit dieser Option des Lebens, die ich mir zerstört hatte. „Es wäre ohnehin nicht die Art von Leben gewesen, mit der du glücklich geworden wärst“, sagte ich mir. Es war eine angenehme Erfahrung, mehr nicht. „Nun ist es an der Zeit, dort weiterzumachen, wo du aufgehört hast.“ Und doch würde es nie wieder so sein wie zuvor, wurde mir schmerzlich bewusst.

Ich machte Halt auf dem großen Platz vor dem Rathaus und setzte mich auf den Rand des Brunnens. Das Wasser sprudelte wieder und sprang in der Mitte fröhlich in die Höhe. Leana hätte es gefallen. Ich musste an all die Male denken, als ich hier auf sie gewartet hatte. An das eine Mal, als sie nicht gekommen war. Und an die unendlich vielen Male des vergeblichen Wartens, die noch vor mir lagen. Wie konnten Orte und Plätze so voller Erinnerungen sein? So voller Schmerz?

Ich stand auf und setzte meinen Weg fort, vorbei an den vielen Villen, die einen Springbrunnen nötig hatten. Wie leer fühlte sich diese Stadt an, obwohl mir so viele Menschen begegneten. Die Stadtmauer kam in Sicht. Ich sah die Stadtwächter in ihren blauen Uniformen und lief mit erhobenem Haupt an ihnen vorbei durch das Tor. Sie konnten mir gar nichts mehr.

Ich durchquerte den Ring mit all seinen Hütten und heruntergekommenen Häusern. Ich lief über die Brücke. Vor einem großen, besonders hässlichen Gebäude blieb ich stehen. Dem Waisenhaus. Ich trat an den Zaun, durch dessen Spalten Sonnenstrahlen fielen. Das Geschrei und Gelächter von Kindern war zu hören. Das Leben hier schien mir eine Ewigkeit her zu sein. So anders. So weit weg. Und es hatte sich verändert: Zwei seiner ehemaligen Bewohner würden niemals hierher zurückkehren.

Ich ging weiter.

Es dauerte eine Weile, bis ich die mir vertraute, kleine Mauer des Armenfriedhofs passierte. Ein lauer Wind wehte und bewegte die Zweige der alten Eichen, an denen bereits Knospen zu erspähen waren. Der Frühling kündigte sich an. Ich lief durch die Reihen von Kreuzen, den Stoffbären fest in der verkrampften Hand.

Ich blieb stehen.

Leanas Grab, aufgehäufte Erde mit einem kleinen, hölzernen Kreuz, ohne Namen oder sonst etwas, das an sie erinnert hätte. Nur eine weitere Tote, ein weiteres Grab und das Leben ging weiter, als hätte es sie nie gegeben. Ich lehnte den Bären gegen das frische Holz. Es war noch hell und sauber, nicht so verwittert und moosbewachsen wie die meisten anderen Kreuze. Es war Zeit für den letzten meiner heutigen Abschiede. Es war Zeit, meine Gedanken in Worte zu fassen, die ich so lange hinuntergeschluckt hatte und die mir den Atem nahmen.

„Ich bin sehr wütend auf dich, Leana“, sagte ich zu dem Holzkreuz und kniete mich auf die weiche Erde. Kalt spürte ich sie durch den Stoff meiner Hose. „Wie kannst du es wagen, mich hier allein zu lassen? Wie konntest du einfach so fortgehen, ohne dabei an mich zu denken? Was soll ich denn jetzt machen? Du hast gesagt, dass ich unglücklich bin. Ja, verdammt, was denkst du denn? Du hast mich allein gelassen unter all diesen vielen Menschen, von denen mich keiner versteht, so wie du es getan hast. Du hast mir unsere Pläne weggenommen. Deine Geschichte. Ich habe so viel für dich getan und zum Dank verlässt du mich einfach? Wie kannst du nur so rücksichtslos sein? Ich hasse dich dafür, hörst du, ich hasse dich!" Den letzten Satz hatte ich gerufen, laut und schrill, und ich grub meine Finger in die Erde, klaubte eine Handvoll auf und warf sie gegen das Kreuz.

Ich spürte heiße Tränen auf meinen Wangen. Sie liefen einfach so hinunter. Meine Kehle brannte. Ich zog die Nase hoch. „Ich vermisse dich, Leana. Ich vermisse dich so sehr, dass es wehtut."

Mir kam wieder das Lied in den Sinn, das mir meine Mutter vorgesungen hatte in der Nacht, in der sie gestorben war.

Kalt ist die Welt,
schwarz ist die Nacht,
Schnee auf dem Feld,
Eis auf dem Bach.

Vielleicht lag es an der Trauer, die mich daran erinnerte, dass ich schon einmal jemanden verloren hatte, und die mir die Vergangenheit so viel klarer erscheinen ließ, oder es war eine Art Eingebung, ich wusste es nicht, doch plötzlich kam mir eine weitere Strophe des Liedes in den Sinn.

Weit ist das Land,
fern ist das Glück,
entzweit ist das Band,
kehrst nimmer zurück.

„Kehrst nimmer zurück", sprach ich die letzte Zeile laut aus und etwas in mir zerbrach. Nein, sie kehrte nicht mehr zu mir zurück. Ich würde nie erfahren, wie ihre Geschichte begonnen hatte, und ich würde nie erfahren, wie sie geendet hätte, wären die Dinge nicht so gekommen, wie sie gekommen waren. Sie war an ihren Ort des Schweigens zurückgekehrt, für immer, und ich hatte sie verloren. Ich strich behutsam die Erde vom Holz des Kreuzes.

„Wieso kannst du nicht einfach zurückkommen?", fragte ich leise.

Epilog:

Der Junge mit den vielen Namen

Ich seufzte gelangweilt und verlagerte mein Körpergewicht vom linken auf das rechte Bein. Meine Arme hatte ich, wie es wohl Bedienstete zu tun pflegten, auf dem Rücken verschränkt – nicht ganz freiwillig allerdings. Sie waren mir gefesselt worden. Zu meinen beiden Seiten standen Stadtwächter und beobachteten jede meiner Bewegungen. Der alte Mann vor mir, der auf einem Podest saß, eine graue Perücke auf dem Kopf trug und mit einer kleinen Brille auf der Nase einen Bericht las, legte die Stirn in Falten und seine Augenbrauen, am Ende des Blattes angelangt, wölbten sich wie Torbogen nach oben. Mein Mundwinkel zuckte und ich musste mir ein Grinsen verkneifen.

„Der Waisenjunge Aron, ungefähr vierzehn Jahre alt und ehemaliger Gehilfe des Schweinehirten, wird von zwei verschiedenen Parteien des Raubes und der Zerstörung von privatem Gut angeklagt, ebenso der Körperverletzung, was sich alles zur selben Zeit abgespielt haben sollen, sehe ich das richtig?", fragte er mit Verwunderung in der Stimme. Ein dünner Mann neben ihm, ebenfalls mit Perücke auf dem Kopf, beugte sich zu ihm vor. „Ja, Herr Richter. Die Kläger sind unser werter Herr Eckart in zwei Fällen und unser geschätzter Doktor Gilbert."

Der Richter sah zu den Klägern hinüber, die mit aufgebrachten Gesichtern vor ihm standen. Es fiel mir zunehmend schwerer, meine Mundwinkel unter Kontrolle zu bringen.

„Eckart, wie lautet Ihre erste Anklage?", wandte sich der Richter an Romans Nachbarn.

Eckart legte die Faust an die Lippen und räusperte sich lautstark, bevor er mich anblickte und zu sprechen begann. „Dieser Junge dort hat meine Wachhunde vergiftet und ist dann in mein Haus eingebrochen. Er hat Silberbesteck, vergoldete Kerzenhalter und einen teuren Wandteppich gestohlen. Dazu wurde eine übel riechende Flüssigkeit in die Küche geschüttet."

„Und die zweite Anklage?“, fragte der Richter weiter.

Eckarts Blick verhärtete sich. „In das Gebäude meiner Angestellten wurde ebenfalls eingebrochen. Er hat eine meiner Küchenmägde gewaltsam geknebelt, an ihr Bett gefesselt und sie ebenfalls mit der übel riechenden Flüssigkeit überschüttet. Wir haben sie erst am nächsten Morgen durchnässt und durchgefroren, nicht zu vergessen verstört, gefunden.“

„Wann haben sich diese Vorfälle abgespielt?“

„Vor drei Tagen um ein Uhr nachts, wenn man dem armen Mädchen Glauben schenken darf“, antwortete Eckart.

„Haben Sie oder Ihre Angestellten den Angeklagten an den Tatorten gesehen?“

„Nein“, antwortete Eckart. „Der Diebstahl muss sich abgespielt haben, während wir schliefen, und als er das Mädchen so unliebsam aus dem Schlaf gerissen hat, trug er eine Maske.“

„Und woher wissen Sie dann, dass der Angeklagte der Täter ist?“

Eckart sah mich scharf an. „Weil der Angeklagte dumm genug war, Beweise an den Tatorten zu hinterlassen.“

„Beweise?“, hakte der Richter nach.

„Jawohl, Beweise. Er hat beschriebene Zettel dagelassen. Auf dem Rasen bei meinen toten Hunden und auf dem Bett des armen Mädchens.“

Der Richter legte den Kopf schief. Für einen Moment glaubte ich, seine Perücke würde herunterfallen, doch sie saß fest. „Was stand auf den Zetteln?“

„*Für L*“, erwiderte Eckart. „Das *L* steht für den Namen *Leana*. Sie war seine Schwester oder Freundin oder so etwas. Das Mädchen war in unserer Küche angestellt. Nachdem ich sie als Diebin entlarvt und hinausgeworfen hatte, ist sie gestorben und er war der Meinung, dass meine Frau und mich die Schuld daran trifft. Diese Straftaten sind Racheakte, Herr Richter. Dieser Junge wollte seine kleine Freundin rächen. Er hat bereits nach ihrem Tod unsere halbe Einrichtung mit einer Axt zerlegt, wofür er schon im Gefängnis saß, wie Sie wissen.“

„Vielen Dank, Herr Eckart.“ Der Richter machte sich einige Notizen und sah dann zu Gilbert hinüber. „Herr Doktor, Ihre Anklage, bitte.“

„Vor drei Tagen hat man das untere Stockwerk meines Hauses

in Brand gesteckt. Zum Glück konnte es rechtzeitig gelöscht werden und niemand wurde verletzt, doch viele meiner Möbel und Besitztümer sind den Flammen zum Opfer gefallen. Auch ich bin überzeugt, dass der Angeklagte der Täter ist, denn auf den Kanalisationsdeckel vor meinem Haus hat man mit Farbe ebenfalls *Für L* geschrieben", sagte der alte Mann.

Ich betrachtete seinen feinen Anzug. „Heute kein Schlafanzug", dachte ich bitter.

„Also ebenfalls ein Racheakt, meinen Sie?"

„Also, ich ...", druckste der Arzt herum. „Ich habe es vielleicht nicht rechtzeitig geschafft, die Freundin des Angeklagten, Leana, zu behandeln. Im Winter gibt es immer viel zu viele Kranke, wissen Sie, und ich habe zuerst die dringlichsten Fälle behandelt. Das Mädchen ist leider verstorben, bevor ich sie untersuchen konnte, und der Junge hat wohl mir die Schuld dafür gegeben."

Ich schnaubte verächtlich.

Wie konnte man nur so verlogen sein, wenn es um das Leben von Menschen ging?

„Wann wurde Ihr Haus in Flammen gesetzt?"

„Das weiß ich ganz genau", sagte Gilbert, „da ich die Uhr schlagen hörte. Es war ein Uhr nachts."

Der Richter machte sich Notizen. Dann richteten sich seine kleinen Augen unter den buschigen Brauen auf mich. „Der Angeklagte hat jetzt die Möglichkeit, seine Sicht der Geschehnisse besagter Nacht preiszugeben."

Ich streckte mich ein wenig und legte den Kopf in den Nacken. „Ich habe nichts damit zu tun. Wie Sie selbst bereits gehört haben, sprechen beide Kläger von derselben Uhrzeit. Wenn ich mich recht erinnere, liegen die Häuser der beiden nicht einmal im selben Sektor der Stadt. Ich kann unmöglich an beiden Orten gleichzeitig gewesen sein und all diese schrecklichen Dinge getan haben. Und das habe ich auch nicht. Ich lag friedlich in meinem Bett im Wirtshaus *Ausschenke*."

„Er wird Helfer gehabt haben!", rief Eckart erbost.

Der Richter brachte ihn mit einer Bewegung seiner Hand zum Schweigen.

„Und was die Zettel betrifft", redete ich munter weiter, „ich kann weder lesen noch schreiben."

„Das kann er sich doch zeigen lassen haben“, zischte Eckart. Ein böser Blick des Richters und er war still.

„Leana war meine Freundin, doch ich habe meine Rachegelüste bereits ausgelebt und meine Schuld abgesessen, Herr Richter. Ja, es war nicht richtig, doch ich habe dadurch damit abgeschlossen. Ich habe mit den genannten Vorfällen nichts zu tun, denn ich habe keine Rachegedanken mehr gehegt.“

„Fertig?“ Der alte Mann mit der Perücke sah mich fragend an.

Ich nickte.

„Wenn ich nun die Zeugen nach vorne bitten dürfte“, rief er in den langen Raum des Gerichtsgebäudes hinein. Aus den gut besetzten Stuhlreihen hinter mir erhoben sich zwei Frauen, die eine jung, die andere alt. Sie stellten sich zwischen mich und meine Ankläger.

„Reika?“, fragte der Richter.

Eckarts Küchenmädchen trat vor, es trug einen Zopf und einen verstörten Ausdruck auf dem Gesicht. Einer ihrer Wangenknochen war dunkelblau verfärbt und angeschwollen. Ich hatte sie gewarnt, dass ich sie dafür verantwortlich machen würde, wenn Leana etwas passierte.

„Du bist Küchenmädchen in Eckarts Haushalt?“

Sie nickte.

„Kennst du den Angeklagten?“

Das Mädchen schaute zu mir hinüber. Angst lag in ihrem Blick. Es geschah ihr recht. „Ich habe ihn schon einmal gesehen, als er Leana besucht hat, als sie krank war.“

„Habt ihr schon einmal miteinander geredet?“, fragte der Richter weiter.

Sie blinzelte. „Nein.“

Sah der Richter nicht, dass sie log? Es war doch offensichtlich. Oder kam es nur mir so vor, da ich die Wahrheit kannte, bei der ich ihr meine Hand an die Gurgel gelegt und sie gegen die Wand gedrückt hatte?

Sie erinnerte sich lebhaft daran, ich wusste es, doch sie wagte es nicht, etwas zu sagen. Ob es daran lag, dass sie meine Rache fürchtete, oder daran, dass das kleine, schmutzige Geheimnis der Küchenmägde andernfalls ans Licht kommen würde, das Leana in die Krankheit und den Tod gestürzt hatte, wusste ich nicht. Es kümmerte mich auch nicht.

„Beschreibe mir bitte den Einbrecher, der dich an das Bett gefesselt hat."

Sie schluckte schwer. Es drängten sich wohl unliebsame Bilder in ihr Gedächtnis. „Ich habe kaum etwas gesehen. Es war ja dunkel und der Einbrecher trug eine Maske."

„Könnte die Körpergröße des Einbrechers mit der des Angeklagten übereinstimmen?"

Ein flüchtiger Blick ihrerseits zu mir. „Ich weiß nicht. Vielleicht. Vielleicht auch nicht. Es ging alles so furchtbar schnell ..."

„Was ist mit der Stimme? Du hast den Angeklagten bereits sprechen gehört. Hat der Einbrecher auch etwas zu dir gesagt?"

„Nein."

„Danke", sagte der Richter. Dann sah er die zweite Zeugin an. „Sie sind die Wirtin in der Ausschenke?"

Die Frau strich nervös ihre Schürze glatt. Wahrscheinlich stand sie das erste Mal vor Gericht. Ich mochte sie. Ihre Hühnersuppe war einmalig.

„War der Angeklagte in der Nacht vor drei Tagen in Ihrem Wirtshaus zu Gast?"

Sie nickte eifrig und die ergrauten Locken unter ihrer Haube wippten. „Ja, das war er. Hat ein Zimmer bei uns gemietet. Ist früh hochgegangen und auch nicht wieder heruntergekommen."

„Und woher wissen Sie das? Waren Sie die ganze Nacht wach?"

„Ich war bis um drei Uhr morgens in der Stube und habe ausgeschenkt. Einer der Gäste hat seinen Geburtstag gefeiert. Der Junge ist in der Zeit nicht heruntergekommen und am nächsten Morgen hat er bei uns gefrühstückt. Soweit ich weiß, hat er die ganze Nacht in seinem Zimmer verbracht."

„Danke, das genügt mir. Die Zeugen können sich nun wieder setzen. Ich ziehe mich kurz mit meinem Berater zurück und verkünde dann mein Urteil." Der Richter stand auf und begab sich in einen Nebenraum. Der dünne Mann folgte ihm.

Eckart sah zu mir herüber. „Du bist ein ganz erbärmlicher Lügner, Bürschchen! Wir wissen beide, wer hinter all dem steckt und ich werde nicht eher Ruhe geben, bis du hinter Gittern sitzt!"

Ich schenkte ihm ein Lächeln. Viele Dinge kamen mir in den Sinn, die ich ihm an den Kopf werfen könnte, doch ich schwieg bedächtig.

„Siehst du, wie frech er mich angrinst?", wandte sich Eckart an den Doktor neben ihm.

Gilbert schwieg. Auch er hatte Dreck am Stecken. Ich konnte die Schuld in seinen Augen glänzen sehen. Der Tod eines Mädchens lastete auf seinen Schultern. Und er schämte sich.

Eckart sah in die Gesichter meiner Wachmänner. „Haben Sie das gesehen? So grinst nur ein Verbrecher." Meine Wachen blieben stumm und regungslos.

Ich konnte nicht anders, als die Situation zu genießen.

Eckart war noch nicht fertig. „Mit deinen Racheakten bringst du deine kleine Freundin auch nicht wieder zurück. Vielleicht hättet ihr euch für ein anständiges Leben entscheiden müssen. Vielleicht wäre sie dann jetzt noch am Leben und wir würden nicht hier stehen."

Mein Lächeln erstarb.

Die Tür des Nebenzimmers schwang auf und der Richter und sein magerer Freund traten heraus. „Das ging schnell", dachte ich. Doch es wunderte mich nicht. Es waren bereits fünf Urteile vor mir gefällt worden und jeder Fall glich einer Massenabfertigung. Mich wunderte es auch nicht, dass die Angeklagten allesamt aus dem Ring zu kommen schienen. Ich konnte mir gut vorstellen, dass ein reicher Straftäter nicht einen solch lieblosen Prozess erhielt. Aber was wusste ich schon?

Der Richter nahm hinter seinem Pult auf dem Podest Platz und ordnete die beschriebenen Blätter in seinen Händen. Er räusperte sich. „Der Angeklagte kann nicht für schuldig erklärt werden."

„Was?!", rief Eckart empört. „Was ist mit den Zetteln?"

Der strenge Blick des Richters traf ihn. „Die vorgelegten Straftaten wurden zur selben Zeit verübt. Das Haus des Herrn Eckart und das des Doktors liegen aber mindestens fünfzehn Minuten Fußweg voneinander entfernt. Es ist unmöglich, dass der Angeklagte an dem einen Ort Hunde vergiftet, einen Einbruch verübt und ein Dienstmädchen an ein Bett fesselt und an dem anderen eine Straße beschmiert und ein Haus in Brand setzt. Außerdem konnte von keinem der Zeugen oder Kläger bestätigt werden, den Angeklagten an den Orten der Verbrechen gesehen zu haben oder dass er das Wirtshaus, in dem er residierte, in der Tatnacht verlassen hat. Die an den Tatorten gefundenen Zettel sprechen zwar für eine Rachetat vonseiten des Angeklagten, jedoch muss er Hilfe dabei gehabt haben oder andere zu den Verbrechen angestiftet haben. Es ist also unmöglich zu sagen, inwiefern er sich selbst schuldig gemacht hat. Im Zweifelsfalle entscheidet das Gericht immer zugunsten des Angeklagten, und da dieser bis auf die Zettel und das Rachemotiv nicht eindeutig mit den Taten in Verbindung gebracht werden kann, kann er für diese auch nicht bestraft werden und wird freigelassen. Die Kosten, die durch die Einbrüche und mutwilligen Zerstörungen zustande gekommen sind, müssen die Geschädigten daher selbst tragen. Da der Angeklagte jedoch unter dringendem Tatverdacht steht, wird seine Personenbeschreibung an die Stadtwache weitergeleitet, und wenn er sich das nächste Mal etwas zuschulden kommen lässt, wirkt sich der Tatverdacht negativ auf sein Urteil aus. Nächster Fall!"

Meine Wachen führten mich aus dem hohen Saal, und an den Flügeltüren des Gerichts angelangt, befreiten sie mich von meinen Fesseln. „Kannst gehen, Junge", sagte der eine und öffnete mir die Tür.

Das ließ ich mir nicht zweimal sagen und trat nach draußen an die frische Luft. Der Himmel war von weißen Wolken durchzogen, doch hin und wieder lugte die Sonne zwischen ihnen hervor. Ich lief die steinernen Stufen hinunter.

An ihrem Ende wartete bereits Eckart mit finsterer Miene auf mich. „Du magst da drinnen vielleicht gewonnen haben, aber ich schwöre dir, Junge, ich werde dir das Leben zur Hölle machen."

Ich blickte ihn kalt an und schnaubte. „Das haben Sie bereits." Dann lief ich an ihm vorbei und ließ ihn stehen.

Ich ging schnell und knöpfte mir schließlich meinen Wintermantel auf, der mir allmählich zu warm wurde. Bald würde ich ihn nicht mehr brauchen. Der Frühling stand vor den Toren. Es galt, Dinge zu erledigen. Mein Wort zu halten. Dieses eine Mal. Ich bog in eine mir allzu vertraute Gasse ein, die von einer Hecke gesäumt wurde. Ich blieb stehen und zog ein Brecheisen aus dem Gestrüpp hervor. Mein Kopf drehte sich nach links und rechts. Ich war allein und unbeobachtet. Dann hebelte ich den Deckel der Kanalisation auf.

In meinem Versteck entzündete ich eine Petroleumlampe und trat an die Kisten heran, die mir als Tisch dienten. Darauf lagen zwei leere Flaschen, in denen sich Brennöl befunden hatte, und ein halb voller Eimer mit Farbe. Auch eine Schreibfeder lag auf dem Holz und ein Fetzen Papier. Die goldene Taschenuhr. Ein halb leeres Fläschchen Gift. Es war nicht einfach gewesen, da heranzukommen. Daneben lag ein schmutziges Täschchen voll Münzen. Ich hatte Leanas Geld ausgegraben und das Armband verkauft. Meinen Hirtenlohn hatte ich bereits ausgegeben, doch dieses Geld würde mich fürs Erste über die Runden bringen.

Doch ich war nicht hergekommen, um meine neuen Besitztümer zu begutachten. Meine Finger schoben sie zur Seite und öffneten eine der Kisten. Ich zog zwei Flaschen Kornbrand daraus hervor. Mehr als zwanzig ruhten noch unberührt zwischen dem Stroh in den Kisten.

Ich schob die Flaschen und das Geld in meinen Beutel, in den ich bereits Proviant und Kleidung gestopft hatte. Es war der Beutel, den Leana mir gegeben hatte. Meine Finger schnürten ihn zusammen und ich warf ihn mir über die Schulter. Ich nahm die goldene Uhr in die Hand und blickte auf das Ziffernblatt. Es war Mittag. Die Uhr hatte mir in den vergangenen Tagen gute Dienste geleistet. Nie zuvor war ich so pünktlich gewesen. Ich steckte sie in die Hosentasche.

Dann drehte ich die Lampe aus und verließ mein Versteck unter der Erde.

Ich traf Roksi und Geske im Stadtpark. Wo sie Ben gelassen hatten, wusste ich nicht. Es scherte mich auch nicht. Sie saßen auf einer Bank, als würden sie das schöne Wetter genießen. Nun gut, Penner genossen wohl stets das gute Wetter. Ich setzte mich neben Roksi und umklammerte meinen Beutel.

„Das hat ja ganz schön lange gedauert. Seit Tagen sitzen wir jeden Morgen hier“, beschwerte sich Roksi.

„Das tut mir unglaublich leid, aber der Richter hat mich einfach nicht als Erstes drangenommen. So eine Unverschämtheit.“

„Wir haben schon gewettet, ob du überhaupt wieder freigelassen wirst“, sagte Geske und zog geräuschvoll die Nase hoch. Eine wahre Dame.

Ich sah sie mit zusammengekniffenen Augen an. „Natürlich haben sie mich laufen lassen. Sie hatten keine eindeutigen Beweise.“

„Außer dem, was wir auf den Kanalisationsdeckel schreiben sollten, oder? Das habe ich sowieso nicht verstanden, warum wir das machen sollten. Das war einfach nur dumm“, erklärte Geske und Roksi nickte eifrig.

Ich seufzte. Die beiden waren hoffnungslose Fälle. „Wenn man sich rächen möchte, dann sollte man den anderen auch wissen lassen, wer ihm etwas antut, findet ihr nicht?“

„Darum verprügeln wir andere einfach.“

„Ja“, sagte ich, „ich weiß.“

Roksi gab einen grunzenden Laut von sich. Sie roch noch immer nach Essig. „Ja, ja, ist auch egal. Wir sind nicht hier, um uns nett mit Flint zu unterhalten, Geske. Wir hatten eine Abmachung. Eine Flasche vor dem Feuer und eine danach.“

Ich schnürte meinen Beutel auf und zog eine Flasche heraus. „Richtig. Ein Brand gegen das Löschen eines Brandes.“

Roksi entriss mir die Flasche und genehmigte sich augenblicklich einen großen Schluck. „Aaah!“, machte sie. „Und das ist wirklich die allerletzte Flasche, die du hast?“

„Leider, leider“, antwortete ich.

Roksi grunzte wieder und die beiden erhoben sich.

„Es war mir eine Freude, mit Ihnen Geschäfte zu machen, meine Damen“, sagte ich und erhob mich ebenfalls.

Grille stand am Ende des Goldenen Pflasters. Sie lehnte lässig an einer Häuserecke, während ihre Hand die Blechdose hielt und ihr langes, ungebändigtes Haar in einer aufkommenden Brise wehte.

„Der Hundetöter ist also wirklich wieder auf freiem Fuß?“, fragte sie. Es lag jedoch nur wenig Überraschung in ihrem Tonfall.

„Ja.“ Ich nahm den Beutel von meinen Schultern.

„Bist du wegen des Geldes für den Teppich und die anderen Sachen gekommen? Das haben wir nämlich noch nicht. Ich habe gehört, ein fahrender Händler kommt bald nach Felsburg. Vielleicht verkaufen wir ihm die Sachen.“

Ich nickte. „Behaltet das Geld. Ich werde dafür das Geld für das Armband behalten.“

Grille runzelte die Stirn. „Wenn du das Geld nicht willst, warum bist du dann hier? Willst du uns wieder Essen bringen im Tausch gegen einen offenen Gefallen?“

Ich lächelte fast. „Nein. Ich bin gekommen, um mich zu verabschieden. Ich werde Felsburg für eine Weile verlassen."

Ihr Blick veränderte sich. Sie sah beinahe traurig aus. „Ist es wegen der Kleinen?", fragte sie leise.

Ich sah zu Boden. „Ich sehe sie in allem und jedem hier. Und jedes Mal, wenn ich es tue, fällt mir wieder ein, dass sie fort ist."

Grille legte eine Hand auf meine Schulter und sah mich mitfühlend an. „Ich weiß, wie du dich fühlst. Als Betsi gestorben ist, dachte ich oft, dass ich sie sehe, aber wenn ich dann genauer hingeschaut habe, war es immer ein anderes Mädchen. Aber es wird besser, Floh, glaube mir. Du kannst nicht vor der Trauer davonlaufen. Stelle dich ihr und es wird erträglicher mit der Zeit."

Ich sah sie an. „Ich habe diese Stadt im Moment so satt. Dazu sitzen mir Eckart und die Stadtwache im Nacken. Ein falscher Schritt und ich lande im Gefängnis. Es ist besser, wenn ich eine Weile abtauche und neue Erinnerungen und Erfahrungen sammle, glaub mir."

„Wann wirst du wiederkommen?", fragte Grille.

Ich atmete tief ein. „Ich weiß es nicht." Dann lächelte ich sie an. „Aber ich werde es dich wissen lassen, wenn ich zurück bin." Man sollte seine Kontakte pflegen, hatte ich gehört.

Grille lächelte zurück. „Vielleicht kann man dann ja wieder einmal zusammenarbeiten."

„Mit dem größten Vergnügen. Und vielleicht ist dann auch aus den Bröseln und Krümeln ein richtiges Brot geworden."

Sie umarmte mich und drückte mir einen Kuss auf die Wange. „Pass auf dich auf."

„Selber", sagte ich und löste mich sanft von ihr.

Mit meinem Beutel über der Schulter schritt ich durch das hohe Stadttor und betrat den Ring. Keiner der Wachen warf mir auch nur einen zweiten Blick zu. Raus ließen sie alle, nur das Reinkommen war eine andere Sache.

Die Sonne schien und mir war warm. Ja, der Frühling war im Anmarsch und doch wusste ich, dass der nächste Winter kommen würde. Mit Schnee und Eis und Schmerz. Vielleicht gab es sie ja wirklich, die Länder des ewigen Sommers. Vielleicht würde ich es herausfinden. Vielleicht auch nicht.

Ich hatte Essen und Geld und damit konnte ich mir die Ungewissheit meiner Zukunft leisten. Neue Städte und neue Menschen kennenlernen. Einem neuen Abenteuer begegnen. Einem, das ein glücklicheres Ende hatte als mein letztes ...

Ich ließ den Ring bald hinter mir, erklomm einen Hügel und da war er: der Wald. Vielleicht würde ich Derk und seinen Schweinen begegnen. Ein leises Lächeln stahl sich auf meine Lippen.

Die Stämme uralter Bäume umgaben mich. Ich konnte hellgrüne Knospen an ihren Zweigen ausmachen und sie knacken hören, wenn sie aufsprangen. Vögel zwitscherten und der erdige Duft des Waldbodens stieg mir in die Nase.

„Na, dann mal los“, murmelte ich und wurde eins mit meiner Umgebung.

Die Autorin

Selina Lux

wurde 1993 in Berlin geboren, wo sie derzeit wieder lebt. Sie schreibt seit frühester Kindheit Geschichten und hat den Bachelor in Literaturwissenschaft gemacht.

Unser Buchtipp

Selina Lux
Aleyon – Der letzte Held
ISBN: 978-3-86196-140-6
Taschenbuch, 288 Seiten

„Du sollst die Welt nicht lieben, denn du musst sie wieder verlassen. Doch die Kunst im Leben liegt darin, sie dennoch nicht zu hassen."

Aleyon ist ein junger Mann, der in den Kriegswirren Galawyns groß geworden ist. Sein Talent im Umgang mit dem Schwert verhilft ihm zu dem Auftrag, zusammen mit seinem Freund Talor das kleine Mädchen Yala aus der gefährlichen Stadt in die Sicherheit auf dem Lande zu begleiten, denn: Sie ist die einzige Nachfahrin des gestürzten Königs und somit rechtmäßige Thronerbin!
Doch Ergor, der dunkle Widersacher der Königsfamilie, hat seine Spione überall, die sich die Schwarzen Finger nennen und mit besonderen Waffen, den Todesbringern, kämpfen. Gemeinsam mit Yalas Kindermädchen Alana begeben sie sich auf die Reise und entkommen immer nur knapp den Mannen Ergors. Doch das ist nicht die einzige Hürde, die Aleyon nehmen muss: Er muss sich seiner düsteren Vergangenheit stellen und lernen, den Hass gegen die Welt, in welche er hineingeboren wurde, zu bezwingen. Doch nichts ist, wie es scheint, und Freundschaft und Verrat liegen manchmal gefährlich nah beieinander ...